Ancient Taoist Arts:
Today's Reading
of
Zhuangzi's
World Chapter

古之道术：

庄子天下篇今读

喻 中◎著

中国政法大学出版社

2024·北京

声　明　　1. 版权所有，侵权必究。

　　　　　　2. 如有缺页、倒装问题，由出版社负责退换。

图书在版编目（CIP）数据

古之道术：庄子天下篇今读/喻中著. —北京：中国政法大学出版社，2024.3
ISBN 978-7-5764-1432-5

Ⅰ.①古… Ⅱ.①喻…Ⅲ.①《庄子》－研究Ⅳ.①B223.55

中国版本图书馆 CIP 数据核字 (2024) 第 068093 号

出　版　者	中国政法大学出版社
地　　　址	北京市海淀区西土城路 25 号
邮寄地址	北京 100088 信箱 8034 分箱　邮编 100088
网　　　址	http://www.cuplpress.com (网络实名：中国政法大学出版社)
电　　　话	010-58908586(编辑部) 58908334(邮购部)
编辑邮箱	zhengfadch@126.com
承　　　印	固安华明印业有限公司
开　　　本	650mm×980mm　　1/16
印　　　张	14.5
字　　　数	240 千字
版　　　次	2024 年 3 月第 1 版
印　　　次	2024 年 3 月第 1 次印刷
定　　　价	66.00 元

自 序

一

　　《庄子·天下篇》描绘了华夏文明在上古时代的兴起与演变，堪称华夏文明初生之际的精神史、心灵史。《天下篇》元气淋漓，意境高远，法度严谨，既是通往先秦学术思想世界的津渡，也是打开先秦学术思想大门的钥匙，在同类性质的文献中，无出其右，无与伦比。

　　自先秦以降，与《天下篇》相关、相近、相似的文献，还有《荀子·非十二子》《韩非子·显学》《淮南子·要略》《史记·太史公自序》《汉书·艺文志》《隋书·经籍志》，等等。这些文献，在当时及后世，都曾受到高度的关注与普遍的重视，它们引起的回响，直至今日，依然不绝于耳。《天下篇》堪称这一类文献之滥觞，甚至具有开创"范式"的意义和作用，对此后的学术思想史写作，产生了潜在而深远的示范效应。譬如，在《史记·太史公自序》中，司马谈提出了一个著名的论断："《易大传》曰：'天下一致而百虑，同归而殊途。'夫阴阳、儒、墨、名、法、道德，此务为治者也，直所从言之异路，有省不省耳。"这句话直接标举了"六家"之名，颇具启发性，影响也很大。然而，这种对先秦学术思想进行"分家处理、分类考察"的方式，却可以追溯至《天下篇》。

　　对于司马谈的《论六家之要指》与《天下篇》的关系，钱锺书在《管锥编·史记会注考证·太史公自序》中有一个评论："司马谈此篇以前，于一世学术能概观而综论者，荀况《非十二子》篇与庄周《天下篇》而已。荀门户见深，伐异而不存同，舍仲尼、子弓外，无不斥为'欺惑愚众'，虽子思、孟轲亦勿免于'非''罪'之诃焉。庄周推关尹、老聃者，而豁达大度，能见异量之美，故未尝非'邹鲁之士'，称墨子曰'才士'，许彭蒙、田骈、慎到曰：'概乎皆尝有闻'；推一本以贯万殊，明异流之出同源。高瞩遍包，司马谈殆闻其风而说者欤。"

根据钱锺书的这段话，司马谈的《论六家之要指》，在一定程度上乃是效仿《天下篇》的结果。而且，钱锺书还比较了荀子的《非十二子》与庄子的《天下篇》，相互对照的结果表明，倘若要"以公心辨"，显然是荀不如庄。在钱锺书看来，荀子的《非十二子》，甚至都称不上是公允持平之论。因此，较之于荀子的《非十二子》，庄子的《天下篇》才是关于先秦学术思想的"高瞩遍包"之"概观"与"综论"。由此看来，司马谈的《论六家之要旨》，可以看作是遵循《天下篇》这个学术思想之范式而成就的"先秦学案"或"周末学案"。

《天下篇》确实称得上是先秦学术思想的枢纽。阅读《天下篇》，可以把握先秦学术思想的大略。比钱锺书更早的顾实，在1927年著有一篇《〈庄子·天下篇〉讲疏》，其"自序"开篇即称："《庄子·天下篇》者，《庄子》书之叙篇，而周末人之学案也（旧日学案，今日学术史）。不读《天下篇》，无以明庄子著书之本旨，亦无以明周末人学术之概要也。故凡今之治中国学术者，无不知重视《天下篇》，而认为当急先读破也。"这个说法是很中肯的。

比顾实年长五岁的梁启超有一篇《〈庄子·天下篇〉释义》，此篇成于1926年（此时距离梁启超辞世只剩三年）。在我所依据的北京出版社1999年出版的《梁启超全集》中，在此篇题目之下，还标有"吴其昌笔记"之字样。据此可以推测，此篇应为梁启超学术演讲的记录稿。梁启超在这篇"释义"中认定："批评先秦诸家学派之书，以此篇为最古。后此有荀子《非十二子篇》及《解蔽篇》《天论篇》各数语，有《淮南子要略》末段，有《史记·孟子荀卿列传》中附论各家，有《太史公自序》述司马谈《论六家要指》，有《汉书·艺文志》中之诸子略。《天下篇》不独以年代之古见贵而已，尤有两特色：一曰保存佚说最多，如宋钘、慎到、惠施、公孙龙等，或著作已佚，或所传者非真书，皆籍此篇以得窥其学说之梗概。二曰批评最精到且最公平，对于各家皆能撷其要点，而于其长短不相掩处，论断俱极平允，可作为研究先秦诸子学之向导。"

　　像钱锺书一样，梁启超亦以"平允"称道《天下篇》。当然，梁启超以"研究先秦诸子学之向导"定位《天下篇》，自然也是"极平允"之"论断"。所谓"向导"，就好比今天的旅游景点的导游。打个比方，《天下篇》就相当于一份今日常见的"导游图"，它逐一指给你看，在先秦学术思想这个"智识景区"之内，有哪些关键性、代表性的"景点"，针对每一处重要的"景点"，它都有一个简介，还有一些极其精微的评论。一篇在手，关于先秦学术思想，你就会获得一个比较清晰的整体印象。如果你是一个浮泛的观光者，你可以借此知道每一个"景点"之大概；如果你喜欢"深度游"，你可以由此走向一个广博而幽深的思想世界。

二

　　那么，这篇"导游图"是否出自庄子之手？这是一个很难回答的问题。众所周知，先秦时期的子书，虽然习惯于以某个人物的名字作为书名，但是，先秦子书基本上都不是书名中所标举的那个人"独著"的。书名中标举的那个人有可能只写了那本书中的一部分，但所占的比例又因人、因书而异。譬如，孟子其人所写的文字，在《孟子》其书中，所占的比例可能比较高；但是，管子其人所写的文字，在《管子》其书中，所占的比例可能就比较低，甚至很低。这几乎可以说是一个常识。《庄子》一书也不例外。学界一般认为，《庄子》中的"内篇"可能确系庄子本人所著，但是，"外篇"与"杂篇"就很难说了，有可能不是庄子写的，这是很多人的看法。

　　具体到《天下篇》，它是不是庄子本人所著？则是一个引起广泛争议的学术难题，甚至是一个"老大难"的问题。很多人都认为，庄子其人就是《天下篇》的作者，持这种观点的人主要有：郭象、方以智、王夫之、姚鼐、王闿运、廖平、梁启超、钱基博，等等。他们提出的一个比较重要的理由是：除了庄子这样的顶尖级人物，其他人没有这样的思想高度，也没有这样的盖世才华。譬如，熊十力在《读经示要》中写道："《天下篇》当是庄子之自序。或云庄子之后学为之。然其评判诸家，见高而识远。文奥而义丰，恐非庄子莫能为也。其自序极亲切，如云独与天地精神往来。"在熊十力看来，天下"见高而识远"之人，唯有庄子其人。在我们看来，恐怕也不尽然。试想天下之大，"见高而识远"者，或许不止庄子一人，有两人或三人，完全是可能的。还有人认为，《天下篇》即便不是庄子手写，也是庄子的学生写的。譬如，高亨的《〈庄子·天下篇〉笺证》就主张，"评述先秦诸子学说并予以有系统之分析之文章，当以此篇为最古"，"此篇未必是庄周自撰，然亦出于战国时道家庄周之徒之手"。

当然，也有很多人认为，《天下篇》不是庄子写的，代表人物有钱玄同、胡适，等等。他们的一个主要依据是：《天下篇》中的一些观点与庄子的思想不大吻合。严灵峰专门著了一篇《〈庄子·天下篇〉的作者问题》，此文认为《天下篇》不是庄子写的，他通过比较详尽的考证，推定《天下篇》的作者有可能是荀子或荀子后学。这个结论也有很多问题，不一定站得住。试想，举出各种各样的材料，即使可以较好地展示《天下篇》的观点与《庄子》书中其他各篇的观点有差异，也很难证明《天下篇》就是荀子或荀子后学所著，甚至很难证明《天下篇》就不是庄子所著。其一，在庄子的著述生涯中，他的一些观点、表达完全可能发生变化，完全可能像梁启超那样，"不惜以今日之我，难昔日之我"。其二，《天下篇》中的一些观点、表达，跟《荀子》中的一些观点、表达，有一些相通之处，但这未必就可以证明，《天下篇》的作者是荀子或荀子学派中的人。

我的观点是，应当把《天下篇》作为庄子的作品来对待。我的理由是，《天下篇》就是《庄子》这部典籍中的一篇文献，可以代表庄子的观点。在当下，我们理解庄子这个人，通常只能以《庄子》这部书作为基本的素材，同时参考其他相关素材。这个时候的庄子，就是《庄子》这部书的作者，或者更准确地说，就是《庄子》这部书所阐述的观点的持有者。反之，如果一定要指出或坐实，《庄子》书中的哪些文字是庄子本人亲手写的，哪些文字是其他人的，这是不大可能的。

我们现在都知道，如果要发表一篇"学报体"论文，或者要出版一部个人学术著作，凡是引用他人的观点，无论是直接引用还是间接引用，都必须注明出处。只有在这种"学术规范"的严格约束下，我们才可以勉强区分：在一篇学术论著中，哪些文字可以代表署名作者本人的观点；哪些文字是署名作者引用他人的原文或观点，这些被引用的原文或观点，有些可以代表这篇论著署名作者的观点，有些则可能是这篇论著的署名作者旨在批评的观点。但是，在先秦时代，并没有这样严格的"学术规范"。因而，针对先秦时代的子书，就不太可能把一篇文章或一本著作中的这些文字与那些文字，斩钉截铁地切割开来，并且分别指出：某几篇、某几段、某几句是谁的原创——除非可以找到确凿可靠的证据。然而，在两千多年以后的今天，这样的证据即使能够找到一些，也很难达到"确凿可靠"的程度，大多数都只能像十力那样，仅仅是一种"自由心证"：如此"见高而识远"之作，除了庄子本人，谁能写得出？

譬如《孟子》这部书，一般都认为可以反映孟子本人的思想。但是，《史记·孟子荀卿列传》却告诉我们：孟子见天下诸侯都不采纳他的政治主张，于是，"退而与万章之徒序诗书，述仲尼之意，作《孟子》七篇"。这就明白地告诉我们，《孟子》其书，乃是孟子与他的学生们共同完成的，并非孟子个人的原创，而且，他们所述的居然还是"仲尼之意"，不是"孟轲之意"。而且，在后来的传抄、整理《孟子》的过程中，难免还有若干有意或无意的加工、改写、增删。但是，我们现在要研究孟子的思想，却只能以我们现在所能看到的《孟子》其书作为依据。

再譬如，梁启超 1904 年写作《中国法理学发达史论》，其中特别提到了管子的思想。梁启超 1910 年又写《管子传》，专门论述管子的思想。在这些论著中，梁启超只能以《管子》这部书作为主要的素材，来论述管子的思想。除此之外，他还能有别的办法吗？

从这个角度来说，我们现在研究先秦诸子的思想，在某种程度上是一个拟制、还原的过程。我们现在所知的先秦诸子，在某些层面上，在某些细节上，在某种程度上，是后来者持续不断地涂抹、塑造、复原而成的。我们现在所见的先秦子书，未必具有科学层面或客观层面上的真，但在文化、意义、逻辑、精神诸层面上，它们是真的，我们只能尊重这样的真，也必须尊重这样的真。如果不承认这样的真而彻底拒绝历史上的涂抹、塑造、复原，华夏文明的厚度与长度，就会因严酷的挤压而严重缩水。在这个意义上，基于这样一些理解，还得把《天下篇》中的文字，都归到庄子名下。这就是说，《天下篇》怎么说，就是庄子怎么说。

三

让我们再回到《天下篇》本身。这篇文献以"天下"作为篇名，从表面上看，跟全篇内容似乎不能完全对应，"天下"一词就是全篇正文开头的两个字。这种命名方式，我们在《论语》这样的典籍中，已经习以为常。

不过，细加体会，以"天下"作为篇名，与《论语》各篇的命名方式还不完全一样。"天下"毕竟还是一个意象饱满的概念。"天下"一语可以表明，此篇关注的对象乃是"天下"的学术，此篇是关于"天下学术"的概括与综述。同时，"天下"一语也有助于提醒我们，有必要从一个更加宽阔的"天下"视野，去思考普天之下的学术与思想。此外，"天下"一语还可以提示我们，有必要暂时放下个人的"前见"，要善于以超越的姿态，去理解天下的学术思想。

较之于先秦时期的其他诸子，庄子有一个突出的特点，那就是超越。庄子等贵贱、齐生死。按照庄子自己的逻辑，甚至庄子与蝴蝶都可以相互混同——在那里翩翩起飞的，你以为只不过是一只蝴蝶，但很可能，它就是庄子本人；正在跟你对话的、正在给你讲天下学术思想的这个"他"（或"它"），反而可能只是一只蝴蝶。根据庄子在《天下篇》中的自述，庄子"以天下为沈浊，不可与庄语"，于是，他只好托诸"谬悠之说，荒唐之言，无端崖之辞"。作为篇名的"天下"，确实给我们提供了这样一个可以任意驰骋的空间。

　　从篇幅来看,《天下篇》全文共计三千余字,作为先秦时代的一个单篇,已经算得上是一个比较大的文本了——试比较一下,《老子》全书八十一章,总共才五千字左右。从内容来看,《天下篇》先有一个概括性的"总论",用以描绘"古之道术"的由来与全貌,及其破裂之后四散开来的全过程。接下来,逐一论述"古之道术"在庄子时代的承载者:一是墨翟、禽滑厘;二是宋钘、尹文;三是彭蒙、田骈、慎到;四是关尹、老聃;五是庄子;六是惠施。这就是庄子旨在描绘的学术思想版图。如前所述,司马谈把先秦学术思想分为六家;在庄子的眼里,先秦学术思想也是六家——或者应该反过来说,庄子的"六家论"在先,"司马谈殆闻其风而说者欤"?虽然分类的标准不一样,但都是"六家论",这是他们的共性。

　　无论是庄子的"六家论",还是司马谈的"六家论",都是既说"殊相",也说"共相"。"殊相"见于他们关于各家的分论中,这里暂且不说,且俟本书正文的分解。关于"共相",司马谈的著名论断是"务为治者也",这就是说,先秦各家的学术思想,都是以"治"为核心的理论、学说,因此,如果要确指司马谈分述的"六家",其共同的"要指"到底是什么,回答是:"务为治者也。"相比之下,《天下篇》的核心概念则是"古之道术"。庄子所分述的"六家",都是"古之道术"在庄子时代的投射。就像"月映万川"这个词语所昭示的,"古之道术"就是那一轮仰之弥高的明月,它的星辉映照在万川之上,由此成就了百家之学。当然,这里的"万川"与"百家"都是虚指,"六家"才是实指。由于《天下篇》的主题就是:"古之道术"及其在庄子时代的"历史遗留物",因此,我把我的这部读书笔记题名为"古之道术",希望能够符合庄子本人的预期,希望能够得到庄子本人的认可。

　　在试图理解庄子所见的"古之道术"的过程中,我主要参考了近人及今人的若干论著。根据各位著者诞生的先后,这些论著主要有:章太炎(1869—1936 年)的《庄子解诂·天下》,梁启超(1873—1929 年)的《〈庄子·天下篇〉释义》,顾实(1878—1956 年)的《〈庄子·天下篇〉讲疏》,马叙伦(1885—1970 年)的《〈庄子·天下篇〉述义》,熊十力(1885—1968 年)的《读经示要》，谭戒甫（1887—1974 年）的《〈庄子·天下篇〉校释》，钱基博（1887—1957 年）的《读〈庄子·天下篇〉疏记》，高亨（1900—1986 年）的《〈庄子·天下篇〉笺证》，等等。当然也参考了清代郭庆藩（1844—1896 年）的《庄子集释》，以及更为久远的西晋郭象（252—312 年）注、初唐成玄英（608—669 年）疏的《庄子注疏》，等等。

关于这些参考文献的具体出处，我在书后的"主要参考文献"中已逐一载明。在本书正文中，为了节省篇幅，避免过于烦琐，我在反复引用这些著作之际，不再逐一注明具体页码，仅仅指出这是谁的观点（绝大多数都是引用其原文，个别地方是引用其观点），这些原文或观点在相关著作的相应部分一查便知。在书后列举的"主要参考文献"之外，我还偶尔引用了其他一些文献，这些文献在本书的正文中，已经根据具体情况随文注明，在今天的信息条件下，这些文献都是很容易获取的。

现在，且让我们根据《天下篇》，一字一句地走向庄子所见的"古之道术"。走向"古之道术"的基本方式，也就是这部读书笔记的写作体例：庄子是怎么写的，前人是怎么讲的，我又是怎么读的。

关于《天下篇》，虽然前人已经说了很多，但这并不意味着，《天下篇》所蕴含的意蕴，已经完全穷竭。恰恰相反，这是一个永远开放、历久弥新的阐释空间。只要种子不死，先秦学术思想就是说不尽的，《天下篇》更是道不完的。谨以这部《古之道术：庄子天下篇今读》，再现华夏民族的精神故园。

目 录

自 序 ……………………………………………………… 001

第一章 总论……………………………………………… 001

第二章 墨翟、禽滑厘 ………………………………… 034

第三章 宋钘、尹文 …………………………………… 065

第四章 彭蒙、田骈、慎到 …………………………… 095

第五章 关尹、老聃 …………………………………… 123

第六章 庄周 …………………………………………… 153

第七章 惠施 …………………………………………… 180

庄子天下篇原文 ……………………………………… 212

主要参考文献 ………………………………………… 217

后 记 ………………………………………………… 218

第一章

总 论

《天下篇》的结构是，先有一个"总论"，后面是关于六家的"分论"。作为篇首的"总论"部分，篇幅近六百字，主要概述"古之道术"的由来，以及在庄子时代，"道术将为天下裂"之大事因缘。谭戒甫把"总论"进一步分为三小节，它们分别是："论道术的区别""论道术之大全""论道术之破裂"可以参考。

天下之治方术者多矣，皆以其有，为不可加矣。

此开篇第一句。这里的"天下"，既指示了《天下篇》篇名的由来，也是《天下篇》正文落笔的头两个字。写一篇文章，第一段写什么，第一句写什么，第一个字或第一个词写什么，都是有讲究的，不能随随便便。第一个字或第一个词，决定了一篇文章的起点：你从何处说起？你从哪里起步？你的起点是什么？庄子讲"古之道术"，是从"天下"说起。那么，如何理解这里的"天下"？如何理解以"天下"开头的第一句话？

钱基博："此篇总论'天下之治方术者'，故以篇首'天下'二字为题。两语盖言天下之治方术者，皆以其所有之方术，为人之所莫加也，意极显明。"

梁启超："言各自以其所持之说为无上之真理也。"

顾实："皆自以为得古圣王之道，故不可加。而庄生乃从而衡论之，其尤加人一等哉！"

高亨："方术对下文道术言，道术者全体，方术者一部分也。""治方术者皆以其所有为尽美尽善，不可复益。"

四说各有侧重。今天看来，这里的"天下"，是指庄子时代的天下之人，更准确地说，是指那个时代具有一定学术思想的人，大致相当于先秦时代的"学人社会"，跟当下的"学术群体"或"学术共同体"也比较接近。这个群体中的人多为士大夫，但也有例外。譬如，墨子及其学派影响很大，但墨子的身份就是一个"贱人"。这里的"贱人"，绝不是关于品行、德性方面的评价，而是一个客观的社会身份。具体地说，墨子的本职工作很可能是一个工匠，但却是一个有思想、有重大社会影响的工匠。庄子做过"漆园吏"，虽然声名远播，但在社会阶层上似乎并不太高，经济条件尤其不好。

"治方术"就是研究"方术"。按照高说，"方术"的对立面，就是后面要讲的"道术"。所谓"方术"，可以理解为"一方之术"。所谓"一方之术"，就是一个方面、一个侧面、一个层次、一个领域的术。在传统中国，方术是一个很流行的概念。顾颉刚写过一部《秦汉的方士与儒生》，其中的方士，就是一些掌握了方术的人。李零也写过一些关于"中国方术"的考证性著作。当然，李零考证的方术，主要是指方技与数术，与庄子在此所说的方术，还是有差异的。庄子所说的"方术"，主要是指现代所说的学术流派，可以不太严格地理解为流派化的学术。现在讲学术，流派化是一个常态，甚至是学术繁荣的象征。各个学术流派相互竞争，有助于在相互砥砺中促进学术进步，这是现代社会的共识。但是，在庄子这里，方术的意义并没有这样正面；方术乃是一个略显负面的概念，与之相对应的道术，才是一个积极而正面的概念。

因此，这句话是说，在庄子生活的那个时代，从某个特定的角度研究某一方面的问题，这样的人是很多的；这些人都以为自己很有成就，都以为自己的理论很高明、很完美，甚至已经达到了顶峰。"不可加"就是不可能再发展了，已经顶上了天花板，已经达到了所谓"终结"的程度。

当然，这是庄子的印象，是庄子对他那个时代的学术思想同行的一个评价。看来，那确实是一个学术自信的时代。"皆以其"云云，就是说每个人都很自信，甚至都很"高调"，没有人妄自菲薄。那个时代，各家都在四处推销自己的学术思想。向谁推销？当然会向"天下"推销，亦即在当时的学术共同体内推销，但主要还是向各国君主推销。正是由于这个缘故，"诸子见诸侯"或"诸侯见诸子"，构成了先秦各种文献记载的一种比较常见的场景。诸子与诸侯见面之后，通常都会展开一场对话，对话的结果主要有两种：有的诸侯为诸子所折服，有的诸侯对诸子的高论不以为然。这就是那个时代的学术思想生态。既然推销是一种常态，庄子所见的"天下之治方术者"，就难免"皆以其有，为不可加矣"。试想，哪个推销人员，不说自己的东西好？

古之所谓道术者，果恶乎在？曰：无乎不在。

从方术转向道术。

顾实："此一问一答也。变言曰道术者，盖循用古语也。然道术亦与方术有微别。道，行也。大抵指可见诸行事者而言也。"此说似乎把"道"解释得过于形而下。庄子所说的道或道术，当然可以"指导"行事，但要说"道"这个东西，直接"可见诸行事"，那就不一定了。道或道术的功效，可能没有那么具体、直接、立竿见影。

谭戒甫："道术，即'道德'与'方术'二者，道德主无为，方术主有为，各有所偏；唯圣人为能兼之。篇首言今人治方术者多，且皆以其'有为'无以复加，故慨叹之；所以下文随问道术何在。古之道术四字，全篇纲领。"此说对"道术"作了新的解释：道术乃是道德与方术的合称；方术仅仅是道术的两个层面之一；方术有为，道德无为；代表道术的圣人既有为，也无为。这种解释既有其精妙之处，但也有"过度解释"的嫌疑。

钱基博："'无乎不在'四字，《庄子》书明道之第一义谛也。《庄子·齐物论》曰：'道恶乎往而不存，言恶乎存而不可；道隐于小成，言隐于荣华。'又曰：'古之人其知有所至矣。恶乎至？有以为未始有物者，至矣尽矣，不可以加矣。其次以为有物矣，而未始以封也。其次以为有封焉，而未始有是非也。是非之彰也，道之所以亏也。'此言道亏于有所在也。"庄子在《齐物论》中所讲的"道之所以亏"，其实是一个每况愈下的过程：空空荡荡之时，是道最为饱满之日；当实物开始出现，道就开始亏损；当边界开始出现，道就进一步亏损；当是非开始出现，道就亏损得更加厉害了。

高亨："是百家之学中有道术也。其述墨翟、禽滑厘、宋钘、尹文、彭蒙、田骈、慎到、关尹、老聃、庄周各家之术，并曰：'古之道术有在于是者。'是各家之术之中有道术也。'道术无乎不在'为全篇之关键。"如果后面各家所承载的，都是道术，那么，谁家所承载的，才是方术呢？道术与方术，到底只是量的差异？譬如说，道术是全体，方术是局部；还是质的差异？譬如说，道术的品质要高一些，方术的品质要低一些？我们接着往下看。

熊十力《读经示要》："按'道'字约有二释：一、名本体曰道。言其为吾人与万物所共由之而生也。二、求证本体之学，亦名曰道。术者，体道之功，与修养方法，及于道之散著，若关于物理人事之一切学术，通名为术。"这是把道与术分开来说。那么，道术与方术的区别，到底应当如何把握？从庄子的立场上看，"道术"在前，它属于古之人，它全面而广大，无所不包，充盈于普天之下；"方术"在后，它属于今之人，它只是道术的一个局部，一个片断，甚至是一个碎片。概而言之，"方术"是"道术"破裂之后的产物。

参考以上诸家，这句话旨在把"道术"与"方术"对照起来说。道术作为整体，属于下面将要提到的"天人""神人""至人"。方术作为局部，只能成就后文将会提及的"一曲之士"。但是，道术与方术也不能完全切割开来。因为，方术中也包含了道术的一些侧面，道术在不同方面的投射，成就了各种各样的方术，同时也成就了各种"一曲之士"。

那么，"古之道术"，它到底在哪里呢？庄子的回答是：无处不在，见于任何地方，甚至见于一块瓦片，一粒细沙。《庄子·知北游》对此已有说明："东郭子问于庄子曰：'所谓道，恶乎在？'庄子曰：'无所不在。'东郭子曰：'期而后可。'庄子曰：'在蝼蚁。'曰：'何其下邪？'曰：'在稊稗。'曰：'何其愈下邪？'曰：'在瓦甓。'曰：'何其愈甚邪？'曰：'在屎溺。'东郭子不应。"这番对话，代表了庄子自己对"道无乎不在"这个命题的正式解释。这样的解释表明，那些承载着道的人，他可以借助任何事物，向你说明道的存在。显然，这不是科学，这是哲学。

此外，在钱说中，还提到一个小问题："道之所以亏"，是因为"道之有所在"，是不是这样？如果说，承载道的东西是特定的，譬如说，这个东西有"边界"，有"是非"，那么，道就可能因此而受损；反之，如果承载道的东西是不特定的，如果宣称"道之有所在，在于一切物"，那就是一个正常的生态环境，适宜道的生长。

曰：神何由降？明何由出？圣有所生，王有所成，皆原于一。

这句话很重要，是一句经典名言。

梁启超："神明犹言智慧，前答已言道无乎不在。此复问知道之智慧何自来，而答以皆出于一也。"此说中，"道之智慧"一语，似乎可以再商量。庄子及道家所说的"道"，似乎还不能简单地化约为智慧。道的指向与智慧的指向存在着较大的差异。譬如《老子》第十九章："绝圣弃智，民利百倍；绝仁弃义，民复孝慈；绝巧弃利，盗贼无有。此三者，以为文，不足。故令有所属：见素抱朴，少私寡欲，绝学无忧。"按照这个说法，道在智的对立面，只有"弃智"，才能得道。

顾实："此又一问答也。神明即魂魄也。人生则神降明出；死则魂升魄降也。一者，天地之德也。神圣明王之生成，皆原于天地之德也。……下文继之以天人、神人、至人、圣人、君子、百官、万民七等人者，即是神圣明王之实现也。前四等以释'圣有所生'一语，后三等以释'王有所成'一语，而尤以圣人为中枢。盖内圣外王之伟业，固皆集于一人之身，而不可分而为二者也。"此处的"神明"，似不能释为"魂魄"。魂魄与躯体相对应、相并称，每个人都有，平淡无奇。如果魂魄确实存在，那么，人活着的时候，魂魄与躯体结合在一起；人死之后，躯体灭失，魂魄独自飘荡，要么升至天上，要么随便停留在某个地方。但是，"神明"不一样，按照《天下篇》的逻辑，神明乃是圣王的属性。神与圣相联，明与王相联。由此可知，"神明"乃是珍稀物品，绝不是普通人能够拥有的；普通人的"配置"没有那么高。譬如，汽车里的坐垫加热功能，低档汽车就没有，要稍微好一点的汽车才有这种较高的配置。

高亨："下文曰：'配神明，醇天地。'曰：'寡能备于天地之美，称神明之容。'曰：'澹然独与神明居。'曰：'死与生与！天地并与！神明往与！'皆神明与天地并举，则神明自是超出人类物类以上者。……一者，道之别名也。……神明原于一，与'神得一以灵'意合。圣王原于一，与'侯王得一以为天下贞'意合。"高说为是。

钱基博："此庄子设问道无乎不在，则神圣明王何由降出，独与众异，而答以'圣人抱一为天下式也'。'圣'之为言，通也。'王'之为言，往也。体道之谓'圣'，故曰'有所生'。行道之谓'王'，故曰'有所成'。庄子此篇，盖通论'天下之治方术者'，而折中于老子，可以老子之言明之。……余读《史记·老庄申韩列传》称：'庄子之学，无所不窥，然其要本归于老子之言'，正可于此篇参之。"钱说甚是。

关于这里的"一"，明末清初的王夫之认为："一者所谓天均也。原于一，则不可分而裂之。乃一以为原，而其流不能不异，故治方术者，各以其悦者为是，而必裂矣。然要归其所自来，则无损益于其一也。一故备，能备者为群言之统宗，故下归之于内圣外王之道。"按照王说，"一"就是"天均"。所谓"天均"，《庄子·寓言》有专门的界定："万物皆种也，以不同形相禅，始卒若环，莫得其伦，是谓天均。"针对这样的"天均"，我很难给出一个"科学"的、确切的解释。它大致的意思是：万物循环往复、无始无终的一种均衡状态。可以把它理解为一种自然秩序。昼夜循环，阴阳转化，潮涨潮落，四季更替，五行生克，相互依存，周而复始，这种自然之道、自然规律、自然秩序，就是天均。如果"简而言之"，那么，"天均"就是天道或道。

综合以上诸说，可以看到，这是庄子设计的一个对话，他自问自答。他提出的问题是："神"从哪里降下？"明"从哪里出来？"降"与"出"似乎暗示了不同的方位，譬如说，"神"是从"高处"降下来的，"明"是从任何方向出来的。

对此，谭戒甫认为："神言降，明言出，略示上下，似分承道术言之。然既云道术无乎不在，则道亦下而明术亦上而神矣。但神之于术，果何由而下降邪？明之于道，果何由而上出邪？"显然，这是一个疑问。但是，这样的差异似不必深究。这里的"神"，不宜理解为现在所说的神仙，不能作那样的人格化处理。如果"神"是人格化的神仙，那么"明"又是什么呢？那就说不通了。

对"神"与"明"的理解，要跟后面的答案结合起来。神对应的是圣，结合起来是神圣；明对应的是王，结合起来是明王。"神圣"主要是指内圣，因此，这里的"神"主要指向人的内在的精神世界，如前所述，圣包含了"通"的意思。"明王"主要是指外王，因此，这里的"明"，主要指向人的外在的现实世界。王包含了"往"的意思，王是天下归往的对象。因此，"圣有所生"是说：神圣或内圣，有它的生成方式或生成渠道；"王有所成"是说：明王或外王，有它的形成方式或形成路径。

那么，内圣如何生成？外王如何生成？这恐怕才是最根本的问题。这既是庄子最关心的问题，也是庄子那个时代普遍关心的问题。那个时代的顶尖级思想家，都应当思考这样的问题。事实上，先秦诸子所讲的各种问题，要么是内圣问题，要么是外王问题，要么是内圣与外王贯通的问题。刘小枫出过一本书，叫《王有所成》，这书虽然不是讲庄子的书，讲的是柏拉图。但是，道理是相通的，西学也可以分为内圣之学与外王之学。有些人喜欢讲"外王之学"，有些人喜欢讲"内圣之学"，但更好的方向是把"内圣"与"外王"结合起来讲，这叫"合内外之道"。这是一种贯通性的学问，"古之道术"就是"合内外"之道术。

那么，内圣或神圣，外王或明王，它们的生成机理是什么？回答是："皆源于一。"一个"皆"字，说明内圣与外王同根同源，两者怎么可能分得开？两者都源于这个共同的"一"。这里的"一"，高亨认为是道。《老子》第三十九章："昔之得一者，天得一以清；地得一以宁；神得一以灵；谷得一以盈，万物得一以生；侯王得一以为天下正。"这几句，可以支持高亨的观点。从这个方向去解释，内圣与外王，都源于道。内圣主要讲内在修养，外王主要讲外在事功，都源于道。

"圣有所生，王有所成"一语，意深旨远，它提醒你思考：内圣之路如何走？外王之路如何走？对这个问题的探究，数千年来，不绝如缕。《大学》中分列了所谓的"八条目"，它们之间的关系是："格物而后知至，知至而后意诚，意诚而后心正，心正而后身修，身修而后家齐，家齐而后国治，国治而后天下平。"其中的格物、致知、诚意、正心对应于"圣有所生"，修身、齐家、治国、平天下对应于"王有所成"。

不离于宗，谓之天人；不离于精，谓之神人；不离于真，谓之至人。

这里讲三种人，严格说来，是三个层次的人。

梁启超："天人、神人、至人、圣人之造诣如何分别，不必强解，大抵皆指能有契于道术之本体者。君子则能有协于道之作用者也。"

高亨："天人、神人、至人同为第一等人而异其名。"

谭戒甫："以上三层，纯属于道，盖内圣之上焉者也；所谓宗精天，天神至，略作区画，实无大别。"

依梁、高、谭之意，天人、神人、至人是同一个等级的人，都是"契于道术之本体者"，这是从相同的方面来看，当然没有问题。庄子把这三种人放在一起说，当然也包含了这样的意思：这三种人有较大的同质性。然而，庄子既然对这三种人分别命名，那就意味着，在逻辑上，应当对这三种人有所区分，否则，又何必分别命名呢？

顾实对天人、神人、至人之间的差异进行了辨析。第一，不离于宗。"此神圣之第一道术也。宗者，天地之德，大本宗也。累言之曰天地，省言之曰天也。……道家最高之观念，以天为宗，因天而已矣。"第二，不离于真。"此内圣之第二道术也。精亦神也。《知北游》所谓：'观于天地，神明至精，与物百化'，是也。……《外物篇》曰：'圣人之所以骇天下，神人未尝过而问焉。'盖若藐姑射之神人者，其亦即孟子所谓'圣而不测之谓神'者欤？"第三，不离于真。"此内圣之第三道术也。真者天真也。"按照顾说，在天人、神人、至人之间，还是应当作出严格的区分。我赞同这种观点。那就有必要试着区分一下。

第一，天人的特点是"不离于宗"。那么，"宗"是什么？"宗"即为"道"。正如《老子》第四章所说："道冲，而用之或不盈。渊兮，似万物之宗。"不离于宗的天人，就是不离于道的人，就是与天同德的人。道就是天道。因此，天人就是不离于天道的人。天人就是与天或天道融为一体的人。在当代，如果出现了一个让人感到特别不凡的人，可能会被人评价为"惊为天人"。这样的"天人"，就是顶级评价：此人"不可加矣"。

第二，神人就是"不离于精"的人。"精"就是"神"。按《知北游》所说的"观于天地，神明至精"，"至精"的"神明"似乎可以理解为天地的衍生物。因为，"至精"的"神明"，毕竟还是"观于天地"的结果，是从天地获得的启示。天地是本源性的存在，神明是派生性的存在。打个比方，你从孔子那里获得了启示，通常意味着，尽管你也很高明，但孔子比你更高明，毕竟是他启发了你。按照这样的关系，"不离于精"的神人就应当低于"不离于宗"的天人。

第三，至人就是真人。关于"至人"，《庄子》一书中多有论述。譬如《天运》："古之至人，假道于仁，托宿于义，以游逍遥之虚，食于苟简之田，立于不贷之圃。逍遥，无为也；苟简，易养也；不贷，无出也。"其他不再一一征引。根据《天运》，"至人"就是"无为""易养""无出"之人。在天人、神人、至人三种人之间，层级最低的至人被认为是"人之至"。为什么是"人之至"？可能的原因在于：虽然"人之至"听起来似乎已达极致，但毕竟还是比较现实的人。相比之下，"天人"与"神人"似乎更加远离尘世，人世间的烟火气息更加稀薄，更加臻于澄明之境。

能否这样来区分这三种人？这是一个见仁见智的问题，不可能有唯一正确的答案。各家的看法也不可能趋于一致。也许可以从两个方面来看：一方面，庄子把这三种人放在一起说，可以表明，三种人可以归属于一个大的类型，那就是，都可归属于精神高位上的人，三种人具有"家族相似性"。这三种人与后面要说的圣人、君子、百官、民，特别是后面三种人，具有显著的区别（圣人需要另说，详后）。另一方面，居于精神高位的人群又可以划分为不同的层次：天人高于神人，神人高于至人，三种人之间有层级上的差异，他们分别对应于三种层次的道术。这样解释三种人，可能更符合庄子的本意。

但是，梁、高、谭之说也值得注意。因为，要在这三种人之间划出清晰的界限，找出可以操作的评判标准，可能也比较困难。如果要具体确指："天人"包括哪些人？"神人"包括哪些人？"至人"包括哪些人？可能既无必要，也不大可能。

在这三种人之间做出层级上的区分，旨在表达一种理念，旨在以此传递出这样的信息：在寻求大道的路途中，要不断攀升至更高的境界。置身虽在极高处，举头还多在上人。你以为你是至人，你以为你够高了吧，但是，至人之上还有神人，神人之上还有天人。因此，需要彻底打消你"井底之蛙"的意识：当你从井底爬出来，当你看到浩浩荡荡的黄河，"两涘渚崖之间，不辨牛马"，够大了吧！相对于井底来说，这就相当于圣人的境界。你顺着黄河到了渤海，你越过渤海到了太平洋，这就是神人的境界。当你在茫无际涯的太平洋上遥望浩瀚的星空，这就是天人的境界。顺着这样的方向往前走，划分三种人的效果就出来了。

以天为宗，以德为本，以道为门，兆于变化，谓之圣人。

接着讲第四种人。前面三种人放在一起讲，第四种人单独讲。

谭戒甫："此神圣之第一层，亦即明王之第一层；盖道术之总汇，道之终而术之始，所谓'无为而无不为'者也。以天为宗，以德为本，以道为门，略当上列三层。《天道篇》曰：'静而圣，动而王。'上列三层，皆静而圣；圣人独兼圣王，由静而动，故曰兆于变化。"

顾实的算法不同："此内圣之第四道术也。圣者，通也。通于天人、神人、圣人三等而成其为圣人也。今之凡百科学，皆以三而成，则虽精神的人格，亦以三而成也。故曰：'以天为宗'，即'不离于宗'之天人，其原文自明矣。又曰：'以德为本'，《韩非子·解老篇》曰：积精为德，则即'不离于精'之神人亦明矣。又'以道为门'，乃道家屡言'得道之真人'，则即'不离于真'之至人，又明矣。虽然，毕竟与上三等人有别，盖圣人者，多指若黄帝、尧、舜劳身治世者而言也。……要之，圣人为七等人之中枢，上通于天人、神人、至人，下通于君子，更下而又以齿百官、理万民。自非超乎穷通死生变化之外者，曷克善其事哉！"

根据顾说，圣人承载了"内圣之第四等道术"，固然。但与此同时，圣人还有一个角色：它承载了外王之第一等道术。顾说已经指出，以圣人为中枢，上通于天人、神人、至人，下通于君子、百官、万民。既然如此，圣人既属于内圣，也属于外王。

高亨认为，以天为宗，是"动则法天"；以德为本，是"动则依德"；以道为门，是"动则由道"。"兆于变化"，是预先知道变化，"天人、神人、至人皆云'不离'，不离云者自然而至。圣人则云'以为'，以为云者，勉为而至。故圣人为第二等人"。

以上诸说大同小异。小异之处在于：各家关于"层级"的计算方法不同。谭说以圣人为第一等人，顾说以圣人为第四等人，高说以圣人为第二等人。大同之处在于：圣人应当具备的三个条件。第一，以天为宗，就是效法天道，效法"天人"。第二，以德为本，就是效法"神人"。第三，以道为门，就是循道而行，相当于效法"至人"。至于"兆于变化"，还是以谭说为优——圣人能够由静而动。可见，圣人就是效法前面"三种人"的人。前面的"三种人"属于第一个集团，圣人属于第二个集团。如果要拉通排序，前面已有三个层次了，圣人就是第四个层次的人。集团与层次，可以分开计算，分别排序。

高说特别注意到了庄子的修辞手法。天人与宗的关系、神人与精的关系、至人与真的关系，都是"不离"。"不离"的实际意义是：天人、神人、至人与道融为一体，彼此交融，甚至就是道的化身，这就好比释祖是佛教的化身、惠能是禅宗的化身一样，那是不可分离的，因此叫"不离"。

但是，圣人与道的关系，都是"以……为……"，这种表达方式，旨在说明：圣人是在效仿天人、神人、至人，是在遵循天、德、道的要求。如果把天、德、道统称为道，那么，圣人是在遵循道，靠近道，亦步亦趋地追随道，勉力而为，勉力而至，也许还比较吃力。这就说明，圣人所处的层次，较之于前面"三种人"，还是要低一些。如果要坐实，如顾实所言，处于圣人这个层次的人，主要是黄帝、尧、舜、禹、文、武、周公他们这样一些人。他们很劳神，甚至很辛苦，特别是大禹，远距离跋涉，察看高山大川，到处治水，各地奔走，非常劳累。他们就是"圣人"这个层次的人。

圣人虽然受到下面几个层次的人的景仰，其实在人的品级体系中，仅仅处于中位线以上。圣人举头向上看，还有三个层次的人；圣人低头往下看，当然也有下面将要分述的三个层次的人。这就是庄子理解的圣人，这跟儒家理解的圣人，还是有差异的。

以仁为恩，以义为理，以礼为行，以乐为和，熏然慈仁，谓之君子。

这是讲比圣人低一级的君子。

谭戒甫："此明王之第二层。仁义礼乐，皆术也；熏然慈仁；庶几免矣。……盖礼乐为忠信之薄，仁义之穷，一不能应，争端竞起，所谓为者败之；下此更无论矣。"

顾实："此外王之第一道术，以蓄士大夫也。盖神圣明王与士大夫处，则变而为熏然仁慈之君子，故文曰：'谓之天人'，'谓之神人'，'谓之至人'，'谓之圣人'，'谓之君子'，其书法同也。逮之儒家得之而倡仁义礼乐之教化焉。"

按照顾说，似乎"神圣明王与士大夫处"，变成了君子。可能是表达上有一些问题。应当是士大夫与神圣明王相处，受到了后者的熏陶，变成了君子。这里可能还有一个问题：君子是不是神圣明王熏陶出来的？在《尚书·尧典》这样的典籍中，如果尧这样的圣人就是神圣明王，按照《尧典》的首句，"放勋，钦明文思安安，允恭克让，光被四表，格于上下。克明俊德，以亲九族。九族既睦，平章百姓。百姓昭明，协和万邦。黎民于变时雍"。这样的文明秩序建构原理表明，尧陶冶的对象主要是九族、百姓、万邦。君子是否可以纳入九族、百姓这个序列之中？也许还可以存疑。在儒家的思想体系中，孔子是圣人，当然可以陶冶君子，但是，孔子可没有帝王的身份。孔子虽然享有"素王"的头衔（按，"素王"一词，首见于

《庄子·天道》，后面还有进一步的讨论），但毕竟是"有其德，无其位"，跟真正的帝王相比，毕竟还是缺了很大一块硬件。

高亨："以仁爱人。以义治事。以礼节其行。以乐和其情。天、道皆自然之物，仁、义、礼、乐皆人为之物，故君子为第三等人。"高说为是。只是按照我们的排列，君子已经是第五个层次的人。

儒家天天讲君子，注重君子与小人之分，"君子喻于义，小人喻于利"。庄子也讲君子，但庄子不拿君子跟小人比。按照庄子安排的序列，君子的层级较高，如果不算天人、神人、至人，那么，君子仅次于圣人。

还是回到原文。这一句专门描述君子的特点，也可以说是君子的养成方式。第一，以仁为恩，就是以仁的原则爱人，以仁的原则对待各种各样的人。第二，以义为理，就是以义的原则治事，以义的原则处理各种各样的具体问题。第三，以礼为行，就是按照礼的规则言行，相当于现在的遵纪守法。第四，以乐为和，就是以乐调节其性情，做到身心和谐。最后的效果是"薰然慈仁"，就是温和、仁慈的样子。这样的人，就是君子。

如高说所示，第五层次的君子与第四层次的圣人之间的区别，主要在于：圣人遵循的对象是道或天道，天道毕竟是自然之物；君子遵循的对象是仁、义、礼、乐，都是人造之物。这就有本质的差异。人造之物意味着：人既可以造出这个东西，也可以造出另一个东西；既可以造出真品，也可以造出赝品。自然之物意味着，它是天造之物，那就更高级、更优质。说得更具体一些，圣人遵循的对象或规范出于天，君子遵循的对象或规范出于圣人。

由此看来，滋养圣人的东西与滋养君子的东西，是两个层次的东西。打一个不太恰当、也比较庸俗的比方，圣人食用的是纯粹的土鸡，君子食用的是养鸡场出的鸡，这两种不同的鸡，在品质上有比较明显的差异。正是由于这个缘故，《庄子·让王》有言："道之真以治身，其绪余以为国家，以土苴以治天下。由此观之，帝王之功，圣人之余事也，非所以完身养生也。今世俗之君子，多危身弃生以殉物，岂不悲哉！"由此可见，对于世间所称道的君子，庄子觉得是很可怜的一群人。当然，庄子的这个评价，是站在天人、神人、至人的立场上做出来的。

《庄子·让王》篇中的这句话还提示我们，帝王与圣人是两回事。那么，前面顾实所说的熏陶君子的神圣明王，到底是圣人还是帝王？有没有圣人与帝王重叠起来的人？在儒家看来，尧舜可能就是这样的人，既是帝王，又是圣人。但是，庄子这样看吗？

以法为分，以名为表，以参为验，以稽为决，其数一二三四是也，百官以此相齿。

这是讲君子之下的百官。

梁启超："此言道之条理，演而为法，播而为名，析而为数，皆官守之事也。以参为验，谓比较而得经验。以稽为决，谓稽考前例以定可否。"

顾实："此外王之第二道术，以齿百官者也。盖神圣明王躬为百官之所司。则是侵官失势，故虽有圣智而不为。但有其道术以齿之，而百官亦幸赖以相齿焉。故虽有圣智而不为。但有其道术以齿之，而百官亦幸赖以相齿焉。儒家法家皆有述之者。"

关于"其数一二三四"，高亨认为："其数谓以上名，等级之次也。天人、神人、至人为第一等，圣人为第二等，君子为第三等，'以法为分'云云为第四等。曰'其数一二三四'，正以示其次于君子也。"

理解这句话的难点，就在于"其数一二三四"。按照高说，是百官居于第四等。"百官以此相齿"，亦即百官的位置是按照这个等次排出来的，前面的天人、神人、至人都排在第一等，圣人排在第二等，君子排在第三等，百官就排在第四等了。换言之，"一二三四"分别是指四个层次的人。蔡德贵的《〈庄子·天下篇〉一二三四考》一文认为，"一二三四"就是"王"的意思。他说："百官是通过王来安排官职的。"

除此之外，关于"其数一二三四"，还有其他各种各样的解释，聚讼纷纭，这里不再逐一征引。相比之下，更好的解释可能还是：法为一，名为二，参为三，稽为四。"百官"就是通过这"一二三四"种渠道、方式、机制，来确定他们彼此之间的交往关系。正如谭戒甫所见："此明王之第三层，一法，二名，三参，四稽，皆术之次者也，其数由一二三四以至于百，君子不能躬自为之，故设百官以此相序焉。然百官亦总括之词。此层以法名为体，参稽为用。"谭说为是。

按照"七个层次"来排列，百官居于其中的第六层次。这个层次的人，跟后来所说的法家学派的人比较接近。古代的法家不是现代的法学家，而是相当于现在所说的行政管理人员或公务人员，其中包括官，也包括吏。这些人"以法为分"，就是用法律来确定人的身份、名分，以现在的法律语言来说，就是用法律确定人的权利义务。"以名为表"就是用名分作为标记，用来区分此人与彼人。譬如，县长与乡长，就是两种不同的名，用这两种名，就可以把两种职位、两种人区分开来，不至于把两者搞混；只有不搞混，才能"相齿"，才能进行有序的排列。传统中国的百官，必须通过各种各样的名称、服饰，来进行区分。我们看《周官》这样的著作，其中记载了各种各样的"官名"，都是为了区分百官，为了让百官有效"相齿"。"以参为验"，就是通过比较，达到验证的目标。"以稽为决"，就是通过考察，做出相应的决断。"稽"就是考或察。现在流行的"稽查"或"稽征"之"稽"，就是"考"或"察"的意思。

百官是政府的公务人员或政府官员，百官之下就是下文所说的民；民之下，就没有其他人了。由此看来，百官在七个层级的人中，居于倒数第二层，这算是一个比较低的位次。如何理解百官的这个位次？

让我们回过头去想一想：在我们习以为常的实践领域，百官是理民之官，百官具体处理政府事务，百官之下是万民，在百官之上，其实就是充当君主的圣人。既然如此，居于圣人与百官之间的君子，又是干什么的？前面已经说过，君子"以仁为恩，以义为理，以礼为行，以乐为和，熏然慈仁"，这是君子的特质，也是君子的精神与风格。这个是清楚的。问题是，君子在哪里？君子是干什么的？谁是君子？为什么要把君子与百官区分开来？君子有很好的修养，为什么不让他们充当百官？而且，为什么还要把君子置于百官之上？

这显然是一些值得索解的问题。由这个问题出发，我们可以看到先秦时期华夏文明秩序的一个特点：君子与百官的二元划分。其中，君子主要是教化与文明的象征，君子可以无所事事，君子不必做具体的管理工作，具体的、事务性的管理工作由百官来做。

庄子眼中的君子与百官的区别，现在想来，大致相当于董事会成员与职业经理人的区别。譬如说，根据《史记·晋世家》，西周政权建立以后，周武王的儿子唐叔虞被周成王分封到唐国（后改称晋国）执政，唐国（即晋国）就是唐叔虞及其家族的。唐叔虞家族的成员，就是晋地最早的"君子"。他们这些人，主要承载仁、义、礼、乐这样一些文明符号。至于处理钱粮、刑狱之类的具体事务，则委托给一些职业经理人，这些人就是"百官"。换言之，虚的东西，由君子承担；实的东西，由百官承担。早期的君子，主要是贵族，相当于董事会成员，他们接受的教育主要是博雅教育，不强调专业性，仁、义、礼、乐，都是博雅教育的内容，就相当于我们现在所说的素质教育。相比之下，百官主要是雇员，是专业化的行政管理人员，他们的工作有一定的技术含量，所谓"以法为分，以名为表，以参为验，以稽为决"，都代表了若干技术性比较强的专业能力。

到了春秋时代，尤其是到了战国时代，随着礼崩乐坏的日趋严重，情况又发生了一些变化。特别是在秦国这样的新崛起的国家，随着世卿世禄制的日渐销蚀，传统的贵族，也就是传统的君子，就像唐叔虞家族的那些成员，他们所占据的社会资源越来越少，越来越撑不起那个场面了。"君子"这种角色就开始弥散、泛化、分化，有的可能去做官，担任一些实际工作。有的可能成为"不治而议"的人物。譬如，齐国稷下学宫中的那些学术理论人才（亦称"稷下学士"），他们不从事实际的行政管理工作，成天忙于著书立说，辩论一些大道理，甚至研究一些不切实际的学术理论问题。他们就是那个时代的"君子"。一些稷下学士或稷下先生不屑于从事具体的行政管理工作，其实就是以前的贵族或君子的遗风。在四川成都，汉代有一个人叫严君平，他无意于充任"百官"，就有点像古之"君子"。在清末，有一个四川人叫廖季平，张之洞很赏识他，他如果有做官的意愿，完全可以跻入"百官"的行列，但他根本就没有这样的意愿，他一辈子研究经史之学，也有点像古之"君子"。

大致说来，根据庄子的"人的七层次说"，在百官与君子之间进行比较，君子更有魅力，有人格魅力，有思想魅力，有文化魅力，有精神魅力。按照庄子的说法，就是"熏然慈仁"的样子，这是一种风度，也是一种气象。让我们回忆一下汉代的严君平，再想想"北宋五子"，他们这些人，通常都没有显赫的官位，没有掌握钱袋子，没有掌握枪杆子，没有任何硬实力，甚至也没有掌握一门实用的专业技术，但是，他们的个人魅力倾倒了无数的人，他们因此而成了文明的象征。"百官"可以很能干，譬如兴修水利，疏浚河道，筹集钱粮，处理刑狱，这也很重要。但这样的人，就很难形成个人魅力。一个绍兴师爷，无论是钱粮师爷还是刑名师爷，无论他多么精明，都不大可能成为文明的象征。

以事为常，以衣食为主，蕃息畜藏，老弱孤寡为意，皆有以养，民之理也。

最后一个层次是民。这句话主要讲"民之理"，也是"民之性"，也是"民之道"。

梁启超："'老弱孤寡为意'，文不可通，疑'为意'二字当在'养'字下，文为'蕃息蓄藏老弱孤寡皆有以养为意'。蕃息就子姓言，畜藏就财贿言，子孙蕃衍，生计饶裕，穷苦者皆有所养。以此为意向，此民之恒性也。"

顾实："此外王之第三道术，以理万民者也。古者设官以治民，故民次于百官之后也。逮夫儒家得之，而以富庶为教化之先图。"

高亨："民之理也，犹言民之道也。固定其职业，备足其衣食，养其老弱孤寡，民之道如此而已。"

谭戒甫："此明王之第四层，计共三项：以事为常者，如士农工商，各有常业；其二三两项，系倒装文句，犹云以衣食蕃息畜藏为主；老弱孤寡皆有以养为意。理治也。民之理也者，盖谓此三项皆具，民即治矣。以上三层纯属于术，盖外王之下焉者也。"

诸说皆是。"民"就是"万民"，是庄子所列出的第七个层次的人。这个层次的人，有几个特点。第一，"以事为常"，就是各有自己相对稳定的职业，譬如农、工、商，农之子恒为农，工之子恒为工，商之子恒为商，这就叫有自己恒定的职业，"常"就是恒常，这里指恒常的职业。第二，"以衣食为主"，容易理解，简而言之，就是俗语所说的"人生在世，吃穿二事"，更简而言之，就是寻求温饱。第三，"蕃息畜藏"，就是注重积累的意思。按照梁说，"蕃息"是积累人口，人丁越来越兴旺，儿孙越来越多；"畜藏"是积累财富，钱财越来越多，这就是民的愿望。第四，老弱孤寡的人，都有一个基本的生活保障。这几个方面，就是民之性。你只有掌握了万民之性，你才能掌握理民之道。

以上就是庄子关于人的层次（或等级、层级）的划分，一共七个层次。概括起来，圣人居于中间位置。在圣人之上，有天人、神人、至人，这三种人主要是精神性的人。打个比方，他们主要住在天上，他们几乎不食人间烟火，主要体现了一种精神性的存在。浏览《庄子》各篇，这样的人并不罕见。在我们生活于其中的现实世界里，这样的人到底有没有？可能也有。他们到底在哪里？这就不得而知了。庄子描绘的这三种人，虚拟的成分较多。庄子的意图，主要在于建构一个虚拟的空间，一个想象的世界。在圣人之下，有君子、百官、万民，这三种人主要是物质性、世俗性的人。打个比方，他们主要住在尘世，他们有浓厚的人间烟火气息。至于圣人，则是联结这两个世界的枢纽，他同时属于上下两个世界。

读到这里，我们很容易想到奥古斯丁的《上帝之城》。奥古斯丁也讲两个世界，天国和尘世。像摩西、耶稣这样的人，就是沟通天国和尘世的人，大致相当于庄子想象的圣人。相比之下，奥古斯丁的天国更加具象化。天国里的上帝虽然无形无象，但上帝的情感更容易为尘世中人所理解。然而，庄子想象的天人、神人、至人却不生存于一个具体的天国里，他们寄生于虚空之中。也许，曹雪芹建构的"太虚幻境"，才是他们的浮生之所。

古之人其备乎？配神明，醇天地，育万物，和天下，泽及百姓，明于本数，系于末度，六通四辟，小大精粗，其运无乎不在。

这是关于"古之人"的一个概括性说明。

章太炎："醇借为准，《地官·质人》壹其淳制，《释文》：淳，音准，是其例。《易》曰：易与天地准；配神明，准天地。二句同意。"

顾实："古之人其备乎者，谓备有七等之人也。"

钱基博："'育万物'，'和天下'，'泽及百姓'三语，言'古之人'德无不普。'明于本教'，'系于末度'二语，言'古之人'知无不该。要而言之曰'备'。"钱说为是。

这里的"古之人"，不是古之所有人，而是古之圣王。"古之人"内圣而外王，既"内圣"，又"外王"。"备"，是指具有道术的全体，什么都有。古之圣王"配神明，醇天地"，就是说，他们与"神明"保持一致。如前所述，"神"指"内圣"，"明"指"外王"。因此，"配神明"就是内圣外王的意思。

接下来，分别讲"内圣"与"外王"。其中，"醇天地"是说：古之人与"天地"保持一致，天地就是道的别称；与天地保持一致，就是与"道"保持一致。由此看来，"醇天地"主要是指"古之人"的"内圣"。相比之下，"育万物，和天下，泽及百姓"相当于"古之人"的"外王"。意思是说，他们养育万物、协和天下、泽被百姓。这三项事业，都是外王事业。

"古之人"还要"明于本数，系于末度"。其中，"本数"大致相当于"大经大法"，属于宏大叙事，对应于形而上的道；"末度"大致相当于"细枝末节"，属于技术处理，对应于形而下的术。打个不太恰当的比方，那就是："古之人"既善于抓大，又善于抓小；既有大局观念、大局意识，同时还能"落细落小"，这就像诸葛亮，既能策划三分天下的大战略，又能事无巨细，什么都管。当然，这仅仅是一个比方，也不是很恰当，这样的比方似乎把"本数"与"末度"都往下降了一格。也许，把"本数"理解为道，把"末度"理解为术，可能更符合庄子对"古之人"的想象。

"古之人"还要"六通四辟"。一方面，"六通四辟"可以坐实。"六"指"六合"，东南西北再加上下，泛指宇宙。"四"指"四时"，指春夏秋冬。另一方面，"六通四辟"也可以虚指，指各个方面都是通达的。"小大精粗"也是这个意思，泛指各个层面的问题。

"其运无乎不在"，指内圣外王之道，可以通向任何地方，无远弗届。这句话是说，"古之人"已经开创了一个理想的世界。

读到这里，我们可以发现，这几乎就是一篇"庄子版"的"创世记"。这篇"创世记"足以在多姿多彩的各种"创世记"文本中，占据一席之地。

《旧约全书》中的"创世记"是犹太教—基督教的"创世记"，从有史以来最初的第一天，一直到第七天，它都记载得很清楚，这是最有名的"创世记"，也是"创世记"的本义。前文征引的《尚书·尧典》，可以视为儒家的"创世记"，它是华夏文明关于"创世记"的主流叙事，对此，我在《风与草：喻中读尚书》一书中已有专门的交代，在我的《法理四篇》一书中，也有专门的论述。近代西方有"社会契约论"，霍布斯、洛克、卢梭，这些人都有关于社会契约理论的叙述，这些叙述堪称西方近现代的"创世记"：孤立的个人如何组成社会，如何建立政府，如何组建国家，等等，这是"启蒙思想家"写下的"创世记"。相对于神学的"创世记"来说，"社会契约论"是世俗的"创世记"。《天下篇》在此处关于"古之人"的叙述，则是"庄子版"的"创世记"。庄子借此叙述了"古之人"如何创造文明，如何创造世界。庄子作为顶级思想家，他也有自己的"创世记"。

无论是哪种"创世记"，都旨在讲述：世界如何产生，文明如何兴起，人类社会如何形成，国家机构怎样创制。"创世记"非常重要。顶级的思想家，都得写自己的"创世记"。倘若没有自己的"创世记"，那就很难成为顶级思想家。为什么？因为，"创世记"就是追根溯源，就是让自己的理论彻底。打个比方，这就相当于建一幢高楼，一定要把地基打到最坚硬的岩层上，这样建起来的高楼才足够稳当。顶级思想家写自己的"创世记"，就相当于把地基打到最坚硬、最彻底、最深处的岩层上，这样一来，他的整个思想理论大厦，才有了一个坚实的基础。否则，他的理论就只能是依附性的理论，他的理论就不能独立自主地解释这个世界。

此外，对于顶级思想家来说，只有"创世记"还不够，还得有"末世论"。作为顶级思想家，你得回答：最初是怎么样，后来是怎么样，最后又是怎么样。这样，你就可以建构一个无所不包、从头至尾的解释框架，你的思想理论就自洽了，你不必依附于其他的解释框架，你不必在别人的框架下建自己的小房子，你本身就是一个无所不容的大框架。反之，如果你没有这个框架，你的理论就只能寄居在别人的解释框架里，那你就很难成为顶级思想家。

其明而在数度者，旧法、世传之史尚多有之。

继续讲"古之人"的创造。"古之人"所创造的东西，一直流传至今。只不过，现在是分开讲了，分成三个方面讲。这一句，讲的是第一个分支。

顾实："盖先王制定法则，开辟图籍，有义有数；世官守数而不知其文，浸假而数亦消失，所以文久而灭，节族久而绝也。然而五帝之外，犹尚非无传人，则是五帝三代之中，其传人之多可知，故曰：'尚多有之'也。古史有两大别：其一，大史、小史、内史、外史、御史之专官也。……其二，则周礼六官之属，各有府史胥徒也。"此处所说之"史"，"正即官人百吏世传之史所掌者，不止图籍一部之事而已。然揆诸散文则通之义，则此之曰'旧法世传之史'，亦或包有专官之史在内欤？"

高亨："古之数度有存于旧法者，有存于史书者。"

顾高两说，对"世传之史"的解释略有不同。依据顾说，史是史官；依据高说，史是史书。

谭戒甫："旧法者，如《墨子·节用中篇》称：'古者圣王制为节用之法，制为饮食之法，投影为衣服之法，制为节葬之法'皆是。世传之史，如《史记·太史公自序》云：'余所以述故事，整齐共世传，非所谓作也。'按故事（亦作旧法）世传当即古代史官所掌，迁乃述而整齐之；可知数度之明于后世者尚多矣。"在以上诸说中，似以谭说为佳。

"其明"之"其"，依然是"古之人"，亦即古之圣王。"数度"可以分开来说。"数"就是"本数"，可以是比较重要的经义与法典，"明于本数"就是明于大经大法；"度"就是"末度"，可以是比较具体的规章细则；"系于末度"就是抓住细节。把"数"与"度"

合起来，称"数度"。对此，《荀子·性恶》有言："圣人积思虑习伪，故以生礼义而起法度，礼义法度者，是圣人之所生也。"荀子所说的"法度"或"礼义法度"就是"数度"。荀子也认为，这样的数度或法度，是出于早期的圣人，亦即庄子所说的"古之人"。

因此，这句话的意思是说：古之圣王在经义法度方面的创造，在古法旧典中，在传世文献中，还有很多。

这里所说的"世传之史"，可以理解为史官掌管的史书。譬如《吕氏春秋·先识览》列举了一些史实："夏太史令终古出其图法"，"出奔如商"；殷内史向挚"载其图法出亡之周"；晋太史屠黍"以其图法归周"；等等。这些"图法"，大致就是"世传之史"中的"旧法"。这些"图法"，就是古之圣王的创造物。当然，在此应当明确，这些经由"世传之史"传承下来的"数度"，只是"古之圣王"的创造物的第一个组成部分。

结合下面要讲的内容，可以看到，从这一句到下面的几句，是讲古之圣王的创造物在后世的几类遗留物。"数度"是第一类，主要存于"旧法、世传之史"。我们可以猜测，像"周守藏室之史"这样的人，大概就是这类文化遗产的守护者。

其在于《诗》《书》《礼》《乐》者，邹鲁之士、缙绅先生多能明之。

这是"古之圣王"留下的文化遗产的第二个组成部分。

梁启超："此论儒家也。道之本体，非言辞书册所能传，其所衍之条理即'明而在数度者'，则史官记焉而邹鲁之儒传之。诗、书、礼、乐、易、春秋之六艺实为其宝典。"

顾实："此更指示其二在士大夫之六艺也。上言《诗》《书》《礼》《乐》，下言《诗》《书》《礼》《乐》《易》《春秋》者，行文详略从便也。《诗》《书》《礼》《乐》亦数也。故世史言数，百家言数，而此独言《诗》《书》《礼》《乐》者，行文之变也。"

看来，关于这一类文化遗产的保存者，有不同的理解方式。依据梁说，是儒者；依据顾说，是士大夫。不过，可能还是庄子自己所说的"邹鲁之士、缙绅先生"更准确。这部分文化遗产主要表现为《诗》《书》《礼》《乐》。按照传统的、主流的说法，这几种文献主要是在孔子手上定型的，或者是经过孔子整理的。邹鲁之士，是指以孔子为中心的学派。缙绅，本意是儒生的服装。缙，指帛赤色；绅，指宽大的带子。这是儒生的装束。因此，这句话的意思是说："古之圣王"留下来的一部分文化遗产，见于孔子学派所守护的《诗》《书》《礼》《乐》。换言之，孔子学派或儒家学派，只是继承了古之圣王留下来的部分遗产。

在这里，有一个值得注意的问题是：庄子没有直接提出孔子及其学派。在后面的关于各家各派的学术史梳理中，庄子也不提孔子及其学派。这是怎么回事？

须知在先秦时期，孔子及其学派乃是首屈一指的大学派。严格说来，庄子所见的大多数学派，都渊源于孔子及其学派：墨子、禽子最初都是儒家人物的弟子；子夏在魏之西河，培养了早期的法家人物，形成了一个"西河学派"；韩非、李斯都是荀子的学生，等等。既然孔子的影响是任何人都无法否认的，《天下篇》为什么没有专门提到孔子及其学派？难道庄子真有底气忽视孔子的存在？这是一个什么样的逻辑呢？

更值得注意的是，这里谈的是"四艺"，紧接着，下面要谈的是"六艺"，为什么没有统一起来？按照顾说，这是"详略从便"，好像没有什么深意，不必理会。可能不会这样简单。因为，这里所说的"四艺"，恰好可以跟前述的君子及其特质相对应。前面已经说明，君子是"以仁为恩，以义为理，以礼为行，以乐为和"，这就是说，《诗》可以对应于君子之仁，《书》可以对应于君子之义，《礼》对应于君子之行，《乐》对应于君子之和。因此，这一句讲的"其在于《诗》《书》《礼》《乐》者，邹鲁之士、缙绅先生多能明之"，是否可以理解为，以孔子为代表的"邹鲁之士、缙绅先生"，都是庄子所说的"君子"？这里的"多能明之"之"明"，既是明白、理解，又是彰显、展现。

《诗》以道志，《书》以道事，《礼》以道行，《乐》以道和，《易》以道阴阳，《春秋》以道名分。

这是紧接着上一句讲的，讲六经或六艺的性质与功能。

钱基博："《庄子·天运篇》载孔子谓老聃曰：'丘治《诗》《书》《礼》《乐》《易》《春秋》六经，孰知其故矣。'老子曰：'六经，先王之陈迹也，岂其所以迹哉！'然则，'邹鲁之士缙绅先生'，多能明'《诗》《书》《礼》《乐》'者，特是明'礼乐法度'之本，尚非真能遗外形迹，深明道本而知'所以'者。"

按照钱说，能够明"四艺"，是邹鲁之士、缙绅先生的特质。但是，这是不够的，还不完整。在这个方面，古之圣王留下来的、比较完整的、体系化的文化遗产，还应当加上《易》与《春秋》。这就是六艺或六经。

将这六种文献并称，既见于《天下篇》，也见于《天运篇》："孔子谓老聃曰：'丘治《诗》《书》《礼》《乐》《易》《春秋》六经，自以为久矣……'"那么，六经并称是否源于庄子？还有没有更早的源头？显然是一个值得索解的问题。至少在荀子的著作中，还没有形成六种文献的并称。《荀子·儒效》："《诗》言其志也，《书》言其事也，《礼》言其行也，《乐》言其和也，《春秋》言其微也。"这就是说，在荀子列举的诸文献中，还没有《易》，还只有五部文献。荀子死于公元前238年。在荀子死后十几年，战国时代就结束了。如果在荀子的书里，六经并称的格局都还没有形成，那么，六经并称始于何时？抑或《天运篇》《天下篇》比《儒效篇》更早，只是荀子不认同《天运篇》或《天下篇》中的说法？

马叙伦也注意到，在这句话与前一句话之间，有一个明显的断裂：前一句话讲"四经"，这一句话讲"六经"，原因何在？有一种解释是，这一句话是后来者羼进去的。谭戒甫就有这样的看法，他说："《诗》以志道六句，疑汉人加入之文，上亦只有四项耳。盖六经之名，虽见于《天运》，实始自汉初；《荀子》《吕览》最晚，固未并举此六经，且亦无六经之名。"这种可能性当然是有的。但也存在另外一种可能性：庄子先以"四经"回应"君子"的特质，再以"六经"表达一个比君子更高的标准。君子只需要"明""四经"，但是，古之圣王留下来的，实有"六经"。

可以用《史记·太史公自序》中的话来解释《天下篇》的这句

话："《易》著天地阴阳四时五行，故长于变；《礼》经纪人伦，故长于行；《书》记先王之事，故长于政；《诗》记山川谿谷禽兽草木牝牡雌雄，故长于风；《乐》乐所以立，故长于和；《春秋》辩是非，故长于治人。是故《礼》以节人，《乐》以发和，《书》以道事，《诗》以达意，《易》以道化，《春秋》以道义。"太史公司马谈的这个说法，不知是否参考了《天下篇》的说法。

其数散于天下而设于中国者，百家之学时或称而道之。

这句话讲"古之圣王"创造的第三种文化遗产。

顾实："此更指示其三在百家之学者也，具言之曰数度，略言之则曰数也。与'其数一二三四'之数微别。此为法则度量等，彼则因法则度量等而为参稽之术，故同名曰数也。天下者，包有楚而言，中国则指诸夏之邦而言。"顾说甚是。

第三种文化遗产就是"百家之学"。这样的叙述，或许可以反映出庄子对于当时所能看到的文化遗产的排序："百家之学"在"四经"或"六经"之后。这里提到的"天下"与"中国"，如顾实所言，"中国"是指"诸夏"，"天下"既包括"诸夏"，也包括"诸夏"周边的"蛮夷"，譬如南方的楚。"时或称而道之"是说：诸子百家，时不时都会提到"古之圣王"创造的道术。

概括起来，我们可以看到，"古之人"或"古之圣王"创造的道术，主要通过三种渠道流传下来：第一，通过"旧法、世传之史"；第二，通过"邹鲁之士、缙绅先生"；第三，通过"百家之学"。

分类方式是认知图景与思想格局的直观表达。按照这样的分类方式，《天下篇》有意把孔子学说与"百家之学"切割开来：儒家之学不属于百家之学，以孔子为代表的邹鲁之士也不属于百家。这是什么意思？难道是儒家学说已经高居于百家学说之上？根据这样的分类方式，我们也许可以作出一些推断：《天下篇》中的这几句将孔子学说另眼相看的话，如果确实出于庄子之手，那就表明，庄子对孔子及其学派怀有特别的尊重。

天下大乱，贤圣不明，道德不一。

从这一句开始，风云突变。

庄子以"天下大乱"起头，再次回应"天下"之题旨。如果把《天下篇》的这个"总论"部分再分为两个小节，那么，这就标志着第二个小节的开始——按照谭戒甫的划分，这是第三个小节的开始。由此，庄子从回顾历史转向批判现实，哀叹文明的衰落。在后人眼里无比灿烂、令人神往的百家争鸣，在庄子眼里，却是"天下大乱，贤圣不明，道德不一"。如何理解这句话？

顾实："《易·坤·文言》曰：'天地闭，贤人隐。'《在宥篇》老聃曰：'天下脊脊大乱，贤者伏处大山嵁岩之下。'是天下大乱，贤圣在下位而鱼目混珍也。道德不一致，与前云'皆原于一'句相应。故一者配神明，准天地，成一有系统组织之国家社会也。不一者王纲解纽，社会秩序大紊乱也。是则庄子《天下篇》之作，仍不免有王政复古之思哉。"

高亨："人各贤其所贤，圣其所圣，故贤圣之真不明。人各道其所道，德其所德，故道德之说不一。"

以上两种解释各有指向、各有侧重。高说主要从字面上解释，顾说主要描述时代背景。

"天下大乱"，是庄子关于春秋战国时代的一个总体判断。"贤圣不明"包含多种指向：一种"不明"是指：谁才是真正的贤与圣？什么是贤？什么是圣？都搞不清楚，这就是"不明"。这种"不明"，是评判标准的不明确、不清晰，整个社会没有共同的评判标准。你说这个好，我说那个好，没有基本的社会共识。另一种"不明"，是隐匿的意思，天下的贤者与圣者，不能、不愿、无意、无法显现出来。贤圣隐匿也是贤圣不明。

那么，贤圣隐匿到哪里去了？按照前引《在宥》篇的说法，他们已经躲藏到大山中的岩缝里去了。明末清初的王船山，就有点像这样的人。《在宥》篇中的这句话，在随后的两千年间，激起了无穷无尽的回响：很多王朝的当政者，为了证明自己统治的时代不是"天下大乱"的时代，为了远离"天地闭，贤人隐"的灰暗景象，为了防范"贤者伏处大山嵁岩之下"这种天下大乱的征兆，都在争取实现"野无遗贤"这样一种大好局面。从政治上说，"野无遗贤"

堪称君主既"圣"且"明"的象征，比各种祥瑞降临的论证效果要好得多，黄龙、白虎、麒麟、凤凰之类的祥瑞，毕竟还只是一些动物，"贤人出"则会形成更加直接、更加有效的正面论证。

当然，也有一些"贤人"，譬如明清之际的李二曲，有贤人的名声，却一定要坚持"伏处大山嵌岩之下"，死活不出来，这就让朝廷很恼火，这不仅仅是"不给面子"的问题，因为，他的行为可能引起这样的暗示："天下脊脊大乱。"

此外，关于这里的贤与圣，谭戒甫还有一个解释："贤，当指王言。贤圣即外王内圣。"此说可能限制、缩小了"贤"的内涵，"贤"还可以包含君子。《史记·老子韩非列传》载老子之言："且君子得其时则驾，不得其时则蓬累而行。"这里的"得其时"，可以解释为"天下大乱"之前的时代；这里的"不得其时"，可以解释为"天下大乱"之时。"蓬累而行"就是一种"不明"的、试图或已经隐匿起来的姿态，相当于"伏处大山嵌岩之下"。

天下多得一察焉以自好。譬如耳目鼻口，皆有所明，不能相通。

这是在批评"一察之士"。

章太炎："一察，犹一边也。"

顾实："察即下文'察古人之全'之察，察有分辨之义。一察即一分也。无烦改读。且此一察字，而下文申之以'判''析''察'三家，亦古人行文恒有之例也。皆有所明不能相通者，盖徒可称明而未可称神明也。"顾说为是。

但是，"有所明"与"可称明"，似有程度上的差异。"可称明"是指可以称得上明。"有所明"是指有一些"明"，有一定程度的"明"。

这里再提"天下"。这里的"天下"，就是作为篇名的"天下"，指天下之人。"一察"就是"一端"或"一偏"，甚至就是"一点"。"自好"就是自喜，自以为是，自我感觉良好。

这句话是说：天下人都觉得自己掌握的那一点东西最好，沾沾自喜，以为是解决所有问题的灵丹妙药。这样的人很多。这些人就像人身上的耳目鼻口，各有自己的功能，但就是不能相互沟通。"通"也有"明"的意思，"不能相通"也可以理解为不能相互明白、相互理解。为什么不能"相通"？因为，"得一察焉"之人故步自封，不愿意、不能够理解别人。

犹百家众技也，皆有所长，时有所用。虽然，不该不遍，一曲之士也。

继续批评"一察之士"。

顾实："一曲之知，宜其寡能备于天地之美，难副乎神明之包容；所以愈反映出古人之备也。"

上文所说的"不能相通"的状况，就像"百家众技"，都有一定的长处，也有自己的作用。这里的"百家众技"跟前面说的"百家之学"，还不是一回事。这里的"犹"，可以理解为"就像"。一个"犹"字，标出了"百家之学"与"百家众技"的不同。这里的"百家众技"主要是指"百工之技"。《荀子·富国》："百技所成，所以养一人也。"荀子所说的"百技"，可以视为"百家众技"之简称。

"天下多得一察焉"所形成的是"百家之学"，这种"百家之学"就像是"百家众技"。"该"就是"备"，"不该"就是"不备"，就是不完备、不全面。"不遍"也是这个意思。"不该不遍"旨在描绘"一曲之士"的形象。"一曲之士"就是"一察之士"，就是不完备、不全面的人。"一曲"就是"一隅"。《荀子·解蔽》："曲知之士，观乎道之一隅"。荀子所说的"曲知之士"，就是庄子所说的"一曲之士"。这种人，只晓得"古之道术"的一个角落、一个片断、一个局部。

我们现在提倡、培养、称赞的"专家"，对某一个方面、某一个领域，有专业的知识，能够受到全社会的普遍尊重。然而，如果要让庄子来评价这样的专家，那就是"一曲之士"。当然，今天的知识体系与庄子时代相比，已经发生了天翻地覆的变化。在庄子时代，没有发展出像今天这样专业化的知识体系。因而，在庄子的时代，掌握整体性的"道术"是有可能的。但在今天，已经没有这样的可能性；在今天，是否还存在一个实体性的"道术"都很难说。今天的所有人，都只能成为庄子所批评的"一曲之士"，这是没有办法的事情。今天还有没有什么都通的"通人"？已经没有了。

判天地之美，析万物之理，察古人之全。

还是在讲"一曲之士"。初看这句话，以为是在表扬。然而，这绝不是表扬，这还是在批评"一曲之士"。

谭戒甫："天地之美，万物之理，古人之全，皆属一而不分；然判之析之察之者，乃一曲之士也。《老子》：'俗人察察。'王弼注：'察察，分明别析也。'……盖神明二者包容一切，一曲之士不能与之相等矣。"

高亨："《说文》：'判，分也。'天地之美，万物之理，古人之全，神明之容，内圣外王之道，天地之纯，古人之大体，皆谓道术也。"

两说皆是。王弼所说的"分明别析"，就是"分析"，就是分门别类地察看，这是"一曲之士"的特长或偏好。但在庄子看来，这也是他们的毛病。经过他们的"分"与"析"，"古之道术"破碎了，他们也不再识知纯一的大体。

"一曲之士"喜欢分析天地之美，分析万物之理，分析古人之全。就这三个方面来看，其一，"析万物之理"具有较强的客观性，跟现在的社会科学与自然科学较为接近。汉代的扬雄在《法言·君子》篇中有言："圣人之于天下，耻一物之不知。"《南史·隐逸下·陶弘景传》称赞陶弘景："读书万余卷，一事不知，以为深耻。"说的也是这个意思。反过来说，就是要"析万物之理"。其二，"判天地之美"具有较强的主观性。今人冯友兰有一个"境界说"，按他的说法，"天地境界"是人生的最高境界，超过了道德境界，当然也超过了功利境界。冯友兰所说的"天地境界"大体上可以对应于"天地之美"。其三，"察古人之全"着眼于历史，逐一去分析"古人之全"。这里的"全"，旨在彰显道术未裂的状况。

"判""析""察"，三个字的意思差不多，都是去考察、分析。因此，这句话的意思是：众多的"一曲之士"都在想方设法，从不同的角度去"判天地之美，析万物之理，察古人之全"。但是，效果如何呢？再往下看。

寡能备于天地之美，称神明之容。

这就是"判""析""察"造成的消极后果。这句话，是在直接批评"一曲之士"。

高亨："刘风苞：'称，配也'。亨按：容犹量也。"

庄子的意思是：你们这些人专注地"判天地之美"，但是，你们并不知天地之美，因为你们作为"一曲之士"，只知"一方"或"一隅"，你们割裂了"天地之美"——此处的"天地之美"就是天地之道。你们也"寡能""称神明之容"。依据高说，这里的"称"是"配"，"容"指"量"，从字面上理解，就是不能与神明的宽广相匹配。这里的"神明"，可以跟前面说的"神何由降？明何由出？"一语联系起来看，那就是兼具内圣与外王之人，因为，神是内圣，明是外王。这就是说，"一曲之士"，不懂天地道术之全，更不懂内圣外王之广。

是故内圣外王之道，暗而不明，郁而不发，天下之人各为其所欲焉以自为方。

这句话很重要。

谭戒甫："内圣外王之道，即道术之全也。"

顾实："此又与《孟子》言'圣王不作，诸侯放恣，处士横议'，其用意同也。方者，即所谓天下之治方术者是也。"

钱基博："'圣'之为言'通'也，所以适己性也。故曰'内'。'王'之为言往也，所以与物化也，故曰'外'。'内圣外王'盖庄生造设此语以阐'道'之量，而持以为扬榷诸家之衡准者，惟引庄子之言足以明之。"

诸说各有侧重，皆是。上一句讲"神明之容"，这一句讲"内圣外王之道"。前后紧密相关。因为，这里的"内圣外王"就是对"神明"的解释。"内圣"即"神"，"外王"即"明"。

"内圣外王"是后世儒学的关键词，也是儒学的核心思想。20

世纪以来的新儒家，对内圣外王之道多有论述。然而，可能会让一些人感到意外的是，"内圣外王"这个概念出于道家，出于《庄子》，出于《天下篇》，出于《天下篇》之"总论"。

"内圣外王"可以一分为二：内圣与外王。通俗地说，内圣是内在的修身、养德，外王是治国、平天下。内圣与外王都是"道"的体现，道存于内就是圣，道发于外就是王。在内圣与外王之间，有某种因果关系，内圣是因，外王是果；先有内圣，再有外王。但是，内圣不一定直接导致外王，譬如孔子，符合内圣的要求，甚至是内圣的典型代表，但孔子在治国、平天下的外王事业上，并没有突出的表现。一些人（主要是今文经学家）不甘心，把孔子称为素王，在某种意义上，基本上是一种聊胜于无的自我安慰。

内圣与外王也可以很好地结合起来，典型事例就是尧、舜、禹、汤、文、武、周公，他们体现了"内圣外王之道"的生动实践。但是，随着"天下大乱"时代的到来，随着古代圣王的远去，"内圣外王之道"暗而无光，隐而不现，"郁而不发"。这里的"郁"，是指自我覆盖、自我遮掩。天下之人，都按照自己的想法提出自己的方术。"以自为方"就是提出自己的"一察"之见。"方"与"道"是相互对应的概念。道是内圣外王之道，方是"一曲之士"所得之"一察"。

在这里，如果把"各为其所欲焉以自为方"简称为"各方"，那么，这里的情形就是：大道既隐，"各方"兴起。

悲夫，百家往而不反，必不合矣！后世之学者，不幸不见天地之纯，古人之大体。道术将为天下裂。

这是"总论"的结语，宣告《天下篇》的"总论"到此结束。

谭戒甫："百家各自为方，曲于一际，不能反于道术之全；盖分之既久，必不合矣。慨叹之至，实深惜之。……天地之纯，古人之大体，即前天地之美古人之全，句法小变耳。道术将为天下裂，犹云道术已为天下百家所破裂，将永不见其复合也；盖又为后世学者深惜之。"

顾实："天地之纯，古人之大体，即前述七等人之国家社会，当古昔神圣明王之全盛时代，而有此完美纯备之组织也。逮及庄子之世，三代既亡，诸侯力政，而贤士在下，各奋其所欲为；遂至四分五裂，亦符于中国历史有所谓'合久必分'之公例。若其'分久必合'，则非庄子所及见也。"

钱基博："大抵百家之所为殊异于老庄者，老庄弃智而任道。百家遗道而徇智。弃智而任道者，有以'见天地之纯'，'察古人之全'，而是非之轸溷。遗道而徇智者，将以'判天地之美'，将以'判天地之美'，'析万物之理'，而彼我之见纷。盖道者主'一'以窥大道之全，而百家裂'道'以明'一曲'之智；'浑沦'之与'琐碎'异，'玄同'之与'相非'违也。杨子《法言·问道》曰：'道以导之，德以得之，仁以人之，义以宜之，礼以体之，天也。合则浑，离则散。''天下之人各为其所欲焉以自为方。悲夫，百家往而不反，必不合矣！''循于道之谓备，不以物挫志之谓完'，此道者所以于百家最为高，而救一切圣智之祸也！"

参考以上诸说，这句话的意思是：真令人痛心啊！诸子百家按照各自的方向发展，各行其是，甚至背道而驰，再也没有统一的机会了。

"天地之纯，古人之大体"曾经存在于一个已经逝去了的时代。那个时代由圣王主导，那个时代可以说是内圣外王之道凝聚而成的肉身。但是，迁延至庄子时代，已经形成了诸侯力政、相互攻伐不休的局面，一些"治方术者"在各地奔走，根据自己的想法提出各种主张。"古之道术"已经被撕裂成一堆碎片，这些碎片已经散落在普天之下。

"悲夫"与"不幸"，体现了庄子的悲观情绪。庄子为何如此悲观？庄子为什么不愿高估百家学说的价值？按照钱说，是庄子所恃之道，不同于百家所恃之智，道高于智，所以庄子不愿高估百家的价值。庄子的悲叹，体现了道与智的对立。

如何看待道与智的关系？梁启超对此有一个评论值得参考，他说："'内圣外王之道'一语，包举中国学术之全部。中国学术，非如欧洲哲学专以爱智为动机，探索宇宙体相以为娱乐。其旨归在内足以资修养而外足以经世，所谓'古人之全'者即此也。'各为其所欲焉以自为方',方即'治方术'之方。各从其一察之明以自立学派,各趋极端,故曰:'往而不返。'庄子虽道家者流,然以邹鲁儒家诵法六艺者为能明于度数,而对于关尹老聃及自己,皆置诸'不该不遍''往而不返'之列,可谓最平恕的批评态度。"

　　以上内容,即为《天下篇》的"总论"。它是一个概括性的介绍。它描绘了先秦学术思想兴起的整体背景。简而言之,庄子所见的先秦学术,是"道术将为天下裂"的产物,在此之前,有一个内圣外王之道充盈天下的时代。但是,那个时代已经远去,我们只好来迎接这个"百家之学"盛行的时代。

第二章

墨翟、禽滑厘

　　庄子叙述先秦百家之学，在"总论"之后，首先以六百多字的篇幅，讲墨、禽之学。在庄子时代，有墨子，但还没有正式的"墨家"。如前文所述，把先秦学术思想分成墨家及其他各家，是汉代的产物，是司马迁的父亲司马谈在《论六家之要指》中首先提出来的。在此之后，才有墨家及其他各家；在此之前，只有墨子、禽子以及其他诸子。

　　当然，在司马谈之前，虽然没有墨家及其他各家之名，但已有墨家及其他各家之实。因此，庄子分述百家之学，事实上已有学派或各家的观念。而且，庄子在《天下篇》的"总论"部分中，已经提出了"百家"这个概念。这里的"百家"，当然是"虚指"，这里的"家"既可以指一个学派，譬如，宋钘与尹文算是一家；但也可以指一个人，庄子是一家，惠施是另一家。庄子对此并没有明确的说法，我们也不再深究。下面，且看庄子描绘的墨、禽之学。

　　不侈于后世，不靡于万物，不晖于数度，以绳墨自矫，而备世之急。古之道术有在于是者，墨翟、禽滑厘闻其风而说之。

　　先讲墨、禽之学的基本特征。

　　梁启超："墨家专讲现世主义，故曰不侈于后世。常爱惜物力，故曰不靡于万物。排斥繁文缛节，故曰不晖于数度。晖犹炫耀也。"

　　谭戒甫："'后世'礼文过缛，故简而不侈。'万物'持养过奢，故节而不靡。""数度兼具本末，为古人之全；而此宗独为立异，故不混同于圣王也。"两说之间，似以谭说为佳。

　　"古之道术"，如前所述，是内圣外王之道术。如果要坐实，如果要具象化，那就是尧、舜、禹、汤、文、武承载的道术，这个道术在早期是一个圆融的整体，这个整体随着天下大乱而破裂之后，有一些碎片是由墨翟、禽滑厘来保存与承载的。墨、禽二子，是《天下篇》最先提到的两个人。墨禽学派，是庄子最先叙述的学派。这种安排可以从两个方面来解释。

　　一方面，在庄子看来，在百家之间，墨禽学派是最重要的学派，先讲墨、禽，是庄子根据重要程度排序的结果。在先秦时期，墨子与墨家的影响确实很大。《孟子·滕文公下》："圣王不作，诸侯放恣，处士横议，杨朱、墨翟之言盈天下。天下之言不归杨，则归墨。"孟子与庄子大致处于同一时代，孟子注意到了墨子的影响，大致说来，庄子应当也有同感。《韩非子·显学》："世之显学，儒、墨也。儒之所至，孔丘也。墨之所至，墨翟也。"韩非比庄子、孟子都要晚一些，他对墨子、墨学的影响也有大致相同的看法。如果抽取孟、韩两家的最大公约数，也许可以得出一个不甚精准的结论：墨学是那个时代的主流显学。

　　另一方面，在庄子看来，墨学也是最先兴起的百家之学。在《天下篇》叙述的各个学派中，墨学相对早熟，所以应当先行叙述。我们看一看钱穆在《先秦诸子系年》一书中的考证，即可发现，后面将逐一分述的宋钘、尹文、彭蒙、田骈、慎到，惠施，当然也包括庄周自己，都比墨子晚出。这就是说，墨子确实是这些人的先行者，所以要先行叙述。《先秦诸子系年》一书所附的"诸子生卒年世先后一览表"显示，比墨子早出的"先秦诸子"，主要就是孔子及其弟子，外加一个邓析；其他的重要人物，基本上都在墨子之后。由此可见，墨子确实是诸子百家的前辈。

　　孔子及其弟子比墨子早出，而且，无论是墨子还是禽子，都曾经问学于孔子学派。关于墨子问学于孔门，《淮南子·要略》的记载是："墨子学儒者之业，受孔子之术，以为其礼烦扰而不悦，厚葬靡财而贫民，服伤生而害事。故背周道而用夏政。"至于墨子是跟着谁"受孔子之术"，没有找到明确的记载。再看《史记·儒林传》："子夏居西河""如田子方、段干木、吴起、禽滑釐之属，皆受业于子夏之伦"。这就是说，禽子是子夏的学生。既然墨子、禽子都曾经是孔门弟子或孔子的再传弟子，为什么不先讲孔子及其学派？甚至根本就不提孔子之名，也不提孔子学派？这确实是一个值得思考的问题。

问题的答案，庄子在《天下篇》"总论"部分中，已经有所提示，前文已经略有交代。这里不妨稍微回顾一下："古之道术"在庄子时代的历史遗留物主要有三类，它们分别是，其一"旧法、世传之史"承载的；其二，"邹鲁之士"或"缙绅先生"承载的；其三，散于天下的"百家之学"。孔子就是"邹鲁之士"或"缙绅先生"的主要代表，然而，庄子逐一分述的，却是散于天下的"百家之学"。这就是说，孔子之学不属于百家之学。《天下篇》把孔子之学放在百家之学的外面，有两种可能性。其中的第一种可能性，前文已经提到：是为了向孔子及其学派表示敬意。孔子及其学派高于墨子以及其他诸子。因而，讲散于天下的百家之学，不必把孔子及其学派放在里面。孔子及其学派属于另一个序列。第二种可能性是，在庄子看来，孔子之学是万学之母，孔子之学早于百家之学。百家之学既是"古之道术"分裂之后的碎片，在一定程度上，也是孔子之学四散开来的碎片。基于这两个方面的理由，可以把孔子及其学派与百家之学切割开来。在百家之学中不讲孔子之学。

且说墨学。关于墨学，庄子主要讲了两个人，墨子与禽子。这种讲法提醒我们，禽子与墨子可以相提并论，也应该相提并论。在中国学术思想史上，墨子地位很高，名气很大，无人不知。相比之下，禽子的名气就要小得多。我检索过一些学术文献数据库，以墨子为主题的论文数量极其庞大，但是，以禽子为主题的专题论文，寥寥无几，根本不成气候。这种冷热之间的极度悬殊，与庄子的看法颇有差距。背后的原因可能在于：在庄子的时代，墨、禽两位的名气可能比较接近。但是，在两千多年以后，情况发生了变化，墨子作为一个学派的首席代表，成了这个学派的符号；禽子没有自己的著作，而且也不太爱说话，所以其面目越来越模糊，很少受到研究者的青睐。不过，倘若尊重庄子的评价，倘若尊重庄子代表的近于"同时代人"的意见，那么，还有必要加强对禽子的研究。

墨、禽二子所承载的古之道术，侧重于"不侈于后世，不靡于万物，不晖于数度，以绳墨自矫，而备世之急。"这是关于墨学精神的写意性描述，其基本精神是节俭、自律、救世。《论语·泰伯》："禹，吾无间然矣。菲饮食而致孝乎鬼神，恶衣服而致美乎黻冕；卑宫室而尽力乎沟洫。禹，吾无间然矣。"这就是禹之道，墨子遵循的道就是禹之道，因而，节用、节俭是墨、禽之学的本质。

"不侈于后世"，是说墨、禽二子对"后世"的处理，从不奢侈。这里的"后世"，亦即"后事"，尤其是指葬礼。譬如，主张薄葬，反对长时间的守丧。另一种理解认为，"后世"就是墨、禽所处之世，这样的"后世"是相对于古代圣王治理的"前世"或"盛世"而言的，对于这种理解，可留此存照。

"不靡于万物"，是不浪费万物，节约各种财物。

"不晖于数度"，是不明于本数、末度。"晖"就是"明"，"数度"是指本数、末度，都是古之圣王创造的。《荀子·天论》："墨子有见于齐，无见于畸。"这里的"齐"就是抹平，"畸"就是高低错落，这是说，墨子眼里只有平等，没有制度性的差异。

"以绳墨自矫"，是指以特定的标准自我激励。"绳墨"一词，其本义是指木工所用的墨线，这里是指墨、禽所持的价值准则，譬如节俭、自律、救世之类。《人间世》称："仁义绳墨之言"，表明仁义也是墨家所持的价值准则。

"备世之急"，时刻准备救世，就跟救火队员一样。

为之大过，已之大顺。

这是对墨禽二子的评论，如何解释这句话，分歧较大。章太炎："顺借为蹞，蹞者，舜之或字，……上说为之大过，谓沐雨栉风，日夜不休也。此说已之大蹞，谓节葬、非乐，反天下之心也。"太炎的意思是：他们做得太过火了，这样做背离了天下人心，天下之人都不能接受。

梁启超："已，止也。即下文'明之不如其已'之已。大顺即太甚之意，顺甚音近可通也。言应做之事做得太过分，应节之事亦节止得太过分也。郭注云：'不复度众所能。'成疏云：'适用己身自顺。'将已字做成己字，失之。"按照梁说，郭象、成玄英的解释都不对。

马叙伦认为，"为之大过"，是指"节用""生不歌""死不服"，大过于己。己之大顺，亦为己之大循，指"泛爱""兼爱""非斗"，大顺于人。按照马说，这句话的意思是：对自己太苛刻，对别人很友善。

顾实："此二句乃总论墨家，大开大阖之语。道家主无为，故发端即痛诋曰：'为之大过，已之大顺。'言为之乃大过误，已之而不为，正是大顺理也。"按照顾说，这句话的意思是：墨、禽二子做得太多了，停下来不做，才符合道家之理。

高亨的解释略有不同，他认为，"过"是进于前，"顺"是退于后。他说："墨子尚兼爱，则爱无差等；贵自苦救世，则摩顶放踵利天下为之，此其为之太过者也。墨子以厚葬为不可，则冬日冬服，夏日夏服，桐棺三寸，服丧三日；以乐无益，则发五音，黜六律，此其已之太遁也。"

以上诸说，各有侧重。特别是关于"顺"的解释，有多种不同的指向，譬如"驯""循""退"等。不同的解释都可以为"已之大顺"赋予不同的意义。"诗无达诂"，看来，《天下篇》亦无达诂。比较这几种解释，高亨之说似乎更优。因而，"为之大过"，是指墨、禽二子在节用、自苦方面，做得太过了，超过了很多人的想象；"已之大顺"，如果"顺"释为后退或不足，那就是说他们在有些方面做得不够，有些不近情理，没有回应文明社会的需要。

作为非乐，命之曰节用。生不歌，死无服。

梁启超："《非乐》《节用》皆《墨子》篇名。"亦即《非乐》与《节用》都是墨子书中的篇名。这两篇文献分别讲"非乐"与"节用"。

查阅今天流行的《墨子》一书，其中的《非乐上》开篇即指出："仁之事者，必务求兴天下之利，除天下之害。将以为法乎天下，利人乎即为，不利人乎即止。且夫仁者之为天下度也，非为其目之所美，耳之所乐，口之所甘，身体之所安，以此亏夺民衣食之财，仁者弗为也。"《节用上》开篇的几句是："圣人为政一国，一国可倍也；大之为政天下，天下可倍也。其倍之，非外取地也，因其国家去其无用之费，足以倍之。圣王为政，其发令、兴事、使民、用财也，无不加用而为者。是故用财不费，民德不劳，其兴利多矣。"

不过，我们现在所见的《墨子》其书及书中的篇名，很可能不同于庄子所见的墨学文献。因此，"作为非乐"可以解释为：墨、禽的所作所为，都排斥音乐及享乐，墨、禽二子把这样的所作所为称之为节用。当然，"作为非乐"也可以理解为：现在所见的《非乐》篇中的文字，那时候是编在《节用》篇中，"节用"是这两篇文献共用的篇名。

值得注意的是，墨子提倡"非乐"与"节用"，可能并非针对所有的国家。《墨子·鲁问》："子墨子游，魏越曰：'既得见四方之君，子则将先语？'子墨子曰：'凡入国，必择务而从事焉。国家昏乱，则语之尚贤、尚同；国家贫，则语之节用、节葬，国家喜音湛湎，则语之非乐、非命；国家淫辟无礼，则语之尊天事鬼；国家务夺侵凌，则语之兼爱、非攻，故曰择务而从事焉。'"

这段话表明，"节用"主要针对贫穷的国家，"非乐"主要针对喜欢音乐、喜欢饮酒的国家。当然，要"节用"就必然"非乐"，"非乐"肯定会产生"节用"的效果。因此"非乐"与"节用"是相互关联的。由于"节用"，所以"非乐"，于是"生不歌，死无服"。倘若严格执行"生不歌"，则诗与乐皆绝；"死无服"则丧礼与丧仪都将难以为继。邹鲁之士承载的《诗》《乐》《礼》《乐》就不复存在了。

《说苑·反质》有一段记载："禽滑釐问于墨子曰：'锦绣絺纻，将安用之？'墨子曰：'恶，是非吾用务也。古有无文者，得之矣，夏禹是也。卑小宫室，损薄饮食，土阶三等，衣裳细布；当此之时，黻无所用，而务在于完坚。殷之盘庚，大其先王之室，而改迁于殷，茅茨不剪，采椽不斲，以变天下之视。当此之时，文采之帛，将安所施？夫品庶非有心也，以人主为心，苟上不为，下恶用之？二王者以化身先于天下，故化隆于其时，成名于今世也。'"

这段对话体现了墨子对"无文"与"节用"的理解。在墨子看来，"无文"乃夏禹之道，墨子以继承、发扬禹之道为宗旨，因而偏好"无文"。所以《荀子·解蔽》称："墨子蔽于用而不知文。"这是荀子对墨子的批评。

墨子泛爱兼利而非斗，其道不怒。

梁启超："《墨子》书中屡言'兼而爱之兼而利之'，有《非攻篇》。"

谭戒甫："其道不怒，略与宋子见侮不辱之义相近。"

以上两说皆是。泛爱就是兼爱。兼爱就是均等地爱所有的人。在《墨子》书中，有上、中、下三篇《兼爱》，内容有很多相同、相似之处，有可能是不同的墨家后学分别记录的墨子之言。三篇《兼爱》从国家治理的角度提出，兼爱乃是提高国家治理能力的必然选择。譬如《兼爱上》篇称："若使天下兼相爱，爱人若爱其身，犹有不孝者乎？视父兄与君若其身，恶施不孝？犹有不慈者乎？视弟子与臣若其身，恶施不慈？故不孝不慈亡有。犹有盗贼乎？故视人之室若其室，谁窃？视人身若其身，谁贼？故盗贼亡有。犹有大夫之相乱家、诸侯之相攻国者乎？视人家若其家，谁乱？视人国若其国，谁攻？故大夫之相乱家、诸侯之相攻国者亡有。若使天下兼相爱，国与国不相攻，家与家不相乱，盗贼无有，君臣父子皆能孝慈，若此，则天下治。"可见，兼爱的目标，就在于实现天下大治。

兼爱也是兼利，兼爱有利于每一个人，所以有"兼相爱，交相利"之说。在《墨子》书中，并无"兼利"篇，也无"泛爱"篇。"泛爱"与"兼利"都在三篇《兼爱》中。"兼爱"可以说是墨学的一个标签。近世学者，譬如梁启超，就认为兼爱是墨子思想的核心。这是有道理的。在《墨子》书中，还有《天志》这样的专门针对上天意志的篇章。但是，墨子所说的天的意志，其实质内容，最初说是"义"，然后又说是"正"，说来说去，最后还得落到"兼爱"上。由此可见，在墨学的价值体系中，"兼爱"居于核心价值的地位。如果让墨子为人世间设计一套规范体系，那么"兼爱"必将是这套规范体系中的高级规范或基础规范。

因为"兼爱"，所以"非攻"。在《墨子》书中，有《非攻》三篇。"非攻"理论就是"非斗"理论。进攻、攻打、战斗、斗争，这样一些现代概念表明，"攻"与"斗"不可分。不过，从"非斗"一词看来，庄子有可能没有见过《墨子》书中的《非攻》篇。但是，也有这种可能：庄子所见的文本，就叫"非斗"篇。还有一种可能：庄子所见的文本，那个时候还没有命名，后来才叫《非攻》。

因为"非斗"，所以"不怒"。所谓"不怒"，高亨解释说："怒犹暴也。泛爱则为恶人，兼利则不害人，非斗则不侮人，故曰不暴。"这就是说，不怒就是舍弃暴力。"其道不怒"，就是"非暴力之道"，有点像印度甘地的主张，联想到墨子确实也曾四处劝阻侵略战争，甚至还和公输子比赛攻城与防守的技艺，墨子亦中国先秦时代之"圣雄"耶？

又好学而博，不异，不与先王同，毁古之礼乐。

关于"好学"，比较好理解，就是爱学习。关于"不异"，众说纷纭，有多种解释。

谭戒甫："不异，与下'不与先王同'文正相对。盖谓上所举四事，皆与先王不异矣。"这就是说，"不异"是指"与先王不异"，妥否？存疑。

章太炎："言墨子既不苟立于异，亦不一切从同。不异者，尊天、敬鬼、尚俭，皆清庙之守所有事也；不同者，节葬、非乐、非古制本然也。"这就是说，"不异"是符合清庙之守的要求。"不同"是不同于先王的古制。

梁启超："博，普遍也。言一律平等无别异。荀子所谓'墨子有见于齐无见于畸也'。"与梁说相近的，有《荀子·非十二子》对墨子的评价："曾不足以容辨异，悬君臣。"荀子的意思是指，墨子无意或不愿区分上下尊卑，"不异"是指人人平等，且绝对平等。

顾实认为，这里的"不异"是针对墨子之学而言的，并不是针对墨子"尚同"的解释，因此，这里"不异"，应当理解为墨子为学博杂，不知选择。

在以上诸说之间，何去何从？如果把"好学而博"与"不异"连读，中间不断句，可能以顾说为是。但是，如果中间加上逗号或句号，似以梁说为佳。在"不异"的前后，分别讲墨子博学，墨子不同于先王。墨子与先王的不同之处，可能还在于不分等级。先王是要分等级的。先王之所以是异于常人的圣王，就是因为先王高于并优于君子、百官、民。你看《尚书·尧典》中的尧，他发出的光芒首先感化"九族"，进而延伸至"百姓"，还可以进一步延伸至"万邦"，于是文明的世界及其秩序得以建立。前面提到，这几乎就是华夏文明的"创世记"，这个《创世记》的前提就是：尧是绝对高于他人的圣王。倘若尧与众人没有差异，他怎么可能持续不断地发出光芒，又仿佛投石于水面溅起的波纹，层层外推，感化一圈又一圈的人，最终开创一个伟大的文明？从这个角度来看，把"不异"二字解释为：尚同，不尚异，可以更好地跟后面的"不与先王同"对接。

"毁古之礼乐"，是说墨子否弃了古代圣王的礼乐。"毁"可以解释为"批判""否定""否弃"。"礼乐"二端，可谓西周建构起来的文明秩序的两大支柱。周公之为"元圣"，其功绩常常被概括为"制礼作乐"。这就是说，在西周时代，礼与乐相互结合，共同支撑了一个灿烂的文明。两者之间，礼的作用，主要在于调整人的外在关系，诸如个体与个体的关系、个体与群体的关系、群体与群体的关系，都由礼来调整。乐的作用，主要在于调整人的内心世界，人的情感世界、精神世界、心灵世界，主要由乐来调整。西周时代的礼与乐，两者的功能，大致相当于西方社会常说的法律与宗教，西方人"一手持圣经，一手拿法典"，就相当于周公"一手抓礼，一手抓乐，两手抓，两手硬"。大致就是这么一个关系。当然，礼与乐的界线并不能清晰地切割开来，礼与乐是交会的。在重要的礼仪过程中，通常都有乐；跟任何礼都无关的乐，何必演奏呢？

黄帝有《咸池》，尧有《大章》，舜有《大韶》，禹有《大夏》，汤有《大濩》，文王有《辟雍》之乐，武王、周公作《武》。

这一句，以及下一句，都是讲"古之礼乐"。这些"古之礼乐"，都不是墨、禽二子的贡献，而是墨、禽二子试图否弃的东西。

这句话先讲"古之乐"。句中所列，都是"古之乐"的名称。《礼记·乐记》有一句话，提供了一些历史背景信息："舜作五弦之琴以歌《南风》，夔始制乐以赏诸侯。"由此看来，从夔开始，古之圣王制乐，主要在于对有德行的诸侯进行激励。古之圣王根据天下诸侯的业绩，赏以不同的乐，不同的乐就相当于今天不同等级的"考核奖"。所以，考察不同地方的音乐，就可以知道不同地方的德性。当然，这个德性主要是各地诸侯的德性。根据《礼记·乐记》中的记载："《大章》，章之也。《咸池》，备矣。《韶》，继也。《夏》，大也。殷周之乐，尽矣。天地之道，寒暑不时则疾，风雨不节则饥。教者，民之寒暑也；教不时则伤世。事者民之风雨也；事不节则无功。然则先王之为乐也。以法治也，善则行象德矣。"这段话告诉我们，乐是一种重要的国家治理机制。关于几种"乐"的名称，《乐记》列举的名称略少于《天下篇》，先后顺序也略有不同。

针对黄帝的《咸池》之乐，《庄子·天运篇》还有生动的说明：有一个名叫北门成的人，他向黄帝提了一个问题：您曾经在洞庭湖畔举行《感池》之乐演奏会，刚开始听的时候，我颇有畏惧之感，后来逐渐松弛下来，后来感到很迷惑，空空荡荡，不知身在何处。不知是怎么回事？

针对北门成的困惑，黄帝解释了自己的《咸池》，同时也讲了一番大道理："汝殆其然哉！吾奏之以人，徵之以天，行之以礼义，建之以大清。夫至乐者，先应之以人事，顺之以天理，行之以五德，应之以自然。然后调理四时，太和万物。四时迭起，万物循生。一盛一衰，文武伦经。一清一浊，阴阳调和，流光其声。蛰虫始作，吾惊之以雷霆。其卒无尾，其始无首。一死一生，一偾一起，所常无穷，而一不可待。汝故惧也。吾又奏之以阴阳之和，烛之以日月之明。其声能短能长，能柔能刚，变化齐一，不主故常。在谷满谷，在坑满坑。涂郤守神，以物为量。其声挥绰，其名高明。是故鬼神守其幽，日月星辰行其纪。吾止之于有穷，流之于无止。子欲虑之而不能知也，望之而不能见也，逐之而不能及也。傥然立于四虚之道，倚于槁梧而吟：'目知穷乎所欲见，力屈乎所欲逐，吾既不及，已夫！'形充空虚，乃至委蛇。汝委蛇，故怠。吾又奏之以无怠之声，调之以自然之命。故若混逐丛生，林乐而无形，布挥而不曳，幽昏而无声。动于无方，居于窈冥，或谓之死，或谓之生；或谓之实，或谓之荣。行流散徙，不主常声。世疑之，稽于圣人。圣也者，达于情而遂于命也。天机不张而五官皆备。此之谓天乐，无言而心说。故有焱氏为之颂曰：'听之不闻其声，视之不见其形，充满天地，苞裹六极。'汝欲听之而无接焉，而故惑也。乐也者，始于惧，惧故祟；吾又次之以怠，怠故遁；卒之于惑，惑故愚；愚故道，道可载而与之俱也。"

这就是黄帝关于《咸池》之乐的意义阐释。这当然只是一个寓言。但是，读完这个寓言，任何人都不能小看黄帝的《咸池》。因为，《咸池》中有大道理，《咸池》是大道的载体。按照同样的逻辑，你也不能小看尧的《大章》，舜的《大韶》，禹的《大夏》，汤的《大濩》，文王的《辟雍》，还有武王、周公的《大武》。可能有人会说，这些东西，到底有没有？真的还是假的？

不妨再看看武王与周公合作的《大武》吧。高亨在《山东大学学报》1955 年第 2 期发过一篇文章，题为《周代"大武"乐的考释》。在这篇论文中，高亨说："大武歌辞六章就是周颂中我将、武、赉、般、酌、桓六篇。"而且，"六篇诗中我将赉酌三篇可能是武王作的，武桓两篇可能是周公作的，般篇看不出来。根据诗的内容说是武王周公合作，是相符合的"。这是《大武》之乐的歌词，在现存的《诗经》中可以查阅。"至于大武音乐的曲调，舞蹈的容节，就一般情况来讲，应该是乐官乐工们的集体创作，然而这个戏剧性的歌舞，乃是象征周王朝的大事；武王周公也许懂得音乐和舞蹈，所以在音乐舞蹈的内容和形式上，必然也有武王周公的意见。"

在这篇考释性文章中，高亨通过相关资料，还原了《大武》的舞蹈场面："大武在舞容方面，具有充分的一贯的象征意味。它的整体是象征武王统一中国的故事，场面很大，演员六十四人可能是六十六人。全体演员象征武士的队伍，又有演员象征武王太公周公召公，都戴着'冕'，它是个武舞，舞具是战争的武器，朱干和玉戚。开舞以前，象征武王出兵前的准备工作；开舞以后，用六场象征故事进展的六个阶段，由出征而灭商，而去伐南国，而征服南国，而周召分治，而班师还朝，最后演员都坐在舞位上而结束。在表演中，有时象征夹击敌人。有时象征战争胜利，可以说这个歌舞具有一定程度的戏剧性。每场唱诗一章，唱来多咏叹的声音，音调特别拉长。它的分场和故事的环节，歌辞的内容，都精密地彼此相配合，这是一个在文学与艺术两方面都有一定成就的歌舞。"历史学家对《大武》的还原，让我们看到了武王、周公在三千年前主持编排的乐舞，确实了不起。

《天运篇》关于《咸池》的叙述，是庄子的叙述；高亨关于《大武》的叙述，是现代学者的叙述。庄子与高亨，两者的时间距离差得很远。这两个文本的旨趣，也不可同日而语。然而，这两个文本都再现了"古之乐"，这就是他们的共性。通过这两个文本，我们可以理解，墨子试图否弃的"古之乐"，到底是些什么。

古之丧礼，贵贱有仪，上下有等。天子棺椁七重，诸侯五重，大夫三重，士再重。

在"古之乐"之后，再讲"古之礼"。在"古之礼"中，庄子主要讲丧礼。古之圣王制定的丧礼，主要在于突出贵贱有等、上下有别。古之丧礼主要通过"棺椁"的复杂程度来区别。棺椁就是棺材，当然，如果要细分，棺与椁还有区别，棺是装殓尸体的内棺，椁是套在外面的外棺。一棺与一椁合起来叫一重。天子、诸侯、大夫、士，棺椁的重数依次递减。《荀子·礼论》："天子之丧动四海，属诸侯；诸侯之丧动通国，属大夫；大夫之丧动一国，属修士；修士之丧动一乡，属朋友；庶人之丧合族党，动州里。"影响的范围不同，所以棺椁的重数也不一样。

在贵贱或上下的等级中，天子与诸侯的关系，比较清楚，不会有歧义。但是，关于大夫与士的关系，还有大夫与士合起来的"士大夫"，他们之间的关系，就比较复杂了。《孟子·滕文公下》："士之失位也，犹诸侯之失国家也。"按照此说，诸侯有国家，士有爵位。在周代的爵位体系中，士是最低的爵位。总体上说，士与大夫的关系，有一个变迁的过程。大致说来，如果士获得了职位，那就是大夫。在余英时的《士与中国文化》一书中，有一些论述，可以参考。

今墨子独生不歌，死不服，桐棺三寸而无椁，以为法式。

这句话的含义比较清楚，它是说：现在，墨子完全否弃了古之丧礼。"生不歌，死不服"作为一个短语，前文已经出现过，这是第二次出现。但前面出现的是"生不歌，死无服"，略有差异。

"生不歌，死不服"到底是什么意思？唐初成玄英的解释是："生不歌，故非乐；死无服，故节用，谓无衣衾棺椁等资葬之服，言其穷俭惜费也。"按照这个说法，"生不歌"是独立于"死不服"的。"生不歌"是不要唱歌跳舞，主要是对"非乐"的解释，是"非乐"的具体化，当然也可以包括丧礼上的"不歌"。丧礼上的"非乐"，是说不要演奏音乐，也是为了节用。"死不服"直接针对丧礼，狭义地说，就是不要用很多衣服装殓。且只需要三寸厚的桐棺，在桐木棺材的外侧，也不必再加外椁。这就是墨子设定的法式。

但是，《墨子·节葬下》却说："是古圣王制为葬埋之法，曰：棺三寸，足以朽体，衣衾三领，足以覆恶。以及其葬也，下毋及泉，上毋通臭，垄若参耕之亩，则止矣。死者既以葬矣，生者必无久哭，而疾而从事，人为其所能，以交相利也。此圣王之法也。今执厚葬久丧者之言曰：厚葬久丧，虽使不可以富贫、众寡、定危、治乱，然此圣王之道也。子墨子曰：不然。昔者尧北教乎八狄，道死，葬蛩山之阴，衣衾三领，谷木之棺，葛以缄之，既犯而后哭，满坎无封。已葬，而牛马乘之。舜西教乎七戎，道死，葬南己之市，衣衾三领，谷木之棺，葛以缄之。已葬，而市人乘之。禹东教乎九夷，道死，葬会稽之山，衣衾三领，桐棺三寸，葛以缄之，绞之不合，通之不坎，土地之深，下毋及泉，上毋通臭。既葬，收余壤其上，垄若参耕之亩，则止矣。若以此若三圣王者观之，则厚葬久丧，果非圣王之道。故三王者，皆贵为天子，富有天下，岂忧财用之不足哉？以为如此葬埋之法。"

这段话表明，墨子设定的葬礼是有依据的。庄子在《天下篇》中认定，"生不歌，死不服，桐棺三寸而无椁"是墨子所设定的"法式"。墨子地下有知，想必一定不会答应。墨子会说，我在《节葬下》篇中早就说清楚了，这是"古圣王"制定的丧葬之法。哪个"古圣王"制定的？原来是尧、舜、禹三大圣王制定的。这三大圣王实行的就是"桐棺三寸"与"衣衾三领"之礼。原来，"死不服"就是"衣衾三领"的意思。

那么，前文所说的"古之丧礼"，又是哪个"古圣王"制定的？原来是周代的丧礼，这里的"古之丧礼"实为"西周之丧礼"。如果一定要坐实，可以说是文王、武王、周公制定的丧礼。由此我们可以发现，庄子理解的"古之丧礼"与墨子理解的"古之丧礼"，其实是不同的。墨子心中的"古"，主要是尧舜禹时代，尤其是大禹的时代。庄子理解的"古"，主要是文武周公时代，尤其是周公的时代。这就是墨子与当时的主流文化的差距。墨子并不认同周道，墨子认同的是夏政，亦即禹政。因此，庄子认定墨子"毁古之礼乐"，原来，墨子试图"毁"的是"周之礼乐"，墨子试图恢复更"古"的"夏之礼乐"。

以此教人，恐不爱人；以此自行，固不爱己。未败墨子道。

这是对墨、禽的批评。对此，各家的理解不太一致。

章太炎："未借为非，败即伐字，……言己非攻伐墨子之道。"

顾实："此又推极论之。'恐不爱人'，'固不爱己'，曰恐、曰固，皆悬揣之词，未足以根本动摇也。故曰未败墨子道。《释文》曰：'败或作毁'，其义一也。章炳麟曰：'未借为非，败即伐字，言非攻伐墨子之道。'章说是也。"

梁启超："'非败墨子道'者言墨家者流，持之有故，言之成理；就墨言墨，诚不足以败其所道。虽然，歌也哭也乐也，皆人类本能，今乃非之，是果为知类矣乎？《易》言'以类万物之情'，今反其情，是不类矣。"

马叙伦认为，"未败墨子道"应当读为"不是败坏、毁坏了墨子之道么？"譬如《尚书·西伯戡黎》有一句："我生不有命在天。"也是这种句型，这句话应当解释为："我生不有命在天乎？"我难道不是有命在天么？

关于"未败墨子道"，以上诸说都能够实现前后贯通。相比之下，似以章说为佳。因此，有必要把庄子作为"未败墨子道"主语。现在，让我们揣摩庄子写这段话之际的语气，并以现代汉语重写这句话：你墨翟先生以此教人，恐怕并不是爱人；你墨翟先生以此待己，恐怕也不是爱己。你对世人不仁，你对自己也不仁。墨翟先生，我这样说，并不是在攻击你的理论学说。

虽然，歌而非歌，哭而非哭，乐而非乐，是果类乎？

顾实："此又从人之心情而推极论之，意谓人之情有歌而墨子非歌，人之情有哭而墨子非哭，人之情有乐而墨子非乐，是果类人情乎？极言其不近人情也。"关于"类"，《尔雅·释诂》："类，善也。"

用更加通俗的语言来表达，这句话是说：虽然，人们该唱歌的时候而不让唱歌，人们该哭泣的时候不让哭泣，人们该欢乐的时候不让欢乐，这就好么？

依庄子之意，当然是不好。因为这违反了"人之情"。然而，人的常情到底是什么？如果说，唱歌、哭泣、欢乐是"人之情"，那么，它是哪个层次的人的"人之情"？在天人、神人、至人、圣人、君子、百官、万民之中，谁有这样的"人之情"？

其生也勤，其死也薄，其道大觳。

继续描述墨、禽之道。梁启超："觳，薄也。《史记·始皇本记》云：'虽监门之养，有觳于此矣。'言不能视此更薄也。"

觳（hú）的意思是"薄"。"其道大觳"，是说墨子之道很"薄"。《孟子·滕文公上》亦称："墨之治丧也，以薄为其道也。"

那么，"觳"或"薄"到底是什么意思？现代汉语中的"寒碜"一词，庶几近之？但也不是很准确。因为"寒碜"一词，体现了一种富人的立场与视角。富人认为的"寒碜"，从另一种立场来看——譬如从审美的立场来看，可以认为是朴素，甚至是不修边幅、不衫不履的洒脱。庄子自己的日常生活，在贵族阶层的人看来，恐怕要说他"大觳"或"大薄"，但是，根据"齐生死"的庄子之自述，"宁游戏污渎之中自快，无为有国者所羁，终身不仕，以快吾志焉。"他是宁愿作为泥地里爬行的孤豚，也不愿为"有国者所羁"。庄子之道，显然不能以"大觳"来概括。

顾实："盖古者漆车无文曰墨车，可证墨以不文而得名。然儒家则仅执薄葬一端，以诮其为墨也。奉生之薄，送死之薄，皆薄也，皆觳也。"这是顾实的解释。由此看来，薄的含义可以由"自奉太薄"一词来理解。

因而，觳或薄，就是清苦。大觳，就是极其清苦。因此，"其道大觳"或许可以解释为：其道极其清苦。由此，"其生也勤，其死也薄，其道大觳"的含义是：墨子或墨家的人生可以概括为，一辈子不停地劳作，死了实行最低标准的葬礼，这是一种极其清苦之道。

使人忧，使人悲，其行难为也。

"其道大觳"的墨家"使人忧，使人悲"。我们要问，墨家的清苦之道，让谁既忧且悲？莫非是让庄子忧而悲？顾实的解释是："道家圣人恬愉自适，无忧无悲，故亦欲人之自适其适，而无忧无悲也，墨道不然，故诋其不平易而难为，恐非圣人之道。"

墨子之道是"其行难为之道"，这个可以理解。但是，为什么说墨子之道不是圣人之道？墨子已经反复说了，墨之道，就是禹之道，当然也是尧舜之道。尧舜禹之道，怎么就不是圣人之道？让我们接着往下看。

恐其不可以为圣人之道，反天下之心。天下不堪。墨子虽独能任，奈天下何！离于天下，其去王也远矣！

梁启超："'不可以为圣人之道'，言非内圣之学。'去王也远'，言非外王之学。非乐是墨家最站不住脚处，此段批评，能中其症结。"

谭戒甫："此言离于天下，其去王已远，尚何论乎圣人之道邪？"

顾实："《孟子·尽心篇》言：'得乎丘民之心而为天子'，故天下归往之谓之王。今墨子反天下之心，虽独能任。奈自离于天下之人，则去于王之名实大远矣。"

马叙伦："王者，往也。其道无所不行，今墨子反天下之心，天下不堪，知非王也。"

高亨："此论墨子之道内不能圣，外不能王。"

参考以上诸说，这句话是讲：恐怕墨子之道不可以充当圣人之道。因为墨子之道过于清苦，天下人都受不了。墨子一个人虽然可以力行清苦之道，但天下人不能力行，你能把天下人怎么样？所以墨子不可能王天下，不可能成为普天之下的圣王。这是顾实的解释，也是马叙伦、高亨的解释，还是孟子的解释。这样的解释是不是符合庄子本人的想法，我就不得而知了。这样的解释，有得亦有失，所失之处可能包含以下数端：

第一，圣人之道不止一端，不止一种。前面已经说过，周之道是圣人之道，但是，夏之道或"禹之道"，也是圣人之道。我们总不能说，文武周公之道是圣王之道，大禹之道就不是圣王之道吧？墨子追随的夏之政、禹之道，也是圣王之道。从这个角度来看，墨子距离大禹这个圣王，并不远。

第二，所谓"天下之心""天下不堪""奈天下何"，这里的天下，都被假定为喜欢财富、喜欢享乐的人的天下。这里的天下，似乎不能容纳那些愿意终身勤劳、死后愿意薄葬的人。这是不太恰当的。天下是多元化的。有不喜欢墨子之道的人，但也有喜欢墨子之道的人。从人的需要来说，人既有对音乐、对享乐的需要，有对荣誉、对地位的需要，但也有比这些东西更高的需要。现代学者已经注意到墨子之道的宗教性质，注意到从宗教的角度理解墨子，就是对墨子之道的更加深入的认识。

第三，说墨子"去王也远"，如果我们把"王"理解为"往"，意思是天下归往的对象，在这一点上，墨子确实在一定程度上也做到了，也实现了。但是，如果把"王"理解为君主，墨子当然没有实现，甚至也不可能实现。墨子之道，可以成就"天下归往"的宗教，但不可能成就天下的世俗君主。

以上几个方面表明，对于墨子的这个评价，似乎不太像那个拒绝楚威王以"千金、卿相"相诱惑的庄子作出的评价。当然，如果这个评价确实出于庄子，那就需要重新理解庄子：庄子其人是立体的，也是宽广的，庄子既有超凡脱俗的一面，但也有理解世俗、理解世事的能力。世间的绝大多数人，在现实功利、人情世故方面，都可以达到精明的程度。很多人都可以做到"世事洞明"与"人情练达"。但是，既能"世事洞明"，又能超凡脱俗，这样的人就不多了。庄子就可以归属于这样的人。试想，如果庄子对人情、世事没有深刻的理解，他又怎么可能公允地对百家学说进行评价？

我倾向于认为，庄子作为顶级思想家，能够在人的七个层次之间自由无碍地穿行：既理解上面的天人、神人、至人，又理解下面的万民、百官、君子，更善于站在圣人的位阶上，沟通内圣与外王两个世界、两个领域、两种指向。

墨子称道曰：昔禹之湮洪水，决江河，而通四夷九州也。名川三百，支川三千，小者无数。

这是庄子转述墨子的话，相当于现在的"文献回顾"引证的原文。"湮洪水"应为"抑洪水"，因为"湮"有"塞"的意思。《尚书·洪范》称："鲧湮洪水。"这是在强调鲧的严重失误。因为，鲧以"湮"亦即堵塞的方法治洪水，根本不能成功，难免被"殛于羽山"，随后，"禹乃嗣兴"，继续承担治理洪水的任务，在这种情况下，禹不可能重蹈覆辙，再用"塞"的方法治水。

《孟子·滕文公上》有言："昔者禹抑洪水而天下平，周公兼夷狄驱猛兽而百姓宁，孔子成《春秋》而乱臣贼子惧。我亦欲正人心，息邪说，距诐行，放淫辞，以承三圣者，岂好辩哉？予不得已也！"在这句话中，孟子把自己当作大禹、周公、孔子的继承人，很有气势，确实有一股浩然的正气。这里举出的这三个人的事迹，至少在孟子看来，都是人类历史上顶尖级的功勋与成就。其中，"禹抑洪水"则是天字第一号伟业。《史记·河渠书》亦称："禹抑洪水。"再次确认了禹的这个贡献。从孟子到司马迁，这些人所说的"抑洪水"，就是"治洪水"。

让人好奇的是，"大禹治水"作为一个广泛流传、深入人心的典故，到底有无其事？美国学者艾兰（Sarah Allan）在《文史哲》2018 年第 1 期上发表了一篇很有趣的文章，题为《对公元前 1920 年积石峡洪水与古代中国洪水传说的初步思考》，此文告诉我们，根据吴庆龙及其课题组在《科学》杂志上发表的一篇成果，"黄河上游的一次地震导致山体滑坡而形成一个大的堰塞湖。大约在公元前1920年，今青海省积石峡内，湖水上涨，冲破坝体，形成大洪水。洪水漫过黄河大堤，造成罕见的、泛滥的洪涝，甚至导致黄河下游改道。洪水造成的灾难如此巨大，以至深潜在人们的集体记忆中，成为早期文献如《尚书》《史记》记载的有关大禹治水的基础。因为禹是夏朝的创始者，洪水的时间为这个王朝的开端提供了证据。"

无论是吴庆龙还是艾兰，都没有，也不可能，直接就确认公元前1920年的积石峡洪水就是大禹治理的那场洪水。但是，这样的研究还是提醒我们，在华夏先民的记忆中，可能确实有一场可怕的洪水。很可能是地震导致山体滑坡，进而形成堰塞湖，最后溃坝，导致了一场极其严重的洪灾。大洪水毁坏了原来的河道，在华夏大地上肆虐，于是，治水成为压倒一切的根本任务。大禹就是承担这一根本任务的圣人。

"决江河"，就是挖掘江河，让洪水顺着预定的河道往下流。"通四夷九州"，"四夷"与"中国"相对。《孟子·梁惠王上》："王之所大欲可知已。欲辟土地，朝秦楚，莅中国而抚四夷也。"孟子的意思是：让秦国、楚国都来朝称臣，自己身居中国，怀柔四夷，这就是大王的欲望。在这里，"四夷"与"中国"是并称的。中国作为一个古老的概念，可能起源于西周初年。1965年，陕西宝鸡出土了一个青铜器，被称为"何尊"，上面有"宅兹中国"的字样。据说，这件青铜器是周成王时期的物品。这里的"中国"，主要是指王畿地区，也就是周王室中央政府驻地及其附近地区。这可能是空间范围最小的"中国"。后来，"中国"主要指居于中原的华夏，四夷在华夏的四周。而且，四方的夷人还分别获得了特定的名号，那就是：东夷、西戎、北狄、南蛮。《公羊传·僖公四年》称："南夷与北狄交，中国不绝若线。桓公救中国，而攘夷狄，卒怗荆，以此为王者之事也。"这里的"北狄"，也被写作"北夷"。由"四夷"彰显的"中国-四夷"或"华夏-四夷"格局，在那个时代，是最具基础性的文明秩序，同时也是一个根本的宪制框架。

再看"九州"。这又是一个跟大禹相关联的概念。《尚书·禹贡》称："禹别九州，随山浚川，任土作贡。"这里的九州分别是冀

州、兖州、青州、徐州、扬州、荆州、豫州、梁州、雍州。根据
《尚书》，这九州的边界，都是禹划定的。"别"就是划分、划定、界
定。大禹真是了不起！这得花费多长的时间、行走多远的路途、历
经多少艰辛，才成完成的宏伟事业！"名川三百"原作"名山三
百"，改为"名川三百"可以与后面的"支川三千"更好地对接。
这里的三百、三千，都是形容其多，不可能是实指；不大可能具体
指出，到底是哪三千支川、哪三百名川。"三百""三千"的意思是
说，大禹疏通了四夷九州范围内的无数大小河流。

**禹亲自操橐耜，而九杂天下之川。腓无胈，胫无毛，沐甚
雨，栉疾风，置万国。禹大圣也，而形劳天下也如此。**

这是具体描绘禹的工作状态。在治水的过程中，大禹亲自操持
两种工具：橐（tuó）与耜（sì）。这两种工具到底是什么？在相关
文献中多有讨论。《韩非子·五蠹》："禹之王天下，身执耒耜，以
为民先。"《淮南子·要略》："禹身执橐垂，以为民先。"高亨解释
说，"橐"是装土的袋子，"耜"是松土的锹。这就是说，在治水的
过程中，禹用耜松土，用橐装土，把土运到另一个地方去。这种场
景中的大禹，相当于建筑工地上的一个小工。

"九杂天下之川"，是说汇聚天下的河流，把天下河流整合成为
一个水系。章太炎说，"杂借为集"。高亨说，"九杂"就是"聚汇"，
因为"九"有"鸠"的含义。梁启超说："《论语》'桓公九合诸
侯'，九亦训鸠。"当然，关于这个"九"字，还有其他不同的解
释，这里不再逐一引证。

"腓无胈"可以理解为"脚上不长肉"。"胫无毛"是说"小腿
上不长毛"。"沐甚雨，栉疾风"相当于现在的成语："栉风沐雨"，
但比普通的栉风沐雨更辛苦，因为，大禹是"沐甚雨，栉疾风"。这
里的"甚雨"，相当于"大到暴雨"。当然，也有人把"甚雨"解释
为"久雨"或"淫雨"，譬如范仲淹的《岳阳楼记》称："若夫霪雨
霏霏，连月不开，阴风怒号，浊浪排空；日星隐曜，山岳潜形，商
旅不行，樯倾楫摧；薄雾冥冥，虎啸猿啼。"这句话很有名，对我们
理解"甚雨"很有帮助。"疾风"一词，现在都还在用，譬如"疾

风知劲草"。因此，"沐甚雨，栉疾风"的意思是：冒着暴风骤雨，或者是，冒着狂风大雨。

"置万国"，从字面上看，是设置了万国。这当然是一个虚指。《尚书·尧典》称："协和万邦"。这里的"万邦"就可读为"万国"。这里的"国"就是"邦"。在《史记·夏本纪》的最末："太史公曰：禹为姒姓，其后分封，用国为姓，故有夏后氏、有扈氏、有男氏、斟寻氏、彤城氏、褒氏、费氏、杞氏、缯氏、辛氏、冥氏、斟戈氏。"如果我们尊重这番"司马迁曰"，那么，禹所置的万国，大概就是这些邦国。当然不止这么几个"国"，但也不大可能列出一万个国的名称，这就像1864年传教士丁韪良所翻译的惠顿的《万国公法》，也不可能列出一万个国的名称来。

"禹大圣也，而形劳天下也如此"一句是说：禹是大圣人，他就是这样为天下人的利益而劳苦其形。"形"就是"身体"。

使后世之墨者，多以裘褐为衣，以跂蹻为服，日夜不休，以自苦为极，曰：不能如此，非禹之道也，不足谓墨。

这句话描述"后世之墨者"。顾实："此盖墨徒三科之从事科也。"《荀子·富国》："天下敖然若烧若焦，墨子虽为之衣褐带索，啜菽饮水，恶能足之乎！"

"后世之墨者"有三个特点：其一，以裘褐为衣。《史记·太史公自序》："夏日葛衣，冬日鹿裘"，夏天穿葛制的衣服，冬天穿鹿皮制作的衣服。其二，"以跂蹻为服"，是说他们穿麻鞋与木鞋。第三，日夜不休，以自苦为尽理之道。关于"极"，谭戒甫："段玉裁注：'凡高处谓之极；立表为分判之准，故去分极。'按此极正用其义，谓定程也。"

如果做不到这三点，就不符合禹之道，就不足以称为墨者。

相里勤之弟子，五侯之徒，南方之墨者，若获、已齿、邓陵子之属，俱诵《墨经》，而倍谲不同，相谓别墨。

这是讲墨子之后的不同流派。

《韩非子·显学》："自墨子之死也，有相里氏之墨，有相夫氏之墨，有邓陵氏之墨。"这就叫"墨离为三"。联系前后文，五侯氏似为相里勤的弟子。如果说，相里勤与五侯氏，俱为南方之墨者，那么，若获、已齿、邓陵子三家，应为北方之墨者。他们都遵从《墨经》。"倍谲不同，相谓别墨"，据高亨的说法，"背谲相反也，相矛盾也。相谓别墨者，言五侯等彼此相诋为墨家别派也"。这就是说，南方的墨者与北方的墨子相互诋毁，甚至北方的若获、已齿、邓陵子也相互诋毁，都说对方是墨家的别派，自己才是墨家的正宗嫡传。

南派墨者与北派墨者"俱诵《墨经》"，那么，他们这些人，到底诵些什么经？高亨认为，《墨经》有二解：其一，《墨子》书中的《亲士》《修身》《所染》《法仪》《七患》《辞过》《三辩》七篇称经，其说出于黄震，而宋濂、钱基博从之。其二，《墨子》中的《经上》《经下》二篇称经，而《经说上》《经说下》《大取》《小取》四篇附之，其说出于鲁胜，而毕沅、孙诒让、梁启超、马叙伦从之。高亨认同第二种解释。《墨经》主要就是今天的《墨子》书中的《墨经》，以及四篇附论。

关于墨子后学的具体情况，钱穆的《先秦诸子系年》有一篇《墨子弟子通考》，主要述及禽滑厘、高石子、公尚过、耕柱子、魏越、曹公子、胜绰、随巢子、胡非子诸人。

方授楚的《墨学源流》一书，对墨子后学进行了更加全面、更加细致的列举。他把庄子提到的墨子后学称为"庄子时代之墨学"。方授楚也认为，庄子时代的墨子后学可以分为北墨与南墨。其中，南墨主要体现为从相里勤到五侯氏这样一个传授系统，北墨包括苦获、邓陵子、已齿这样一些人。方授楚概括地指出："墨氏弟子及后学，其国籍可考或得而推测之者，四十人中仅十三人。盖齐人五，楚人四，宋、秦、郑各一人，鲁为墨子生地，可见者亦仅一人。吾前已言之：以墨子之学，既为鲁之政府所不喜，又与儒家相冲突，故不得大行于鲁。墨子晚而见齐太王，并与楚鲁阳文君讨论郑事，其留余二国之时间必甚久，以此从学者特众欤？当墨学盛时，其地理之分布，盖南暨楚越，北及燕赵，东盛齐鲁，西被秦国，四方莫不有墨者。《孟子》称其方盈天下，《韩子》称曰显学，吕氏称曰弟子充满天下。岂虚语哉！"

以坚白同异之辩相訾，以奇偶不仵之辞相应，以巨子为圣人。

这里继续说墨子后学。

梁启超："此文盖举当时常用之三个辩论题为例，一坚白问题，二同异问题，三奇偶问题。此三问题为战国中叶以后学者所最乐道，而其源皆出《墨经》。《经上》云：'坚白不相外也。'《经下》云：'不坚白，说在无久与宇。坚白，说在因。'《经说下》：'无坚得白，必相盈也。'此《墨经》中之坚白说也。……后世之墨者，罕复厝意于节用非攻诸教理，但摭拾《墨经》中此类问题以相訾嗷，以致倍谲不同。此为墨学末流第一种流弊。"梁说甚是。

墨子后学"以坚白同异之辩相訾"，就是以坚、白、同、异为主题，相互辩论，相互责难。关于"坚白"，《墨子·经上》："坚白，不相外也。"对于一块白石头来说，它是坚硬的，也是白色的，坚硬与白色不可分。高亨说："此墨辩坚白之说，名家离坚白，以为坚中无白，白中无坚。墨者反之。"名家试图把坚硬与白色分开，这就是所谓的"离坚白"。此外还有"合同异"。但是，墨家认为"坚白"不可分，"同异"可以离。在这样的问题上，名家与墨家是对立的。譬如，惠施的名言是："天与地卑，山与泽平。"《墨经》上称："同：异而俱于之，一也。"

关于"以奇偶不仵之辞相应"，"仵"，等同之意。这也是一个逻辑问题。高亨："名词之单数复数，西文字形有别，中文字形无别，而墨学则已论及之。《墨子·小取》：'一马，马也；二马，马也。马四足者，一马而四足也，非两马而四足也。马或白也，二马而或白也，非一马而或白。'此即单数复数之辨，亦即奇偶不伍之说也。"

"以巨子为圣人"是墨家特有的制度。

梁启超："墨子有'巨子'以统辖信徒，颇类罗马教之法皇，又类喇嘛教之达赖或班禅，制度极为诡异。其巨子姓名见于故书者有三：一孟胜，二田襄子，俱见《吕氏春秋·上德篇》；三腹䵍，见《吕氏春秋·去私篇》。据庄子此文，知当时对于巨子之传继有纷争不决事，亦与基督教史上法皇传统之争相似矣。此为墨学末流第二种流弊。"

马叙伦："巨子盖是执墨家之法者。"

钱基博："墨家号其道理成者为巨子，若儒家之硕儒；巨子为墨家之所宗，如儒者之'群言淆乱衷圣'也。"

高亨："墨家有宗教性质，巨子类似教主。墨者巨子可考者有孟胜、田襄子、腹䵍，并见《吕氏春秋》。"

谭戒甫："殆谓墨者以巨子为有道术之圣人也。"

诸说皆是。《吕氏春秋·上德》记载了墨家巨子的形象："墨者巨子孟胜，善荆之阳城君。阳城君令守于国，毁璜以为符，约曰：'符合听之。'荆王薨，群臣攻吴起，兵于丧所，阳城君与焉，荆罪之。阳城君走，荆收其国。孟胜曰：'受人之国，与之有符，今不见符，而力不能禁，不能死，不可。'其弟子徐弱谏孟胜曰：'死而有益阳城君，死之可矣。无益也，而绝墨者于世，不可。'孟胜曰：'不然。吾于阳城君也，非师则友也，非友则臣也，不死，自今以来，求严师必不于墨者矣，求贤友必不于墨者矣，求良臣必不于墨者矣。死之，所以行墨者之义，而继其业者也。我将属巨子于宋之田襄子。田襄子，贤者也，何患墨者之绝世也！'徐弱曰：'若夫子之言，弱请先死以除路。'还殁头前于孟胜。因使二人传巨子于田襄子。孟胜死，弟子死之者百八十。三人以致令于田襄子，欲反死孟胜于荆，田襄子止之曰：'孟胜已传巨子于我矣，当听。'遂反死之。墨者以为不听巨子不察。严罚厚赏，不足以致此。"

这段话主要讲了两个墨家巨子：孟胜与田襄子。墨家的巨子制度，由此可见一斑。

皆愿为之尸，冀得为其后世，至今不决。

此处的"尸"，多释为"主"。依此，似乎可以解释为：都愿意以巨子为首领。但是，高亨认为："尸疑当为死，皆愿为之死谓皆愿为巨子而死，若百八十三人为孟胜而死是也。能殉义而后见重于世，其后世乃昌，故曰冀得为其后世。孟胜所云'死之所以行墨者之义而继其业也'。是其义也。"

关于"至今不决"，高亨认为，诸家多解作别墨之争不决，但是，"决"可以解释为绝。"至今不决"应解为："墨者之巨子相传，至今不绝也。"高说为是。因而，这句话是说：墨者都愿意把巨子奉为自己的首领，都希望墨家的事业兴旺于后世，所以巨子相传，至今不绝。

"巨子相传"作为一种制度化的安排，可以代表首领更迭制度的一种类型。一方面，它不同于以嫡子或嫡长子继承为核心的君主世袭制度，因为前后两任"巨子"之间，通常没有血缘关系。君主世袭，血缘是最为关键的因素。但是，"巨子相传"能力、声望方面的因素可能最为关键。另一方面，它与宗教领袖的更迭也有一定的可比性，并且有更多的相似性。虽然因为文献难征，"巨子相传"制度的细节很难给予清晰的描绘，但由这样的相似性，我们也可以从一个特殊的角度，理解墨家较之于其他各家所特定的宗教性质。

墨翟、禽滑厘之意则是，其行则非也。

钱基博："墨翟'以绳墨自矫而备世之争'，其权略足以持危应变，而所学该综道艺，洞究象数之微，此庄生所以甚非其行而卒是其意。"

再看《荀子·富国》中的评论："我以墨子之非乐也，则使天下乱；墨子之节用也，则使天下贫，非将堕之也，说不免焉。墨子大有天下，小有一国，将蹙然衣粗食恶，忧戚而非乐。若是则瘠，瘠则不足欲；不足欲则赏不行。墨子大有天下，小有一国，将少人徒，省官职，上功劳苦，与百姓均事业，齐功劳。若是则不威；不威则罚不行。赏不行，则贤者不可得而进也；罚不行，则不肖者不可得而退也。贤者不可得而进也，不肖者不可得而退也，则能不能不可得而官也。若是，则万物失宜，事变失应，上失天时，下失地利，中失人和，天下敖然，若烧若焦，墨子虽为之衣褐带索，嚽菽饮水，恶能足之乎？既以伐其本，竭其原，而焦天下矣。"荀子的这些批评，代表了先秦诸子对墨子、墨家的一种态度。

这句话是说，墨子、禽子的想法，在理论上是可以成立的，但在实践中是行不通的。

关于墨、禽的这种评论，让我们想起康德在 1793 年写成的名篇《论通常的说法：这在理论上可能是正确的，但在实践上是行不通的》。根据康德之意，这个问题的关键在于：如何理解"理论"与"实践"？正如他在这篇论著的开端所言："如果实践的规律被设想为某种普遍性的原则，并且是从必然会影响到它们运用的大量条件之中的抽象出来的，那么我们就把这种规律的总体本身称之为理论。反过来，却并非每种活动都叫作实践，而是只有其目的的实现被设想为某种普遍规划过程的原则之后果的，才叫作实践。"（［德］康德：《历史理性批判文集》，何兆武译，商务印书馆 1990 年版，第164 页。）

将使后世之墨者，必自苦以腓无胈、胫无毛相进而已矣。

这句话的关键是"相进"一词。

顾实："进借为尽。伪《列子·黄帝篇》曰：'黄帝竭聪明，进智力。'《天瑞篇》注曰：'进当为尽'，是其证也。故相进者，犹言相尽也，相尽而已矣，皆极尽而无余也。"依此，这句话是说，将使以后的墨者，必然"以自苦为极"，弄得脚上无肉，腿上无毛，无一例外。看来，这几乎就是一种以"自苦"为教义的宗教，所有的墨者都以"自苦"自我折磨。

以"自苦"作为追求，是否可能？英国哲人边沁在《道德与立法原理导论》第一章开篇即写道："自然把人类置于两位主公——快乐和痛苦——的主宰之下。"这就是说，人的本性是避苦求乐，人人喜欢乐，人人躲避苦。那么，自找苦吃的墨学教义，为什么能够吸引追随者？这是一个什么样的逻辑？这种选择背后的因果关系如何理解？

且说 1988 年，汪曾祺为他的《汪曾祺小说选》写了一篇序言，题为"自报家门"，其中写到他的少年经历："从我家到小学要经过一条大街，一条曲曲弯弯的巷子。我放学回家喜欢东看看，西看看，看看那些店铺、手工作坊：布店、酱园、杂货店、爆仗店、烧饼店、卖石灰麻刀的铺子、染坊……我到银匠店去看银匠在一个模子上錾出一个小罗汉，到竹器厂看师傅怎样把一根竹竿做成箍草的箍子，到车匠店看车匠用硬木车旋出各种形状的器物，看灯笼铺糊灯笼……百看不厌。有人问我是怎样成为一个作家的，我说这跟我从小喜欢东看看西看看有关。这些店铺、这些手艺人使我深受感动，使我闻嗅到一种辛苦、笃实、轻甜、微苦的生活气息。"

汪曾祺的这段话之所以让我印象深刻，就是因为最后这一句："辛苦、笃实、轻甜、微苦的生活气息。"这种生活气息支撑了汪曾祺的文艺美学。这种生活气息的美，也许就在这四个词、八个字。值得注意的是，这八个字里，"苦"字出现了两次。汪曾祺的语言是很有魅力的，但是，在四个词、八个字里，"苦"字居然重复出现，按照我的理解，这其实是应当避免的。但是，这八个字如此排列，"苦"字两次出现，表明有魅力的生活气息是苦的，其中虽有轻甜，但其中更有微苦，甚至是辛苦。

在大量的文艺作品中，我们可以看到两种美：苦之美与甜之美。由苦涩滋生出来的美很深刻，由甜腻滋生出来的美很浮泛。"国家幸诗家幸"，还有"苦难美学"，以及"悲剧美学"，诸如此类的论题，都可以从一些特殊的角度，揭示出"墨者自苦"的发生学原理。

乱之上也，治之下也。

如何理解这句话？为什么后世墨者"以自苦为极"，就会导致"乱之上，治之下"的后果？

梁启超："谓遵此道以行，是乱之于上而欲求治之于下，必不可得之数矣。"

顾实："乱之上治之下者，言其乱多治少也。"似不太切。

钱基博："庄生之道，在贵身任生，以无为而治；面见墨者之教，劳形勤生，以自苦为极；'反天下之心，天下不堪'，行拂乱其所为而已矣！故曰'乱之上也。'郭象注：'乱莫大于逆物而伤性也。'使用墨者之教而获有治焉？终以'逆物伤性'而不得跻无为之上治也！故曰'治之下也。'"

钱说是以庄子之道为依据，来评价墨子之道。墨子之道主要在于"劳形勤生"，"以自苦为极"，确实不同于天下普通人的想法，但由此宣称，墨家教义会导致"乱之上"，似乎还不能够让人信服。

另一方面，认为墨家教义"逆物而伤性"，不符合"无为之上治"，就会导致"治之下"，似乎也有些勉强。顾、钱两种解释，似乎都没有对"上""下"的含义做出足够的回应。

高亨："在乱世，其人为上品，其道为上乘，在治世，其人为下品，以道为下乘。"按照这种解释，是说墨子或"后世之墨者"，他们这些人，在乱世是上品之人；他们秉持的墨家之道，在乱世是上乘之道；他们这些人，在治世是下品之人，他们秉持的墨家之道，在治世是下乘之道。换言之，乱世需要墨者，治世排斥墨者。高说值得参考。

比较、借鉴以上诸说，"乱之上，治之下"可以理解为：墨、禽之道，在乱世是上乘之道。墨、禽之世，本来就是一个乱世，是天下大乱之后的世界，是礼乐文明秩序解体之后的世界，在这种乱世背景下，墨、禽提倡兼爱，"自苦"以救世人，具有相当大的号召力，因此是上乘的人物、上乘的教义。这样的解释也能够为庄子时代的社会状况、学术思想格局所印证。后来，随着汉代大一统帝国的建立，国家治理、天下治理重新趋于有序，新的文明秩序重新建立起来，而且，这个文明秩序在董仲舒等人的理论中还得到了比较合理的论证，社会重新回归"治世"，墨学也就逐渐式微了。揣摩庄子的意思，或许是指：在治世，墨者是下乘的人物，墨学是下乘的教义。而且，"治之下也"也可以为汉代以后的墨学命运所证实。这就是"乱之上，治之下"。

庄子针对墨者、墨学所说的"乱之上，治之下"，确实描述了一种颇具规律性的现象。背后的原因还可以做进一步的分析。从根本上说，墨子是草根阶层的代表，墨学是代表草根阶层的学说。当国家顾不上回应草根阶层的需要之际，当国家作为公共机构的角色丧失之际，他们就会站出来，为草根阶层说话。他们要求王公大人们兼爱、非攻、非乐，以此可以减轻草根阶层的负担。墨者"以自苦为极"，其实是一个草根阶层苦难的象征。在近现代，很多人都说墨家具有比较浓厚的宗教性质，这是有道理的。宗教的兴起，都与社会失序导致的苦难有关。苦难越深重，对宗教的需求就越强烈。马克思在《黑格尔法哲学批判导言》中说："宗教里的苦难既是现实的苦难的表现，又是对这种现实的苦难的抗议。宗教是被压迫生灵的叹息，是无情世界的感情，正像它是没有精神的制度的精神一样。"这是一句名言，颇能说明这个现象。

汉朝初建，以黄老之道治天下，汉朝政府推行休养生息的政策，草根阶层的生存环境有所改善，墨者及墨学的号召力就减弱了。当然，我们也不能说，在"治世"，他们就是下乘的人与道；我们只能说，在一个接近"治世"的背景下，墨者及墨学的空间相对较小。但毕竟还是有一些空间，他们中的一些人，转身变成了游侠。他们仗剑走天涯，在一些帝力所不及的地方，救济弱者，匡扶正义。现代流行的武侠小说中的那些具有正面形象的武林高手，就可以看作是墨者的转世灵童。

稍作延伸，我们还可以看到，"乱之上，治之下"作为一个特点、一个规律，既可以描绘墨家，也可以描述法家。法家在先秦时代，特别是在战国时代，几乎成了一些国家的官方意识形态。特别是在秦国这样的国家，法家思想堪称其指导思想。法家思想可以说是秦国、秦政的灵魂，秦国、秦政可以说是法家思想的肉身。在那个时代，法家人物也是很多国家的实际主政者。因此，乱世中的法家是被推崇的人物与学说。但是，到了汉代以后，政治秩序与社会秩序逐渐得到了较好的调适，逐渐显示出"治世"的景象，贾谊的《过秦论》风靡一时，法家的思想学说，就像墨家一样，很快就在主流意识形态中隐退了。

直到清代末年，随着中国再次被拖入一个"新战国时代"，不仅出现了一个新法家思潮，墨学也在沉寂了两千年之后，再次复兴，这也说明，法家与墨家，在某些方面，具有一定的共性（当然也有很大的差别，这里不再展开）。庄子所说的"乱之上也，治之下也"，或许可以反映墨法两家的一些共性。

虽然，墨子真天下之好也，将求之不得也，虽枯槁不舍也。

这是对墨子的正面肯定。

关于"真天下之好"，谭戒甫："盖即此所谓真天下是爱好也。

将求之不得也二句，盖谓墨子好天下之心其挚；如求其志不得，虽枯槁不舍也。枯槁，亦即摩顶放踵之意。"好就是爱，对于墨子来说，就是兼爱。墨子确实爱天下；诚心寻求、建立一个兼爱的天下，即使形容枯槁，也不舍弃。

马叙伦："求字当读为救。《周礼·大司徒》：'正日景以求地中。'注：'故书求为救。'杜子春云：'当为求。'是求、救古书相通之证。'舍'借为'释'。《乡饮酒礼》：'主人释服'。注：'古文释作舍'。是其例证。《说文》：'释，解也。'"按照马说，墨子对天下人怀有真挚的爱，立志救天下，救之不得，即使形容枯槁也不放弃。

梁启超："言墨子真天下绝可爱之人物，其积极迈往之精神，百折不挠也。"

顾实认为，"真天下之好"，"是赞言其为好人也。《郑风》之诗曰：'缁衣之好兮'，则此天下之好者，正是赞言其为天下之美好者也。俞樾曰：'谓其真好天下也，即所谓墨子兼爱也。'俞说非也。求之不得者，求好而不得也。求好而不得，虽枯槁不舍"。按照顾说，墨子真是天下的好人，他求好不得，虽枯槁不舍。不过，顾说也需要"加字解经"。因为"求好不得"，似乎过于笼统。

墨子"求好"是什么意思，是墨子寻求自身的美好？还是寻求一个美好的天下？当然，我们也可以含含糊糊地说，他就是"求好"。

才士也夫。

这是庄子对墨子的总结性评价。我们读《史记》，可以看到，太史公在每一篇的末尾，都要写上一段，题为"太史公曰"。写《汉书》的班固，则代之以"赞曰"。庄子在评说了墨、禽的道术之后，虽然没有写一个"庄周曰"为之总结，但是，此处的"才士也夫"，大致也相当于这个意思。

那么，庄子为什么把墨子称作才士？才士是什么意思？墨子是一个什么样的才士？

谭戒甫："殆轻视之词。前云'恐其不可以为圣人之道'，又云

'其去王也远矣'，意谓王固不足，复何论夫圣人，故此仅以才士目之。"

顾实："评赞之曰'才士'者，《盗跖篇》称：'圣人才士之行'，是才士者，圣人之次也。然《人间世篇》曰：'螳螂怒其臂，以当车辙，不知其不胜任也，是其才之美者也。'盖才士者，才美而未得道者之称也。"按照顾说，才士是一个与圣人相关联的称号，圣人高于才士，圣人之下是才士，墨子属于虽有才但未得道之士，所以称之为才士。这样的看法，也许可以反映庄子的立场。

以上是《天下篇》关于墨子、墨家的基本看法。作为一个对照，我们可以看看《汉书·艺文志》对墨家的解释："墨家者流，盖出于清庙之守。茅屋采椽，是以贵俭；养三老五更，是以兼爱；选士大射，是以上贤；宗祀严父，是以右鬼；顺四时而行，是以非命；以孝视天下，是以上同；此其所长也。及蔽者为之，见俭之利，因以非礼，推兼爱之意，而不知别亲疏。"关于"清庙"，《左传·桓公二年》有言："是以清庙茅屋，大路越席，大羹不致，粢食不凿，昭其俭也。"

这就是说，墨家的节用、贵俭、兼爱、尚贤、非命，都是"职业伦理"或"职业思维"的产物。清庙就是太庙。清庙顶上盖茅草，以示简朴。

认为墨家源于"清庙之守"，这一看法，主要出自刘向、刘歆父子，流传开去之后，影响很大。但是，《天下篇》或庄子，并没有把墨、禽之道与"清庙之守"结合起来。这是否可以说明，在庄子时代，或者是在《天下篇》的创作时代，墨家源于清庙之守的说法，尚不流行，至少没有得到庄子的认同？

第三章

宋钘、 尹文

　　本章讲述"古之道术"在庄子时代的第二种历史遗留物。庄子以三百字左右的篇幅讲宋钘、尹文之学。从我们现在多数人持有的"前见"来看，宋、尹之学与前面讲的墨、禽之学，似乎还不太一样。前面讲墨子、禽子，我们马上就意识到，这是墨家学派。但是，这里讲的宋钘、尹文属于后世所标注的哪个学派呢？

　　如果你说宋钘、尹文是道家学派，那么，后面的彭蒙、田骈、慎到，以及关尹、老聃，还有庄周自己，又属于哪个学派呢？如果都可以归属于道家学派，为何又要分成四家来说？这就提醒我们，关于先秦学术思想的分家、分派、分类，庄子的想法与我们现在的想法，可能并不一样。

　　不累于俗，不饰于物，不苟于人，不忮于众。

　　这是关于宋、尹之学的高度概括。

　　谭戒甫："不累于俗，谓不系累于习俗而其行素也。不饰于物，谓不矫饰于事物而存其真也。不苟于人，……此盖谓不苟求于他人也。不忮于众，……则此谓不强迫于众庶耳。"谭说为是。

　　庄子首先以四个否定性的"不"描述宋、尹之学。第一个是"不累于俗"。"俗"总是跟"世"连在一起的，没有"世"也就没有"俗"，所以叫"世俗"。理解为"习俗"，亦可。当然，世俗与习俗还是有一些差异：习俗与习惯相近，习俗对人的行为具有一定的约束力。相比之下，世俗主要侧重于抽象的价值观，"从世俗的眼光看过去"云云。以苏格拉底为例，他的死，主要是跟世俗的价值立场发生了冲突，而不是因为违背了习俗。这种差异是微妙的，但也是可以区分的。"不累于俗"就是不为世俗所累，遗世而独立。宋钘就是这样的人。《逍遥游》有专门的交代："故夫知效一官，行比一乡，德合一君，而征一国者，其自视也，亦若此矣。而宋荣子犹然笑之。且举世而誉之而不加劝，举世而非之而不加沮，定乎内外之分，辩乎荣辱之境，斯已矣。"这就是宋荣子的"不累于俗"，宋荣子就是宋钘。他就是一个"不累于俗"的人。或者说，在庄子眼里，宋钘就是"不累于俗"的典型代表，"不累于俗"就是宋子身体力行的主张。

"不累于俗"的对立面是"累于俗"。什么叫"累于俗"？就是宋子嗤笑的那些人：他们自以为有点才能，几乎可以胜任一官半职；或者是有点德行，能够得到当地人的认可；更好一点的，德行居然能够得到君主的认可，甚至被全国人民所认同。这些人自我感觉很不错。这样的人就"累于俗"。比起这些人，宋子就不一样：全世界的人都称赞他，他并不感到飘飘然，甚至不觉得受到激励；全世界的人都批评他，他并不感到沮丧，根本不以为意。"定乎内外之分"，是指能够区别内在的自我与外在的事物。"定"就是有"定力"，这个定力源于自己为自己设定的价值准则。自己可以为自己设定价值准则，就是自己为自己立法。一乡、一国通行的价值准则，特别是世俗认可的"成功的标志"，对他完全不起作用。世人认为，做个或大或小的官儿，出人头地，顾盼自雄，何其威武，那才过瘾呢。但是，这个标准源于外在的"俗"。如果服从这种价值准则，就是"累于俗"，其实也就是对"俗"的认同。宋子能够超越这样的价值准则，能够站在更高的地方看待这样的价值准则，对此，庄子是很认可的。

宋子能够"辩乎荣辱之境"的能力，源于"定乎内外之分"。内与外是有差异的，宋子能够看到这种差异。宋子嗤笑的那些人，看不到这种差异，在那些人的眼里，只有外，没有内。"外"就是"俗"，它的准则是众人制定的。"内"就是自己内心的意志，这个意志是个人确定的。个人意志足够强大，才可能为自己确立准则。20世纪的法国人萨特，能够拒绝诺贝尔奖，不管他的真实想法如何，至少从外在形式上看，他知道区分内与外，他能够"辨乎荣辱之境"。明末清初的王夫之，一个人在偏僻的湘省乡村里潜心著书，这些书在他死了百年之后，才得以问世。在王夫之的有生之年，他的这些思考与著述，不会为他带来任何世俗的荣誉或收益。王夫之的"格"比萨特更高，王夫之更能"定乎内外之分"，王夫之是明清之际"不累于俗"的典型代表。

第二个特点是"不饰于物"，它与"不累于俗"相关联，但指向略有不同。"饰"可以直译为装饰，如果得其意而忘其言，"饰"也可以理解为束缚。说得极端一点，所有装饰在人身上的东西，无论是有形的东西，还是无形的东西，其实都是束缚人的东西。因此，不饰于物，就是不为外物所束缚，就是不成为外物的奴隶。站在历史唯物主义的立场上说，就是要摆脱"物的依赖性"。

为了更好地理解"不饰于物"，有必要就马克思的"物的依赖性"多说几句。关于人类社会的发展，关于人类历史的演进规律，马克思的"五阶段论"几乎已经成为一个常识。但与此同时，马克思还就人类社会的发展规律提出了另一个理论，那就是自由个性理论。自由个性理论的核心要义，就是每个人的自由发展是一切人的自由发展的条件。自由个性社会就是共产主义社会。但是，人类要抵达自由个性社会，必须跨越两个阶段，那就是"人的依赖性"阶段与"物的依赖性"阶段。所谓"人的依赖性"，就是一个人依赖另一个人，只要他对另一个人有依赖，他就是不自由的。"人的依赖性"阶段对应于奴隶社会与封建社会。在奴隶社会，奴隶没有自由，奴隶对奴隶主高度依赖；在封建社会，农奴对封建领主高度依赖。这种依赖性是如此的强烈，以至于奴隶、农奴都没有自己的人身自由。譬如，奴隶可以作为商品被自己的主人在市场上任意出售。这就是人的依赖性。这样的历史阶段，随着资本主义革命的胜利而终结。到了资本主义社会，没有奴隶与农奴，也没有奴隶主与封建领主，所有人都摆脱了对其他人的依赖。但是，人却陷入了另一种依赖性，那就是"物的依赖性"，这是指人对于外物的依赖，亦即人成了"拜物教"的信徒。马克思对这种"物的依赖性"，有相当深刻的批判。在马克思主义诞生之前，在所谓"空想社会主义"的著作中，这样的批判也很丰富。这种"物的依赖性"，恰好可以用来说明"不饰于物"的对立面，那就是"饰于物"。

当然，除了有形之物，还有无形之物，譬如各种各样的头衔、名号之类，譬如庄子曾经面对的楚威王允诺的"卿相"。这些东西，虽然不是有形之物，但却可以归属于无形之物，"不饰于物"之"物"，也可以包括这样的"物"。当然，进一步看，各种无形之物虽然不直接体现为有形之物，但两者之间具有紧密的联系，在大多数情况下，无形之物都可以转化成为有形之物，或者说，在无形之物的背后，可以找到有形之物，譬如在"卿相"这样的"尊位"背后，就很容易找到"千金"这样的"重利"。为什么世人如此热衷于无形之物，根本原因就在这里。由此看来，世人对无形之物的追逐，其实也可以用历史唯物主义来解释。

为了更好地理解庄子所说的"不饰于物"，还有必要看看庄子自己的论述。《庄子·山木》："弟子问于庄子曰：'昨日山中之木，以不材得终其天年；今主人之雁，以不材死。先生将何处?'庄子笑曰：'周将处乎材与不材之间。材与不材之间，似之而非也，故未免乎累。若夫乘道德而浮游则不然，无誉无訾，一龙一蛇，与时俱化，而无肯专为。一上一下，以和为量，浮游乎万物之祖。物物而不物于物，则胡可得而累邪！此神农、黄帝之法则也。若夫万物之情，人伦之传则不然：合则离，成则毁，廉则挫，尊则议，有为则亏，贤则谋，不肖则欺。胡可得而必乎哉！悲夫，弟子志之，其唯道德之乡乎！'"

这段对话提到了一个法则："物物而不物于物。"它居然还是神农、黄帝确立的法则。这个法则的要求是，把外物当作外物，不要被外物所物役。这个原则中的实词只有一个字，那就是出现了四次的"物"。其中，只有第三个是"物役"或"役使"的意思，其他三个"物"，都是指外物。所谓"不物于物"，就是这里的"不饰于物"。

再看第三点："不苟于人"。前引谭说认为，这里的"苟"应为"苛"。章太炎："苟者，苛之误。《说文》言：'苛之字止句'，是汉时俗书，苛、苟相乱；下言，苟察，一本作苛，亦其例也。"这就是说，不苟于人，即为"不苛于人"，也就是不苛刻地对待他人。用现在的观念来说，就是宽容他人或宽以待人。

还有第四点："不忮于众"。"忮"可以释为"逆"，亦即"不逆于众"。"不忮于众"之众与"不苟于人"之人，都是指他人、别人、众人，亦即自己之外的其他人。《论语·七则》是《论语》之佚文，其中有一则是："子曰：'衣敝缊袍，与衣狐貉者立，而不耻者，其由也与！''不忮不求，何用不臧？'"顾实认为，"即此之不苟于人，不忮于众也。"查看《诗经》，孔子引的诗出于《诗经·邶风·雄雉》："百尔君子，不知德行。不忮不求，何用不臧。"对此，朱熹《诗集传》："百，犹凡也。忮，害。求，贪。臧，善也。言凡尔君子，岂不知德行乎？若能不忮害，又不贪求，则何所为而不善哉！忧其远行之犯患，冀其善处而得全也。"

根据以上诸说，"不苟于人，不忮于众"的意思是，不苛责他人，不违逆他人，不损害他人。这是一个什么样的立场呢？概括起来，就是不干预他人。这样的立场，可以概括为"宽容"。记得胡适提出了一个很有名的命题，叫做"宽容比自由更重要"。这里所说的"不苟于人，不忮于众"，与现代的宽容观念比较接近。你的言行，我不一定赞同，但我不苛求于你，我甚至不评论，当然也不跟你辩论，更不会对你造成损害，你按照你自己的意愿说话做事，就行了。如果这样的解释符合《天下篇》的原意，那么，这是一种颇具现代性的观念。当然，两者还是有一些差异。"宽容"似乎意味着你给别人提供更宽的空间。但是，庄子的"不苟于人，不忮于众"意味着，别人的空间是别人自己的，并不是你提供的。

把这"四个不"综合起来看，可以发现它们各有指向：第一，在个体与群体的关系问题上，主张"不累于俗"，其含义是：个体的内心自由、意志自由，应当独立于群体意志、集体意识。第二，在个体与个体的关系问题上，主张"不苟于人"，其含义是：相互宽容，每个人的价值立场都应当得到尊重。第三，在人与物的关系问题上，主张"不饰于物"，人不能成为外物的奴隶。

愿天下之安宁，以活民命，人我之养，毕足而止，以此任心。

这里的"任心"，多家认为，应读为"白心"，自我表白的意思。

顾实认为，这句话可以解释"愿天下之安宁，以活民命，人我之养，毕足而止。"

"人我之养"，可以分为"人之养"与"我之养"，关于其中的"人之养"，可以参看《庄子·在宥》中的叙述：黄帝立为天子十九年，令行天下，取得了很好的治理绩效，于是往见广成子，称："闻吾子达于至道之精，敢闻至道之精？吾欲取天下之精，以佐五谷，以养民人。"这里的"以养民人"，就是"人之养"或"民之养"。

因此，这句话是说：希望天下安宁，以保全人民的生命，你我个人的奉养，刚够即可，他们以此表明自己的心愿。

古之道术有在于是者，宋钘、尹文闻其风而悦之。

古之道术在这个方面的遗留物，主要是由宋钘、尹文承载的。那么，宋钘是谁？尹文又是谁？我们找一些文献，试着勾画宋钘、尹文的思想肖像。

先看宋钘。

梁启超："宋钘与孟子同时，孟子尊呼之为'先生'，其年辈当较孟子为老。孟子，齐宣王时人也。"

陈鼓应在《庄子今注今译》一书中写道："宋荣子：为稷下早期人物，生当齐威、宣时代，大约是纪元前四〇〇至三二〇年间人。"这当然只是一个大致的推算。

郭沫若的《十批判书·稷下黄老道家学派的批判》把宋子归入道家，他说："值得加以说明的怕是宋钘、尹文吧。《汉书·艺文志》，小说家中有《宋子》十八篇，'其言黄老意'。《尹文子》一篇列于名家，颜师古引刘向云：'与宋钘俱游稷下'。《庄子·天下篇》以宋钘、尹文为一系。宋钘既言黄老意，可知尹文是以道家而兼名家。"

尹子先不论，宋子是什么时候的道家呢？郭沫若又说："宋钘大约是杨朱的直系吧。《庄子·徐无鬼篇》有庄周与惠施辩论一节，庄子说：'儒、墨、杨、秉四，与夫子为伍'。惠子也自承：'儒、墨、杨、秉且方与我以辩'。秉，一向的人认为即公孙龙字子秉，但公孙龙，后于庄子，于是就讲不通。其实这所说的五家连庄子自己加进去，也就是《天下篇》的六家。秉是田骈之师彭蒙的彭的音变，杨便当于宋钘、尹文一派了。韩非《显学篇》，'今有人于此，义不入危城，不处军旅，不以天下大利易其胫一毛'，显然是暗指杨朱。'不入危城，不处军旅'与宋钘、尹文的救攻寝兵的主张相符。'不以天下大利易其胫一毛'，正是宋子'举天下而誉之而不加劝'的态度。又其主张'行贤而去自贤之心'也正是'接万物以别宥为始'或'情欲寡浅'。杨朱这个人是很宽恕的。你看他指责他的兄弟杨布不应该骂狗，白而往黑而归，是自己起了怪，狗是不足怪的。又看他临衢途而哀哭，以为'过举跬步，觉跌千里'，他是哀怜天下走错了路的人。宋子也正体贴了这种宽恕（韩非《显学篇》称'宋荣之宽''宋荣之恕'）。"按照郭沫若的这些说法，宋子可以归属于杨朱一系。他的学说，可以从道家的方面来解释。

前文已经提到，宋钘即宋荣子，他还有一个名字叫宋牼（kēng）。《孟子·告子下》："宋牼将之楚，孟子遇于石丘。曰：'先生将何之？'曰：'吾闻秦、楚构兵，我将见楚王说而罢之。楚王不悦，我将见秦王说而罢之。二王我将有所遇焉。'曰：'轲也请无问其详，愿闻其指。说之将何如？'曰：'我将言其不利也。'曰：'先生之志则大矣，先生之号则不可。先生以利说秦楚之王，秦楚之王悦于利，以罢三军之师，是三军之士乐罢而悦于利也。为人臣者怀利以事其君，为人子者怀利以事其父，为人弟者怀利以事其兄。是君臣、父子、兄弟终去仁义，怀利以相接，然而不亡者，未之有也。先生以仁义说秦楚之王，秦楚之王悦于仁义，而罢三军之师，是三军之士乐罢而悦于仁义也。为人臣者怀仁义以事其君，为人子者怀仁义以事其父，为人弟者怀仁义以事其兄，是君臣、父子、兄弟去利，怀仁义以相接也。然而不王者，未之有也。何必曰利？'"

在这段对话中，虽然孟子充分利用了自己作为著书人（作者）的便利条件，在自己的书中痛快地表达了自己的观点，但我们也可以比较真切地看到关于宋钘的若干信息。第一，宋钘是与孟子同时代的人，宋、孟之间有交流、有对话。第二，宋钘有可能比孟子年长，而且也有较高的学术地位，因为孟子称他为"先生"，他对孟子，却没有以"先生"相称。第三，宋钘对于各国诸侯，应当具有相当的影响力，否则，他不会那么自信：秦王或楚王，其中必然有一个君主会听从自己的建议。第四，宋钘试图以"利"来劝说诸侯罢兵，这与孟子以"仁义"来劝说诸侯，具有相当大的差异。两种不同的立足点可以表明，孟子更高调，更理想主义，相比之下，宋钘更务实。

再看《荀子·非十二子》："不知壹天下建国家之权称，上功用，大俭约，而僈差等，曾不足以容辨异，县君臣；然而其持之有故，其言之成理，足以欺惑愚众：是墨翟宋钘也。"按照荀子的这种说法，如果宋钘与墨子是一个学派的，那他们的学术思想应当有很多共性。

《荀子·正论》篇中还有一些关于宋钘的记载，有助于更多地理解宋子。试举两则。

其一，"子宋子曰：'明见侮之不辱，使人不斗。人皆以见侮为辱，故斗于也；知见侮之为不辱，则不斗矣。'应之曰：然则以人之情为不恶侮乎？曰：'恶而不辱也'曰：若是，则必不得所求焉"。

按照这几句话，宋钘的核心观点是：第一，受到侮辱是一回事，耻辱是另一回事。"侮"与"耻"是两码事，可以切割开来。第二，很多争斗，都是因为人们不懂这个道理，不知道对两者进行区分，因此，区分"侮"与"耻"很重要。第三，虽然厌恶受到侮辱，但应当明白，它并不是耻辱。对于宋钘的这几个相互关联的观点，荀子像孟子一样，充分利用自己作为著书人的便利条件，对宋钘的观点进行了充分的驳斥。

其二，"子宋子曰：'人之情，欲寡，而皆以己之情为欲多，是过也。'故率其群徒，辨其谈说，明其譬称，将使人知情之欲寡也。应之曰：然则亦以人之情为目不欲綦色，耳不欲綦声，口不欲綦味，鼻不欲綦臭，形不欲綦佚。此五綦者，亦以人之情为不欲乎？曰：'人之情，欲是已。'曰：若是，则说必不行矣。以人之情为欲，此五綦者而不欲多，譬之，是犹以人之情为欲富贵而不欲货也，好美而恶西施也。古之人为之不然。以人之情为欲多而不欲寡，故赏以富厚而罚以杀损也，是百王之所同也。故上贤禄天下，次贤禄一国，下贤禄田邑，愿悫之民完衣食。今子宋子以是之情为欲寡而不欲多也，然则先王以人之所不欲者赏，而以人之欲者罚邪？乱莫大焉。今子宋子严然而好说，聚人徒，立师学，成文典，然而说不免于以至治为至乱也，岂不过甚矣哉！"

在这段讨论中，宋钘的核心观点是：第一，人的本性是寡欲的。第二，很多人都认为自己的本性是多欲的，但人们的这种看法是错误的。第三，宋子又同意，按照人的本性，人的眼睛是想看到最美的，以及想得到其他几种与身体有关的享受。对此，荀子又利用他作为《正论》作者的机会，对宋钘的观点进行批判。

杨伯峻在《孟子译注》的一个注释中，对宋钘有一个概括性的说明，他说："宋钘'为战国一有名学者。其主张大旨为寡欲，见侮不以为辱，以救民之互斗；禁攻寝兵，以救当时之攻战；破除主观成见（别囿），以识万物之真相。'"

再看尹文。

关于尹文，钱熙祚辑录的《尹文子逸文》中有一个典故："尹文子见齐宣王，宣王不言而叹。尹文子曰：'何叹？'王曰：'吾叹国中寡贤。'尹文子曰：'使国悉贤，孰处王下？'王曰：'国悉不肖，可乎？'尹文子曰：'国悉不肖，孰理王朝？'王曰：'贤与不肖皆无，可乎？'尹文子曰：'不然。有贤有不肖，故王尊于上，臣卑于下。进贤退不肖，所以有上下也。'"

这段话表明，尹文是齐宣王时代的人物。他向齐宣王表达的思想是：正确看待一个国家中的贤士与不肖之人。一个国家既应当有贤士，也应当有不肖之人。这样，一个国家才能够保持一个正常的政治生态。如果只有贤士，或者只有不肖之人，第一，那是不可能的，第二，也是不正常的。

上一节讲墨子、禽子，先墨而后禽，这很好理解，因为墨子是禽子的老师。这一节讲宋钘、尹文，他们是什么关系？难道也是师生关系？梁启超就有这样的看法，他说："尹文则与宣王子湣王同时，有问答语，见《吕览·正名》篇。然则尹文盖宋钘之弟子或后学也。"

顾实："古书如称曰墨翟、禽滑厘，先师后弟子也。亦有颠倒者，如曰宋钘、尹文，曰关尹、老聃，殆与荀子书中之陈仲、史鳅，曰惠施、邓析，皆以后来者居上，其故不明也。"其故虽不明，但可以猜测，有一种可能是：他们之间没有直接或明确的师生关系。对于这个问题，此处暂且不论，下文还有进一步的讨论。

作为华山之冠以自表，接万物以别宥为始。

这里先说"接万物以别宥为始。"

梁启超："别宥即去囿，谓去其囿蔽者，如荀子之言解蔽矣。"

钱基博："按'别宥'之说，见于《吕氏春秋·先识览》去宥之章。"

查阅《吕氏春秋·先识览·去宥》，相关叙述是："邻父有与人邻者，有枯梧树，其邻之父言梧树之不善也，邻人遽伐之。邻父因请而以为薪。其人不说曰：'邻者若此其险也，岂可为之邻哉？'此有所宥也。夫请以为薪与弗请，此不可以疑枯梧树之善与不善也。齐人有欲得金者，清旦，被衣冠，往鬻金者之所，见人操金，攫而夺之。吏搏而束缚之，问曰：'人皆在焉，子攫人之金，何故？'对吏曰：'殊不见人，徒见金耳。'此真大有所宥也。夫人有所宥者，固以昼为昏，以白为黑，以尧为桀。宥之为败亦大矣。亡国之主，其皆甚有所宥邪？故凡人必别宥然后知，别宥则能全其天矣。"

钱基博认为，"别囿"云者，盖别白其囿我者而不蔽于私之意。"伐梧"者疑言邻父，"攫金"者不见人操，大抵近于接物者，罔不有囿于私利之见者存。惟"别宥"，而后知"尚同""兼爱"，万物交利，我亦不遗焉。故曰"接万物以别宥为始"也。

按照钱基博的解释，这里的"宥"，实为"蔽"。"别宥"就是去蔽，甚至还可以理解为现在的"启蒙"一语。所谓"启蒙"，就是把蒙在人眼睛上的遮挡物拿开，让人睁开眼睛，看到一个真实的世界。"蒙"就是"蔽"，"别"就相当于"启"。当然，"宥"与"囿"可以通用，因此，"宥"也可以解释为：被约束起来了，被围起来了，很受局限。"宥"也可以解释为"区域"。《说文》："囿，苑有垣也。"就是有围墙的园子。高亨说："故心有所限者亦曰囿，别囿谓分解其心之所囿，犹言破除之也。"因而，"别宥"就是移除局限人的条条、框框。

不过，高亨还认为："然则别宥、别囿亦可解作别域矣。别域者，划分万物之畛界，使不相侵也。上文曰：'人我之养毕足而止。'别域盖谓划分人我之养之畛域。域别然后养足，养足然后知止。其文意正相应也。如谓此处之别宥即吕书之去宥，其义固通，然亦无确证也。"

以上数解，大同小异。因此，"接万物以别宥为始"可以读为：应接万物，理解万物，处理万事，应当首先去除教条主义。"教条"就是已经教义化的条条、框框，它严重限制人的思维，它让人打不开思路，以凝固、僵化的偏见看待一切。这正是宋钘、尹文旨在破除的。

回过头来，我们再问，宋、尹两人为什么"作为华山之冠以自表"？这里的"华山之冠"是什么东西？顾实说："《西山经》曰：'太华之山，削成而四方。'《水经·渭水》注曰：'华山，远而望之，又若华状。'故《释文》曰：'华山上下均平，作冠象之，表己心平均也。'然盖以示其岸然道貌，不物于物。《大宗师篇》曰：'古之真人，其状峨而不崩'，是其义也。故能接万物，以别宥为始。"

原来，"华山之冠"就是"上下均平"样式的帽子，或者就是上面方正的帽子。戴上这种帽子，也许可以表明自己对于平正的追求。不过，梁启超又有另外的说法，他认为："战国时人好作奇服以寄象征，如鹖冠子及屈原所谓'高余冠之岌岌'皆是。"

语心之容，命之曰心之行。

梁启超："语心之容者，谓说明心理状态。命之曰心之行者，谓人类之道德的行为，皆心理运行自然之结果。故名为'心之行'。宋钘本为墨学支派，其主张大率同于墨子，所异者，墨子唯物论的气味太重，宋子以唯心论补之。令墨学从心理学上得一根据，彼所标两条最重要教义，曰'见侮不辱'，曰'情欲寡浅'，皆从心理立论。看下文自明。"

章太炎："容借为欲，同为谷声，东、侯对转也。《乐记》感于物而动，性之欲孔，《乐书》作性之颂也。颂、容古今字，颂借为欲，故容亦借为欲。《荀子·正论篇》：子宋子曰：人之情欲寡；而皆以己之情欲为多。是宋钘语心之欲之事。"

顾实不同意章说，他说："疑'心之容''心之行'皆宋子书或尹文子书中之篇名也。……章说非也。《正论篇》诋宋子文，凡两段：第一段，论荣辱。第二段，论情欲。盖宋子之根本主义，第一为辨荣辱，第二为寡情欲也。《庄子》此文，与《荀子》所论之次序正密合。而《荀子》第一段文中有曰：'荣辱之分，圣王以为法，士大夫以为道，官人以为守，百姓以为成俗，万世不能易也。今子宋子案不然，独诎容为己虑，一朝而改之。'诎容者，屈容也。是容之一字，自有明文可征，何烦读哉！《韩非子·显学篇》曰：'夫是漆雕之廉，将非宋荣之恕也；是宋荣之宽，将非漆雕之暴也。'恕者，恕容也。宽者，宽容也。虽不言容而与言容无异也。"

马叙伦："心之容，犹言心之现象也。"

高亨："心之行，盖宋尹书一篇之名。此篇专论内心之现象，故名之曰心之行也。宋钘之立说，独重内心之现象，其教人亦独重内心之改革。宋本墨家，主张节用，其情欲寡之说，所以去欲禁奢而推行节用主张者也。是改革人之贪欲心理者也。又主张非攻，其见侮不辱之说，所以寝斗止争而推行其非攻主张者也。是改革人之耻辱心理者也。故情欲寡与见侮不辱，皆心之行也。然则心之行乃宋子思想特点之一。"

根据马、高之说，"容"即形容、形象、现象。宋子论述"心之容"的文章，被命名为《心之行》。这篇《心之行》旨在研究的"心"就是精神，"容"就是"现象"。按照这些说法，宋子的《心之行》乃是中国先秦版的《精神现象学》。

众所周知，《精神现象学》是黑格尔1805年至1806年之际完成的，用以研究意识由现象达到与本质同一的过程。这个过程主要包括五个阶段，它们分别是：意识、自我意识、理性、客观精神与绝对精神。这就是黑格尔建构的作为意识发展史、意识演进史的精神现象学。在黑格尔之后，胡塞尔开启了一个影响极其深远的现象学研究运动，这个运动甚至在中国也产生了较大的影响，以至于可以写一篇大文章——"现象学在中国"，以全面总结、概括这样一个精神现象。然而，追根溯源，我们可以在《天下篇》中，看到一个中国式的"精神现象学"。它虽然没有如近现代德国人的论证那样精致、精巧，但它以写意的方式，表达了华夏文明早期关于精神现象的思考。

在前面引用的荀子论著中，荀子对宋子的"精神现象学"多有批评。这样的状况虽然事出有因，譬如，像《荀子·正论》这样的文章，毕竟出自荀子或荀子学派。不过，荀子对宋子的批评其实还有一个根本的原因：在"内圣外王之道"中，荀子主要属于"外王"一系，关注"心之容"的宋子理论，则可以更多地归属于"内圣"一系。

在儒学研究领域，有一种关于心性儒学与政治儒学的划分（这主要是蒋庆的划分，他的代表作就是《政治儒学》）。通常认为，像子思、孟子这样一条线，以及后面的程朱理学、陆王心学，都可以归属于心性儒学。荀子则是政治儒学的早期代表，公羊学则是政治儒学的核心。董仲舒的公羊学，清代的公羊学，包括清末康有为的今文学，都可以归属于政治儒学。其实，如果超越于儒家这样一个单一的学派，如果我们从《天下篇》所说的"内圣外王之道"来看，就会发现：一方面，"内圣外王之道"是对古之道术的整体概括、综合概括，这就超越了"一曲之士"所获得的"一察"之方术。另一方面，就整体性、综合性的"内圣外王之道"来看，又可以分为"内圣"与"外王"两种指向。宋子关于"心之容"之"语"，就可以归属于"内圣"之学。宋子当然不属于儒家，而且，在庄子的时代，作为一个学术派别的"儒家"，还没有正式提出来。但是，天下的学问，岂是大而化之的学派划分所能够严格、整齐地规范的？很可能在宋子的观念里，根本就没有所谓的学派观念。他也未必知道，庄子把他划入了"宋尹"一派，荀子则把他划入了"墨宋"一派。

以聏合欢，以调海内。

"聏"是一个生僻字，现在较少见到。试看各家解说。

梁启超：“聏字不见他书，郭嵩焘据《〈庄子〉阙》……训为烂也、熟也、软也，大概当是。宋钘、尹文用软熟和合欢喜的教义以调节海内人的情欲，即以此种情欲为学说基础。”

章太炎：“聏，借为而。《释名》：饵，而也，相黏而也。是古语训而为黏。其本字当作暱，暱或作昵。……相亲暱者，本有黏合之意，故此言以而合欢，亦即以暱合欢也。”

再看马叙伦的考证：《释文》云：“聏，崔本作胹。郭，音饵，司马云，色貌。崔、郭、王云，和也。一云，调也。”马叙伦的结论是，“盖宋子能泯分别，故破己执而善从人”。

高亨认为，“聏，柔也。”这句话的意思是，“以柔合人之欢，且调和海内也”。

似以高说为佳。联系前文所说的“不苟于人，不忮于众”，宋子习惯于尊重别人的立场，不跟他人较劲，自己虽有观点，但那是他自己心中的观点，自己的观点主要约束自己的内心世界；自己的观点并不约束他人，更不强迫他人。马叙伦说，宋子“泯分别”“破己势”，很有道理。

这就是说，宋子、尹子以柔合、宽容的姿态，可以赢得世人的认同，可以调和四海之内。这样的理念，与黄老道家的理念大致是吻合的。与儒家、法家的理念大致是背离的。

请欲置之以为主。

关于这句话，有四种读法，分别是：一字不改，改一字，改两字，改三字。

顾实主张一字不改，据字面理解其义。他说：“盖必宋钘为当时之笑智，逢人则绯颜欢笑，虽天有四时而不改其和厚之气。司马彪训‘色厚貌’，犹未失古义也。调，和也。承上文‘命之曰心之行’而言。故曰：‘请欲置之以为主。’谓请置此心以为主也。心本为万法之主，主观诚强，则虽外来之荣辱，视有如无矣。此与下文‘请欲固置五升之饭’句同例。梁启超读请为情，以‘海内情欲’连读为句，非也。”

如顾实所言，梁启超主张改一字：“请欲当读为情欲。即下文：

'情欲寡浅'之情欲也。以请为情，《墨子》书中甚多，情、请二字古通用。下文'请欲固置五升饭足矣'义同。"

高亨主张改两字，他说："置当作寡。古金文寡字上从宀，下从页，隶变作寅。读者弗识，因讹为置。《管子·版法篇》作'寡不能图'。此置、寡互误之证。之字不误。情欲寡之以为主，谓以情欲寡少为主也。下文云：'请欲固置，五升之饭足矣。'其误同，言人之情欲本少，有五升之饭即足矣。又下文'以禁攻寝兵为外，以情欲寡浅为内'，皆承上文而言，若请欲固置读如本字，则情欲寡浅无所承矣。情欲寡为宋子学说之一。《荀子·正论篇》：'子宋子曰：人之情欲寡，而皆以己情为欲多，是过也。故率其群徒，辩其谈说，明其譬称，将使人知情之欲寡也。'《正名篇》：'情欲寡，此惑于用实以乱名者也。'即暗指宋子此说。《天论篇》：'宋子有见于少无见于多。'《解蔽篇》：'宋子蔽于欲而不知得。'并据宋子此说以为评。"

唐钺主张改三字。其《国故新探》一书称："请欲置之四字，为情欲寡少之传写错误。情误请，少误之，皆极易。寡先误为寅，后又写作置耳。"（转引自谭戒甫：《〈庄子·天下篇〉校释》）这个改动就比较大了，把"请欲置之"改为"情欲寡少"，四个字改了三个字。

比较以上多种解法。第一，改三字以解经，似乎改动太多。第二，把"请欲置之以为主"改为"情欲寡之以为主"，虽然符合宋子的思想，但是，按照顾说，把前文所说的"语心之容，命之曰心之行。以聏合欢，以调海内"这样的思想作为主导思想，也符合上下文的语境。

根据顾说，不改字以解经，似乎是更好的选择。因此，这句话可以解为：要求把这样的理论学说作为思想的主宰。

见侮不辱，救民之斗。

这句话，可以作为宋、尹的核心观点。

梁启超："见侮不辱，是宋子主要教理之一条。《吕氏春秋·正名篇》述尹文与齐湣王问答语，专阐发'见侮不辱'之理。可见尹文亦专以此为教，彼辈教人确信被人侮之不足为辱，用此种心理为实行无抵抗主义之基础，与近世俄人托尔斯泰之说酷相类。"

关于宋尹的这个思想，荀子、韩子都有述论，上文已经提到，这里不再重复。值得注意的，还有《吕氏春秋·先识览·正名》篇，其中有两段关于尹文与齐王的对话，有助于说明"见侮不辱，救民之斗"的本义。试举其中的一段："尹文见齐王，齐王谓尹文曰：'寡人甚好士。'尹文曰：'愿闻何谓士？'王未有以应。尹文曰：'今有人于此，事亲则孝，事君则忠，交友则信，居乡则悌，有此四行者，可谓士乎？'齐王曰：'此真所谓士已。'尹文曰：'王得若人，肯以为臣乎？'王曰：'所愿而不能得也。'尹文曰：'使若人于庙朝中，深见侮而不斗，王将以为臣乎？'王曰：'否。大夫见侮而不斗，则是辱也。辱则寡人弗以为臣矣。'尹文曰：'虽见侮而不斗，未失其四行也。未失其四行者，是未失其所以为士一矣。未失其所以为士一而王以为臣，失其所以为士一而王不以为臣，则向之所谓士者，乃士乎？'王无以应。"

这段话在逻辑上有一些小问题，不太通顺。许维遹《吕氏春秋集释》称："疑吕氏原文本云：'未失其所以为士一，而王不以为臣，则向之所谓士者，乃士乎？'今衍十二字，遂不可读。"依据此说，这段话就清楚了。在齐王看来，一个人受侮之后，必须反击，如果不反击，那就是耻辱，这样的人是不受欢迎的。这个人即使符合"事亲则孝，事君则忠，交友则信，居乡则悌"这四项关于"士"的标准，那也不行。齐王的话映照出尹文的观点：受侮，但不必斗，因为，"受侮"不等于"耻辱"。如果把"侮"与"耻"完全切割开来，那么，人与人之间的很多争斗都可以避免。

宋钘、尹文的这个命题包含了深刻的哲理："受侮"是不是"耻辱"？什么叫"受侮"？确实遇到了来自他人的侮辱，他人侮辱你，你是否认为是耻辱？这是一个什么样的关系？怎样区分"受侮"与"耻辱"？能否在"受侮"与"耻辱"之间做出隔离或切割？宋子、尹子认为可以，但是，其他人也许认为很难，齐王就认为不能分开。能够把这两者区分开来吗？我个人的回答是可以的。

"受侮"是一个客观的事实。是否构成真正的"耻辱"呢？那就要看每个人对"受侮"与"耻辱"能否进行区分。"受侮"不是自己个人可以控制的，自己是处于一个被动的状况，这是没有办法的事，甚至无法躲避。然而，是不是"耻辱"，却是自己可以控制的。这就是宋子、尹文"见侮不辱"的要义，也是"救民之斗"的理论前提。

禁攻寝兵，救世之战。

这句话与上一句是连在一起的，但指向略有不同。这句话的意思，见于《尹文子·大道上》："庆赏刑罚，君事也；守职效能，臣业也。君料功黜陟，故有庆赏刑罚；臣各慎所任，故有守职效能。君不可与臣业，臣不可侵君事。上下不相侵与，谓之名正。名正而法顺也。接万物使分，别海内使不杂。见侮不辱，见推不矜，禁暴息兵，救世之斗。此仁君之德，可以为主矣。守职分使不乱，慎所任而无私。饥饱一心，毁誉同虑，赏亦不忘，罚亦不怨。此居下之节，可为人臣矣。"

《尹文子》中的这段话主要讲"君事"与"臣业"的关系。"奖惩"是君主的事，"守职"是大臣的事。君与臣各有其职责，不能搞混了。对于君主来说，一个仁君之德，应当"见侮不辱，见推不矜，禁暴息兵，救世之斗"。尤其是"禁暴息兵，救世之斗"一语，其实就是庄子概括的"禁攻寝兵，救世之战"。

由此可见，"禁攻寝兵，救世之战"主要是尹文的思想，而且主要是针对君主提出的要求。因为只有君主才可能放弃军事攻伐，拯救这个攻伐不已的世界。普通老百姓既不可能发动一场战争，也不可能叫停一场战争。

以此周行天下，上说下教。虽天下不取，强聒而不舍者也。故曰：上下见厌而强见也。

梁启超："合此诸文，则宋钘对于其主义之热烈宣传状况可以想见。"

顾实："上下见厌而强见者，当是引成书，故冠以'故曰'二字。"

按照顾说，"上下见厌而强见也"一语，乃是引自某部已成的著作。恐怕未必。把它理解为庄子的评价，似乎更好。意思是：他们的学说，虽然受到了上上下下的厌恶，他们也要尽可能表达出来。"强"可以解释为"勉强"，"见"是为人所见。

完整地理解这句话，那就是：宋钘、尹文拿着这样的理论走遍天下，他们向上劝说君主，向下教育他们的追随者，当然也包括人民群众。虽然天下之人都不接受，他们还是喋喋不休，不愿放弃他们的理论。

虽然，其为人太多，其自为太少，曰：请欲固置五升之饭足矣。先生恐不得饱，弟子虽饥，不忘天下，日夜不休。曰：我必得活哉？图傲乎救世之士哉！

"为人太多，自为太少"，是庄子对宋子、尹子及其学派的评论。宋、尹为他人做得太多，考虑得太多，他们为自己考虑得太少。这就是说，宋、尹学派是一个立足于讲奉献的学派。

梁启超："'请欲'读为情欲，宋子之意，谓人类情欲之本质，但能得五升之饭斯已足矣。"

章太炎："固，借为姑。图，当为啚之误。啚，即鄙陋、鄙夷之本字。啚傲，犹今言鄙夷耳。"

高亨对"先生""弟子"的解释是："古者称年长者为先生，年幼者为弟子。《论语·为政篇》：'子夏问孝。子曰：色难。有事弟子服其劳，有酒食，先生馔；曾是以为教乎？'是其证。"依据高说，"先生恐不得饱，弟子虽饥"是指：年长者恐怕不得饱食，年轻者虽然不得饱食，仍然不忘天下，云云。

如何理解"我必得活哉"？高亨认为，在"曰"字之后，只有"我必得活哉"是宋、尹之言。"图傲乎救世之士哉"是庄子对宋、尹的评论。高亨说："宋荣子亦贵自苦救世。《庄子·逍遥游篇》：'知效一官，行比一乡，德合一君而征一国者，宋荣子犹然笑之。'盖宋子志在救天下，故笑世之小成者也。"高说为是。但是，为什么"我必得活哉"？

顾实说："两曰字，皆述宋钘尹文语。'请欲固置五升之饭'者，言其俭也。章炳麟曰：'固借为姑'，章说是也，《荀子·正论篇》

曰：'今子宋子严然而好说，聚人徒，立师说，成文曲。'杨倞注曰：'宋子，盖尹文弟子。'是先生弟子者，殆指尹文、宋钘而言也。郭象谓：'宋钘、尹文称天下为先生，自称弟子'，妄矣。末二句乃宋钘、尹文明己真为救民，岂为我之必得活哉？真为救世，企图以傲乎救世之士哉？特文法简古，若加两岂字，则易明矣。然双承上文之'救民''救世'而言，文法自是一丝不乱。林希逸曰：'言我之自苦如此，岂为久活之道哉？但以矫夫托名救世而自利之人。图，谋也。傲，矫之也。'林说殊失其旨，诸家说亦未安。秦毓鎏曰：'我岂必得自活哉，言愿为天下舍身也。又岂欲傲视救世之士哉，言非与当世号称救世者争名也。'秦说则诚合矣。"

秦说与顾说，都是加一个"岂"字，以此理顺这句话的逻辑。依此，"我必得活哉"就是："岂我必活哉？"意思是：我们并不一定要活下去。

至于"图傲乎救世之士哉！"如果按照顾说，意思是：我们并不是高大的救世之士！相比之下，还是高说为好：多么高大的形象啊，一群救世之士！

关于宋、尹两人的关系，顾实依据杨倞之见，认为尹文是先生，宋钘是弟子，尹、宋两人是师生关系。"先生恐不得饱，弟子虽饥"云云，可以坐实为："尹子恐不得饱，宋子虽饥。"相比之下，高亨认为，这里的先生弟子均为虚指，泛指年纪大的人与年纪小的人。顾、高两说孰是？关键的问题，就在于尹、宋两人的师生关系能否得到确认？

郭沫若《青铜时代》一书收录的《宋钘尹文遗著考》一文认为："宋钘、尹文都是齐国稷下学士，以年辈而言，宋钘在先。宋钘在《孟子》书中作宋牼，孟子称之为'先生'，而自称本名曰'轲'，足见宋长于孟，至少亦必上下年纪。尹文曾与齐湣王论士，见《吕氏春秋·正名篇》，提及'见侮不辱'义，其年辈稍后。大率宋、尹是师弟关系，宋在齐当在威王与宣王时代，尹则当在宣王与湣王时代。"当然，郭沫若的这个说法也是推测。

关于宋、尹的关系，较多的资料支持他们两人都曾经在稷下生活过，有一定的交往。至于两人是否就是师生关系，以及更进一步，到底谁是老师、谁是学生，恐怕就难以界定了。在这样的语境下，"先生恐不得饱，弟子虽饥"中的先生、弟子，还是当作泛指更好，不必与尹、宋或宋、尹直接对应。

此外，郭沫若的《宋钘尹文遗著考》还认为，《管子》里的《枢言》《心术》《白心》《内业》就是宋钘、尹文一派的作品。他说："准据上面的推论，我敢于说：《心术》和《内业》两篇，毫无疑问是宋钘、尹文一派的遗著，既见'黄老意'，也有'名家言'，而于别宥寡情，见侮不辱，食无求饱，救斗寝兵，不求苛察，不假于物诸义无一不合。韩非子说宋荣子宽恕，庄子又说宋荣子'举世而誉之而不加劝，举世而非之而不加沮，定乎内外之分，辨乎荣辱之境'，也无一不与这两篇中的含义相符。"按照郭沫若的这个考证，可以通过《心术》《内业》等篇，来理解宋、尹之道。

在《宋钘尹文遗著考》一文中，郭沫若还得出了自己的结论："就这样，我感觉着我是把先秦诸子中的一个重要的学派发现了。有了这一发现，就好像重新找到了一节脱了节的连环扣一样，道家本身的发展，以及它和儒墨两派间的相互关系，才容易求得出他们的条贯。宋钘这一派，无疑是战国时代的道家学派的前驱，而它的主要动向是在调和儒墨的。"在《十批判书·稷下黄老道家学派的批判》中，郭沫若又说："道家三派即宋钘、尹文派，田骈、慎到派，环渊、老聃派，这是根据《庄子·天下篇》的序述次第，然其发展次第也大抵是这样。《天下篇》序当时天下的道术，先儒，次墨，次道，而终之以惠施、桓团、公孙龙，明明是按照发展的先后来说的。故而道家诸派的述说先后也必然是发展的先后。"

显然，郭沫若对于自己的这一发现是很自信的。但是，也有学者对此提出了不同的意见。祝瑞开在《〈管子·心术上、下〉等篇非宋钘、尹文遗著辨——兼说其在中国哲学史上的地位和影响》[载《西北大学学报（哲学社会科学版）》1977年第3期]一文中认为，郭的结论还可以再讨论，祝瑞开在文章中写道："宋钘、尹文学派是宣扬'情欲寡''宽恕'的所谓'救世'学说，《心术》上派和下派却是探讨认识、思维规律以及君主统治手段的学说。三者之间在重要的社会政治观点上都有不同和对立。宋钘、尹文学派谈论'小大精粗'问题，讲究'寡欲'，分内外，辨荣辱，这来自道家，但却又积极'救世'，'禁攻''寝兵'，并有名家倾向。这和墨家，特别是后期墨家极为相近。这一派从其基本思想和倾向看来，可以说是道家和墨家的结合。这正是荀子把宋钘和墨翟合为一派的原因。而《心术上、下》派则分别是道家和法家、儒家的结合。以学派性上说来，三者也有同有不同。因此，有些文章认为：《管子》中《心术上、下》《白心》《内业》四篇就是宋钘、尹文的遗著，并表达其思想，这个意见是值得商榷的。"此说可供参考。

曰：君子不为苛察，不以身假物。以为无益于天下者，明之不如已也。

梁启超："此皆述宋钘、尹文之言也。不以身假物者，谓不肯将此身假借与外物。犹言不为物役也。宋尹之意，以为吾人何为而求智识，将以有益于天下也。苟无益者则何必费心力以研究阐明之。不如其已也，可已而不已，则苛察而已，以身假物而已，君子所不为。"

关于"不为苛察"，用现在的话来说，那就是，做事情不要弄得太复杂，法律也要简单，不要搞得太烦琐。这样的观念，与庄子自己的观念很相似。《胠箧》称："故绝圣弃知，大盗乃止；擿玉毁珠，小盗不起；焚符破玺，而民朴鄙；掊斗折衡，而民不争；殚残天下之圣法，而民始可与论议。"这样的观念，还可以追溯至《老子》第五十七章："以正治国，以奇用兵，以无事取天下。吾何以知其然哉？以此：天下多忌讳，而民弥贫；人多利器，国家滋昏；人多伎巧，奇物滋起；法令滋彰，盗贼多有。故圣人云：我无为，而民自化；我好静，而民自正；我无事，而民自富；我无欲，而民自朴。"可见，"不为苛察"，与老子、庄子的观念比较接近。

关于"不以身假物"，其意思是，不要为了自己的缘故，耗费过多的资源。这样的解释，基本也符合前文所说的"其自为太少"之义。

马叙伦："'假'疑借为'瑕'。《礼记·檀弓》：'公肩假。'《汉书·古今人表》作'瑕'。《史记·六国表》魏王假，《列女传》作

'瑕'，并'假'、'瑕'通借之证。'不以身瑕物'，谓不以身害物。"

高亨："《荀子·非十二子篇》称墨翟宋钘'上功用'，是宋子亦持功利主义。故所明求有益于天下。《孟子》记宋子往说秦楚之王，将以不利为言，亦宋子尚功利之证。"据此，"无益于天下者"，应当从功利主义的角度来解释。"益"，就是利益。

顾实："《释文》曰：'苟一本作苛。'郭庆藩曰：'一本作苟，非也。古书从句从可之字，往往因录变而讹。苟作苛，亦形似之误也。'郭说是也。二子既尚宽容，不为苛察可知也。假，借。不以身假物，则辨乎荣辱之境，而身不为物所假饰，明其能不物于物也。以为无益于天下者，明之不如其已者，言'苛察'及'以身假物'，皆无益于天下，不如其早已之也。"顾说为是。

因此，引号内的文字，应当出自宋、尹学派的原文。完整地理解这句话，那就是：按照宋、尹之说，君子不苛求他人，君子以宽容之心待他人，君子不以身为物役，君子以超然的态度对待物质利益。君子还认为，那些对天下无益的言行，应当明确地予以叫停。

以禁攻寝兵为外，以情欲寡浅为内。

这是对宋、尹之道的一个概括。如何理解这个概括？

针对《荀子·非十二子》把墨翟、宋钘作为一派来处理，高亨对墨、宋之异同进行了比较。他说："墨子与宋子其思想大同而小异。墨子贵节用，宋子亦贵节用，其同一也；墨子非攻，宋子亦非攻，其同二也；墨子尚功利，宋子亦尚功利，其同三也；墨子贵自苦救世，宋子亦贵自苦救世，其同四也。宋子持别宥之说而墨子不然，其异一也；宋子持情欲寡之说，而墨子不然，其异二也；宋子持见侮不辱之说，而墨子不然，其异三也。然情欲寡之说为节用而发，见侮不辱之说为非攻而唱，故曰二子之思想大同小异也。荀子以墨翟、宋钘并论，取其同耳。庄子以墨翟、禽滑厘与宋钘、尹文分论，取其异耳。"高说为是。高说是针对墨、宋两家的一个总体比较，同时也是对荀、庄两家的"学术史写作"的一个比较，亦即关于《天下篇》与《非十二子》的一个比较。

还是回到这两句原话。关于"以禁攻寝兵为外"，顾实的解释是："内而圣，外而王，诸子皆以此自任也。《齐物论篇》宋荣子定乎内外之分，则不必与此云内外同也。'禁攻寝兵'与墨子'非斗不怒'同。'情欲寡浅'与墨子'非乐节用'亦相类。故《荀子·非十二子篇》以墨翟、宋钘并为一谈。然墨子之根本主义在俭，以用不足而倡节用之说也。宋钘之根本主义在恕，以心有囿而倡别囿之说也。《庄子》别其源流而分述之，殊胜于荀子之一切漫骂也。《荀子·解蔽篇》曰：'宋子蔽于欲而不知德。'《天论篇》曰：'宋子有见于少，无见于多。'皆致诋毁之词，又如《正论篇》子宋子曰：'人之情，欲寡；而皆以己之情，为欲多。是过也。故率其群徒，辨其谈说，明其譬称，将使人知情之欲寡也。'此则宋钘情欲寡浅之仅存者。但荀子述宋子，以'人之情、为欲、为不欲乎'，不以情欲二字连读。而庄子则以情欲二字连读，殆各自断章取义，故不同邪。"

在这里，顾实对墨、宋异同，以及荀、庄异同进行了比较。在顾实看来，《天下篇》比《非十二子》更客观。确实，荀子对宋子的批评较多，庄子对宋子具有"同情之理解"或"理解之同情"。庄、荀之间的这种差异，可以从两个方面来解释。

一方面，宋子的思想与老庄的思想具有较多的共性。对此，前文已经通过征引《老子》《庄子》予以说明。宋子的宽容或"恕道"，与庄子思想有一定的交叉关系。在关于宋、尹之道的概括中，庄子首先指出的，就是"不累于俗，不饰于物，不苟于人，不忮于众"，这四个"不"，即使用来概括道家学说，也可以说是：虽不中，亦不远矣。因此，庄子更容易把宋子引为同道。在秦汉以后的中国思想版图中，宋、尹之道并不是太醒目，但是，在《天下篇》中，它被排在了第二位。在庄子的时代，如果不算儒家，如果把儒家放到另外一个序列中，称其为"邹鲁之士，缙绅先生"，那么，诸子百家中，墨家的影响就是首屈一指的。因此，庄子述天下学术，首先讲墨子，这是可以理解的。但是，在墨子、禽子之后，紧接着就是宋子、尹子。宋、尹之学，俨然排在第二位的学派。如此排列，其背后的因素，可能就需要考虑宋子之道与庄子之道的亲缘性。

另一方面，庄子的文章，题为"天下"，至少从形式或体例来说，其根本旨趣在于"辨章学术，考镜源流"。因此，《天下篇》更加接近今天所理解的"学术史"，相比之下，荀子的篇名却叫"非十二子"，这就是说，荀子所写下的，是一篇"十二子批判"。而且，近现代的学术批判，主要还是学术评析，譬如康德的三大批判，以及李泽厚的《批判哲学的批判》，都没有"非"的意思。但是，荀子的意图却在于"非"，荀子旨在宣称：十二子，现在我告诉你们，你们在哪些地方错了。如果回到荀子当时的语境，我们可以看到，在荀子身前，他是那个时代华夏大地上首屈一指的学术思想领袖。正如《史记·孟子荀卿列传》所载："荀卿，赵人。年五十始来游学于齐。驺衍之术迂大而闳辩；奭也文具难施；淳于髡久与处，时有得善言。故齐人颂曰：'谈天衍，雕龙奭，炙毂过髡。'田骈之属皆已死齐襄王时，而荀卿最为老师。齐尚修列大夫之缺，而荀卿三为祭酒焉。齐人或谗荀卿，荀卿乃适楚，而春申君以为兰陵令。春申君死而荀卿废，因家兰陵。李斯尝为弟子，已而相秦。荀卿嫉浊世之政，亡国乱君相属，不遂大道而营于巫祝，信機祥，鄙儒小拘，如庄周等又猾稽乱俗，于是推儒、墨、道德之行事兴坏，序列著数万言而卒。因葬兰陵。"

这段记载包含了几个关键性的词或句，譬如"最为老师""三为祭酒""嫉浊世之政""庄周等又猾稽乱俗"等。这几个词句，以及荀子的经历说明，荀子学术地位很高，但是，他也有孤芳自赏、自高自大的毛病。他的《非十二子》，多半是在他的生命晚期写成的。那个时代的荀子，心态很可能没有庄子那样的旷达。荀子是有用世之心的，但庄子，却没有。

再回到"以禁攻寝兵为外，以情欲寡浅为内"。这两句话包含的两个词组，"禁攻寝兵"与"情欲寡浅"，前文已经反复论及。简而言之，"禁攻寝兵"就是不要打仗，"情欲寡浅"就是减少欲望。但是，为什么以前者为外，以后者为内？顾实的观点可从："内而圣，外而王。"梁启超也有相似的看法："外，外王之道也。内，内圣之道也。宋尹对于一切问题凡自己所认为'无益于天下者'，是不肯研究，故其所标主义极简单，实际上只有两条，外的经纶，只提倡禁攻寝兵，内的修养，只提倡情欲寡浅。其所得于道之小大精粗，亦恰以此为分际而已。"

据此，在宋、尹之道中，"情欲寡浅"乃是宋、尹设定的内圣之道，"禁攻寝兵"是宋、尹设定的外王之道。这两句话，乃是庄子所概括的宋、尹所秉持的内圣外王之道。这个概括，大体上反映了宋、尹的基本思想。

其小大精粗，其行适至是而止。

这是庄子关于宋、尹学派的最后一句。

让我们先看谭戒甫的解释："前言内圣为治己之学，外王为治人之学，惟圣人得兼之。然《逍遥游篇》称'宋荣子定乎内外之分，辩乎荣辱之境，斯已矣'，非谓宋子即圣人也。盖宋子见侮不辱乃其学说之中枢。其以情欲寡少为始事，为内；而以禁攻寝兵为终事为外耳。又前言大小精粗，指内圣外王之道术言；此既言宋子之内外，当亦有小大精粗之别。然宋子之小大精粗及其行事，仅至此而止矣。"

再看马叙伦的解释："此谓宋、尹二子其术以禁攻寝兵为外，以情欲寡浅为内。行是则天下安宁，人我养足，故适是而止，不复求余。然宋钘之言，意同黄老，尹文篇籍，录在名家。或谓《列子》周穆王有老成子学幻于尹文先生。《老成子》《汉志》在道家《列子》后，公子牟前。疑道家亦有尹文，然今本《列子》既是伪书，老成学幻，亦无旁证。言溯其始，名出礼官，道由史氏，周官五史，统于宗伯。则名道可通，抑在古之师学，无不兼名，是又不必强复分别者也。抑洪迈云：刘歆云其学本于黄老。（《容斋续笔》卷十四：'案刘歆之说，不知何据。原文其学本于黄老下，有居稷下与宋钘、彭蒙、田骈等同学于公孙龙语，与伪仲长统《尹文子》序同。而序无上句，有刘向亦以其学本于黄老一句，疑洪氏乃连其文而以歆为向耳。序云刘向以为其学本于黄老者，疑作伪者尚见别录，或别录《尹文》在道家，如《管子》别录在法家也。'《说苑》载尹文对齐宣王曰：'事寡易从，法省易因。'亦近黄老言。）则此文宋、尹并称，殆得其真。若《荀子·非十二子》以墨翟、宋钘同举，而

《解蔽》云：'墨子蔽于用而不知文；宋子蔽于欲而不知得。'（俞樾云：古得、德字通用。）又《天论》云：'墨子有见于齐，无见于畸；宋子有见于少，无见于多。'则墨、宋见别而或同举者，盖以上功用、大俭约而慢差等，墨、宋有同者与？（荀意墨之'日夜不休，以自苦为极'，与宋之'不忘天下，日夜不休'，同为上功用。墨之'节用、非乐'，与宋之'以情欲寡浅'为内，同为大俭约。墨之'泛爱、兼利'，与宋之'人己之养，毕足而止'，同为慢差等。）今《尹文》书亡，（今存在伪作）其遗说复无详者。观宋钘之论，其大较可知矣。若二子者，殆《楞伽经》中所谓'苦行论师'之流，亦外道也。此外道师说身尽，福德尽，名为'涅槃'。盖计修苦行以酬往因，谓因尽苦尽也。"

马叙伦的这段话比较长。虽然是对"其小大精粗，其行适至是而止"的解释，但重心并不仅仅在这一句话上。这句话的字面意思并不复杂：宋子、尹子之道，其所作所为，无论是在大的方面，还是在小的方面，都不过如此——以禁攻寝兵为外，以情欲寡浅为内——而已。按照马叙伦的解释，庄子对宋、尹道术的评价更加积极、正面一些——行是则天下安宁，人我养足，故适是而止，不复求余。这种评价，似乎趋于顶格评价。但是，据我的体会，庄子的话里，似乎没有这个意思。

马叙伦的这段解说，其主要价值在于对道家与名家关系的辨析，虽然宋子偏于道家，尹子偏于名家。然而，名家出于礼官，道家出于史官，这两种职位，都有一个共同的上级，那就是周代的宗伯。所以两家也有相通之处。因此，把宋、尹合为一家，似乎可以在"宗伯"那里找到一个象征性的符号化依据，甚至是一种体制性的依据。另一个依据是，古代的学问，都是多家学说的综合体，所以不必刻意去区分宋、尹两人的学派归属。还有一个不那么确实的、源于刘歆的说法：据说尹子也本于黄老之学，这就是说，宋、尹都可归属于道家。除此之外，荀子虽然把墨、宋合在一起说，虽然它们之间有一些共性，但是，墨、宋之间的差异是相当明显的，这样的差异，荀子已有清晰的认识。马叙伦所作的这样一些考证，旨在说明，庄子把宋、尹两人当作一家来叙述，是有理由的。这就是马叙伦的基本看法。

不过，马叙伦以"外道"或"苦行论师"比拟宋、尹二子，却值得商榷。就墨、禽二子与宋、尹二子来看，如果要说与宗教靠得稍近一些的，那也是墨、禽一派。宋、尹二子较之于墨、禽二子，人间烟火气息要浓厚得多。宋子试图以"利"去劝说秦楚之君，劝他们不要打仗，因为他的这一立场，孟子还对他提出了批评，在孟子看来，晓之以利益，远不如动之以仁义。把宋子与孟子进行比较，宋子比孟子更接地气。这种风格的宋子，似乎不宜以"外道"名之，与"苦行论师"的"修苦行以酬往因"的逻辑相比，亦有较大的距离。马叙伦的这种比附，其实反映了一个重要的背景：清末民初的学者——以前的学者就更不用说了，对于佛学普遍具有较高的兴味与修养——像梁启超这种热衷于政治与时事的人，也著有《佛学研究十八篇》。在那个时代，佛学是一个成熟学者知识体系中的一个必要的组成部分。如果不懂佛学，那将是一个相当大的缺陷。所以，"泛滥于释、老二氏"，是很多学者成学过程的一个环节。如果看到这样一个背景，我们就可以理解，马叙伦为何试图以佛家中的"苦行论师"比拟宋子、尹子。

《天下篇》概述的宋子、尹子所代表的先秦道术，大致就是以上这些。叙述至此，我们该如何看待庄子关于"宋、尹"的学术史书写？

这个问题的关键恐怕还在于：到底有没有一个"宋尹之学"或"宋尹学派"？按照庄子的看法，当然有一个宋尹之学，而且，这是一个与"墨禽之学"并列的一个学派，代表了"古之道术"破裂之后的一种面相。郭沫若的回答也是肯定的。前文提到的郭沫若的《宋钘尹文遗著考》一文写于 1944 年，这篇文章表明，宋尹学派还有传世文献作为载体，反映宋尹学派核心思想的文献，就留存于《管子》一书中。郭沫若的这篇文章影响较大，对"宋尹学派"的证立起到了关键性的作用。在某种意义上，我们今天阅读《天下篇》，尤其是阅读庄子关于"古之道术在宋、尹"的论述，郭沫若的这篇文章是避不开的。

尽管如此，我们也要看到，不承认宋尹学派的声音一直都没有停息过。在先秦，荀子的《非十二子》就把宋子与墨子归属于一家，这就是说，关于宋子的学术旨趣，在荀、庄那里就有分歧。在当前，我们也可以找到诸多否认"宋尹学派"的文献。相对晚近的论述，是白奚的《〈庄子·天下〉篇所述宋钘思想研究——兼论"宋尹学派"不能成立》一文（载《诸子学刊》2007 年第 1 期）。

白奚的这篇文章认为，郭沫若的结论不能成立，根本原因在于郭沫若的论证方式不能成立，"郭沫若又是如何认定《心术》等篇是'宋尹遗著'的呢？原来，他的根据主要有两条：一是《天下》中说宋、尹'以此白心'，'白心'二字与《管子》中《白心》篇的篇名相同；二是认为《天下》中'命之曰心之形'的'心之形'就是'心术'，而《管子》中又有《心术》上下篇，由此便认定了《白心》《心术》及《内业》《枢言》等思想接近的几篇作品是'宋尹遗著'。郭沫若就是这样，根据《天下》'发现'了《管子》中的'宋尹遗著'，又根据'宋尹遗著'这一'发现'反过来给《天下》中的宋、尹思想定性，从而又'发现'了'宋尹学派'。这是典型的'循环定义'的逻辑错误"。

白奚认为，"宋、尹之联称，见于《庄子·天下》：'古之道术有在于是者，宋钘、尹文闻其风而悦之。'然而先秦古籍中以宋、尹联称者仅此一例，《荀子·非十二子》《韩非子·显学》评诸家学术，均论宋钘而不及尹文；《史记》不载宋、尹事迹；刘向虽云尹文'与宋钘俱游稷下'，但也仅表明二人交往较密而已，并不涉及二人的学术思想；《汉志》著录诸子之书，《宋子》列小说家，《尹文子》却归入名家；汉以后的学术史研究亦未有将宋、尹视为一派者。这些事实不能不引起我们的思考，从而对'宋尹学派'的存在持一种审慎的态度，进而反思'宋尹学派'这一概念存在的可靠性"。

这就是说，把宋、尹两人拼接在一起，把他们两人作为一个学派来处理，严格说来，只有《天下篇》这么一篇文献。刘向的说法，只能表明宋、尹之间有交往，但众所周知，"宋、尹有交往"与"宋、尹是一派"是完全不同的两个命题。

白奚还认为，从实质上看，宋、尹不可能成为一派：通过"对宋钘、尹文思想的分别讨论，我们愈发感到二人学术的联系甚微，而差异却十分显著，难以构成一个学派。宋钘之学以苦行救世为宗旨，以僈差等、倡均平、大俭约、宽容调和、禁攻非斗、见侮不辱、情欲寡浅为基本内容，墨学的理论特征相当明显；尹文之学以道法形名为主要特征，倡法治、重权术、用赏罚，鼓吹君权至上、正名定分，兼采无为而治和仁义礼乐，在人性论上主张人皆自私趋利，这是典型的黄老思想。从这些理论特征和内容来看，二人的学说理论不仅互不搭界，而且抵牾之处甚多"。因而，"《天下》这段材料所述只能是宋钘的思想，而与尹文无涉，不能作为'宋尹学派'存在的依据。'宋尹学派'这一概念缺乏最起码的史料支持，因而不能成立"。

白奚的论证很有力量，宋子与尹子确实有差异。也许正是因为白奚所见的各个方面，"宋尹学派"作为一个概念，远不如儒家学派、墨家学派、道家学派、法家学派那么广为人知。但是，我们能不能因为白奚的论证，就认为郭沫若的《宋钘尹文遗著考》不能成立？甚至认为《天下篇》关于宋尹的论述不能成立？我觉得也不能得出这样的结论。

一方面，通常说来，任何学派只要不是由一个人组成的学派，只要一个学派中包含了两人或多人，他们的观点都不可能完全一样，甚至完全可能存在着根本性的分歧。譬如道家学派的两大代表人物老子与庄子，他们之间的差异何其明显！荀子都是儒家学派的"季圣"，是儒家学派的重要代表，但是，韩愈和朱子都把荀子排在儒家的道统之外。因此，宋子与尹子的思想存在差异，是正常的。我们完全可以承认，宋子思想与尹子思想有明显的差异。

另一方面，郭沫若把《管子》中的几篇文献归属于宋子、尹子的名下，这种考证也是有意义的。我们暂且回到《天下篇》写作的语境，我们来想象一下，庄子为什么把宋、尹归为一派？难道《天子篇》的作者，无论他是不是庄子本人，会在这样一篇文献中，没有任何根据，随意瞎说？我觉得这种可能性较小，我的一个猜想是：很可能是庄子或《天下篇》的作者见过宋子、尹子的一些著作，甚至可能见过宋子、尹子本人，或者听人转述过宋子、尹子的观点，因而觉得应当把他们归在一起，把他们作为"古之道术"在某一个方面的承载者加以叙述。但是，颇为遗憾的是，宋子、尹子的著作基本上都已经消失了，那些亲炙过宋子、尹子的人，也早已随风而逝。数千年之后的我们，只能去猜测"古之道术"的这两个承载者：他们两人之间是否有师生关系？他们是否愿意被称为"宋尹学派"？

第四章

彭蒙、田骈、慎到

在宋钘、尹文之后，庄子接着讲先秦时期的第三种学术思想——"古之道术"在庄子时代的第三种历史遗留物。承载这种学术思想的人物是彭蒙、田骈、慎到。庄子以四百八十字左右的篇幅叙述这种学术思想。庄子把彭蒙、田骈、慎到并称，作为一种学术思想的代表，理由何在？这种学术思想的核心旨趣是什么？且看庄子的论述。

公而不党，易而无私。决然无主，趣物而不两，不顾于虑，不谋于知，于物无择，与之俱往。

跟前文的结构一样，庄子首先描述这种学术思想的总体精神。

先说"公而不党"与"易而无私"。这两个短句可以相互解释。"公"就是公正、公平、公道。"易"也有平的意思。私与党是同一个含义。现在流行的"结党营私"一语，揭示了党与私的共性。

顾实认为，这八个字的意义，可见于《尚书·洪范》："无偏无陂，遵王之义。无有作好，遵王之道。无有作恶，遵王之路。无偏无党，王道荡荡。无党无偏，王道平平。无反无侧，王道正直。"

此外，《慎子·威德》中的观点也值得注意："故蓍龟所以立公职也。权衡所以立公正也。书契所以立公信也。度量所以立公审也。法制礼籍所以立公义也。凡立公所以弃私也。"

比较这两则材料，可以发现，《洪范》提示我们，有必要从王道的角度理解"公而不党，易而无私"。因此，"公而不党，易而无私"乃是王道的表现。在庄子自己所说的"内圣外王之道"中，大体上说，"公而不党，易而无私"主要是偏于"外王"一端。不言而喻，偏私或结党营私，则是对外王之道的背离。庄子以"公而不党，易而无私"来概括这个学派，这就提示我们注意：这是一个偏重于"外王之道"的学派，这个学派秉持的核心理念，符合从古代传下来的外王之道。

相比之下，《威德》提示我们从技术的角度理解"公而不党，易而无私"。慎到所说的"蓍龟"以及"权衡""书契""度量"，还有"法制礼籍"，都是技术或制度层面上的事物。这些安排与设置，也是为了立公而弃私，完全符合"公而不党，易而无私"的原则。

在一定意义上，我们可以把《威德》看作是对《洪范》的解释。但是，《洪范》与《威德》关注的重心略有不同。《洪范》强调去偏、去私，较多地把偏私与王道相对立。《威德》强调立公，通过立公以去私。此外，《洪范》着眼于基本理念，《威德》着眼于具体制度。前者相当于圣哲在说话，后者相当于技术专家在发言。有一个波兰学者，叫兹纳涅茨基，写了一部书叫《知识人的社会角色》，就专门讨论过这两种"知识人"之间的差异。按照兹纳涅茨基关于"知识人"的划分，写《洪范》的箕子近似于"圣哲"，写《威德》的慎到近似于"高级技术专家"。当然，慎到其人，可能还不仅仅是一个"高级技术专家"，但是《威德》中的这几句话，传递的知识主要是技术性知识。

"公而不党，易而无私"还有一点值得注意：刻意突显了公与党、易与私之间的对立，更简单地说，是突出了公与私之间的对立，而且坚定地主张大公无私、公而忘私。这种主张其实有一个宏观的政治背景，那就是周王室约束不了诸侯国君，同样诸侯国君也不能很好地约束越来越强势的大夫。在周天子主导的普天之下，天下为公，诸侯为私；在诸侯主导的一国之内，诸侯为公，大夫为私。庄子在此描述的这个学派主张"公而不党、易而无私"，其现实针对性在于：强化中央对地方的控制，强调王室中央的核心地位；同样，地方上的诸侯国君也需要强化其在诸侯国内的核心地位。

"决然无主，趣物而不两。"这句话进一步揭示了这个学派的主张。

马叙伦："'决然无主'，谓心虚无所主。'趣'，《说文》云：'疾'也，又'赴，趣也'，此云'趣物'，犹言赴物。'不两'，谓与物为一。'趣物而不两'，谓随物而往，不持己意。"根据马说，这句话应当解释为：内心不持己意，没有确定的主张，随物而往。这近似于《庄子·列御寇》所描述的状态："巧者劳而知者忧，无能者无所求，饱食而遨游，泛若不系之舟，虚而遨游者也。"更近于《齐物论》所言："可乎可，不可乎不可。道行之而成，物谓之而然。有自也而可，有自也而不可；有自也而然，有自也而不然。恶乎然？然于然。恶乎不然？不然于不然。物固有所然，物固有所可。无物不然，无物不可。"这样的状况，大致相当于：心无所主，随物而往。

但是，高亨却认为，"决然无主"是指："以法论事，断然处之，毫不游移，然自己无主见也。"至于"趣物而不两"，"此物字指法。法家贵以法齐民，其所趣向者法也。法者一而已矣，故曰趣物而不两"。按照高亨之意，这句话应当解释为：依据唯一的法律而不依据个人意见或其他规范来决定事物、判断是非。高亨的解释有一个明显的特点：把这个学派当作法家学派，因而，主要是从法家学派的立场上来理解这句话。

相比之下，马叙伦的解释，侧重于从道家的立场上来解释这句话。那么，这个学派到底是法家学派还是道家学派呢？或者问得更加谨慎一些：这个学派是更多地偏重于法家？还是更多地偏重于道家？

从前面的"公而不党，易而无私"来看，这个学派似乎更偏向于法家。但是，仅仅凭借这八个字，似乎还不足以得出这样的结论。因此，有必要再看看梁启超的看法。他说："决然无主者，谓排除主观的先入之见也。趣物而不两者，两，谓介于两可之间，确定一标准，则不两矣。不顾于虑不谋于知，皆排除主观之意。慎到一派，吾尝名之为'物治主义'，此数语即物治之根据也。"梁启超避开了道家与法家的二分法，以"物治"一词概括这几句话的意思，可以聊备一说。

在以上诸说之间，比较而言，似以马说为优。

"不顾于虑，不谋于知"。这里的"知"就是"智"。"不谋于智"大致类似于《老子》第六十五章："古之善为道者，非以明民，将以愚之。民之难治，以其智多。故以智治国，国之贼；不以智治国，国之福。"

马叙伦："《释文》云：'知，音智。下同。'案：说文：顾，环视也。引申为转顾之意。虑，《说文》：'谋思也。'虑难曰谋。'不顾于虑'，谓不转念以虑难。"按照马说，"不顾于虑，不谋于知"就是指：不尚深谋远虑。

"于物无择，与之俱往"。高亨的解释是："此物字指人。法家不尚贤，故于人无择。人出于有功之途，则我以赏往，人出于有罪之途，则我以罚往。则与之俱往也。"如前所述，这样的解释有一个前提，那就是这个学派一定是法家学派。就以上的分析来看，这种看法似不够妥帖。第一，如果在庄子眼里，确实有一个学派相当于今天所说的法家学派，那么，这个学派的代表人物也应当是商鞅、申不害这样一些人。因为商、申，特别是商鞅，更看重法的作用。慎到虽然也被很多学者视为法家人物，但是，慎到学说的关键词是"势"，因此，慎到可能还不是最具典型意义的法家人物。第二，在庄子眼里，如果并没有"法家"或"法家学派"这样一些概念或观念，那么，以相对晚出的"法家"概念来解释这句话，可能不太恰当。而且，把"于物无择"改为"于人无择"，也没有直接的依据。

基于这样的考虑，"于物无择，与之俱往"的含义，与上一句"决然无主，趣物而不两"恰好可以相互印证，那就是：天下万物，无所谓好，无所谓不好，不必在主观上做出选择，且跟随天下万物一起演进吧。

古之道术有在于是者，彭蒙、田骈、慎到闻其风而悦之。

这一派的学术思想由彭蒙、田骈、慎到三个人来承载的。

关于彭蒙，现在我能够找到的资料很少。梁启超："彭蒙除本书外，仅一见于尹文子，据彼书似是田骈弟子，想未可信。"根据梁说，如果《尹文子》的记载不大可信，那么《天下篇》就是研究彭蒙其人的主要材料。

钱穆的《先秦诸子系年》遍考先秦诸子，也没有办法提供关于彭蒙的丰富信息。在《天下篇》记载的相关信息之外，钱穆告诉我们："今《尹文子》乃谓：'田子读书，彭蒙越次而对，田子曰：蒙之言然。'转谓彭蒙师田骈。伪书固不足信。而《伪尹文子序》又谓：'尹文居稷下，与宋钘彭蒙田骈同学。'若其说有据，则彭蒙亦稷下先生，其年世既先于田稷，殆或上及齐威矣。又成玄英《庄子疏》谓：'彭田慎皆齐之隐士，俱游稷下，各著书数篇。'未详其据。慎到既赵人，谓蒙齐人，未必信。今《汉志》无彭蒙书，《人表》亦不著彭蒙姓字，盖已湮没无传矣。"

陈鼓应的《管子四篇诠释·稷下学宫与稷下道家》称："彭蒙为齐人，于战国中期约当齐威王、宣王时代游于稷下学宫，为另一稷下道家人物田骈之师。《庄子·天下》将彭蒙与田骈、慎到列为一派。有关彭蒙之著作，史籍不载，仅片段见于《庄子·天下》以及《尹文子·大道》上、中。思想上，彭蒙主张'齐万物以为首'，强调事物的齐同，并且认为对事物应采取因循自然的态度。另外，亦提出'不言之教'的主张，以为'选则不遍，教则不至，道则无遗者矣'。"

卢仁龙在《稷下学派著作考析》（载《管子学刊》1989 年第 4 期）一文中的"彭蒙书数篇"一节中写道："《汉志》不载，《拾补》收入名家。《庄子·天下》篇：'田骄亦然，学于彭蒙，得不教焉。'成玄英《疏》：'彭、田、慎，皆齐之隐士，俱游稷下，各著书数篇。'俞樾《俞楼杂纂·庄子人物考》：'彭蒙，《释文》无说，据下文是田骈之师。《意林》引《尹文子》有'彭蒙曰'：雉兔在野，众皆逐之，分未定也；鸡豕满市，莫有志者，分定故也。'（见今本《尹文子·大道》上）按：据成玄英说，则彭蒙固稷下诸子之一也。又仲长统《尹文子序》：'尹文君稷下，与宋钘、彭蒙、田骈同学于公孙龙。'《玉海》卷五三《艺文》引《宋中兴馆阁书目》'尹文子'条下说：'齐人，刘向以其学本黄老，居稷下，与宋钘、彭蒙、田骈同学于公孙龙。'今按：仲长统《尹文子序》乃后世伪托，（详下辨）《中兴书目》所引刘向之言，与仲说相同。疑袭之伪仲长统文，而非《别录》佚说。则彭蒙师于公孙龙，又田骈、宋钘与彭蒙同学皆不可信。彭蒙书今无所考。"

查阅今天流行的《尹文子·大道》，还可以找到一则资料："彭蒙曰：'雉、菟在野，众人逐之，分未定也。鸡、豕满市，莫有志者，分定故也。'"这句话表达的观点，在很多著作中都能见到。譬如，《商君书·定分》称："一兔走，百人逐之，非以兔为可分以为百，由名之未定也。夫卖兔者满市，而盗不敢取，由名分已定也。故名分未定，尧、舜、禹、汤且皆如鹜焉而逐之；名分已定，贪盗不取。今法令不明，其名不定，天下之人得议之。其议，人异而无定。"可见，商鞅也有这个观点。《吕氏春秋·审分览·慎势》："慎子曰：今一兔走，百人逐之，非一兔足为百人分也，由未定。由未定，尧且屈力，而况众人乎！积兔满市，行者不顾。非不欲兔也，分已定矣。分已定，人虽鄙不争。故治天下及国，在乎定分而已矣。"可见，慎子也有这个观点。彭蒙讲的那句话，虽然列出的动物名称多了几种，但表达的观点与商子、慎子，完全是一样的。综合以上资料，可以表明，彭蒙的真实面目，确实已经难以详考了。

再看田骈。

相对于比较抽象的、符号化的彭蒙，田骈的形象要丰满得多。要了解田骈，以及后面的慎到，有必要注意他们两人，可能还包括彭蒙，都有一个共同的身份，那就是稷下先生或稷下学士。

据《史记·田敬仲完世家》："宣王喜文学游说之士，自如驺衍、淳于髡、田骈、接予、慎到、环渊之徒七十六人，皆赐列第，为上大夫，不治而议论。是以齐稷下学士复盛，且数百千人。"据此，田骈与慎到，都属于地位颇高的"稷下学士"。另据《史记·孟子荀卿列传》："自驺衍与齐之稷下先生，如淳于髡、慎到、环渊、接子、田骈、驺奭之徒，各著书言治乱之事，以干世主，岂可胜道哉！"这再次说明，田骈与慎到，都属于"著书言治乱之事"的"稷下先生"。

关于田骈其人其书，《汉书·艺文志》称："《田子》二十五篇。名骈，齐人，游稷下，号天口骈。"这里的"天口骈"的含义是：田骈的口才很好。据《战国策·齐策》："齐人见田骈，曰：'闻先生高议，设为不宦，而愿为役。'田骈曰：'子何闻之？'对曰：'臣闻之邻人之女。'田骈曰：'何谓也?'对曰：'臣邻人之女，设为不嫁，行年三十而有七子，不嫁则不嫁，然嫁过毕矣。今先生设为不宦，赀养千钟，徒百人，不宦则然矣，而富过毕也。'田子辞。"这段记载表明，田骈虽然不做官，但享有很高的经济待遇与政治待遇。《论衡·效力》篇也把他们归属于一个举足轻重的高端群体，说他们"入楚楚重，出齐齐轻，为赵赵完，畔魏魏伤"，他们的能量太大了，真是了不得。

还有《吕氏春秋·士容论》之所述："客有见田骈者，被服中法，进退中度，趋翔闲雅，辞令逊敏。田子听之毕而辞之。客出，田骈送之以目。弟子谓田骈曰：'客，士欤?'田骈曰：'殆乎非士也。今者客所弇敛，士所术施也；士所弇敛，客所术施也。客殆乎非士也。故火烛一隅，则室偏无光。骨节蚤成，空窍哭历，身必不长。众无谋方，乞谨视见，多故不良。志必不公，不能立功。好得恶予，国虽大，不为王，祸灾日至。故君子之容，纯乎其若钟山之玉，桔乎其若陵上之木，淳淳乎慎谨畏化而不肯自足，乾乾乎取舍不悦而心甚素朴。'"

这段话，有两种不同的断句方式：其一，只有其中的"殆乎非士也。今者客所弇敛，士所术施也；士所弇敛，客所术施也。客殆乎非士也"，算作是田骈的话，至于后面的内容，都是《吕氏春秋》作者的话。但是，其二，也有人把后面的话全都归属于田骈。这两种读法都说得通。田骈的意思是：来客的路子走歪了，取舍不当，作为一个士，他应当发挥的地方没有发挥出来，他应当掩饰的地方没有很好掩饰。后面就是延伸性的议论了：火光怎么照，骨节怎么长，仪表与心志，聚敛与施舍等。

再看《淮南子·道应训》："田骈以道术说齐王，王应之曰：'寡人所有齐国也。道术难以除患，愿闻国之政。'田骈对曰：'臣之言无政，而可以为政。譬之若林木无材，而可以为材。愿王察其所谓，而自取齐国之政焉已。虽无除其患害，天地之间，六合之内，可陶冶而变化也。齐国之政，何足问哉?'"这段对话表明，田骈希望为齐宣王提供更具一般性、普遍性的道术，这样的道术相当于现代人所讲的"普遍真理"，只要把这种一般性、普遍性的道术与齐国的实践有机结合起来，齐国之政的提升，就不是问题，甚至可以指日可待。

另据《淮南子·人间训》："唐子短陈骈子于齐威王，威王欲杀之，陈骈子与其属出亡奔薛。孟尝君闻之，使人以车迎之，至而养以刍豢黍梁，五味之膳日三至。冬日被裘罽，夏日服绤绤，出则乘牢车，驾良马。孟尝君问之曰：'夫子生于齐，长于齐，夫子亦何思于齐？'对曰：'臣思夫唐子者。'孟尝君曰：'唐子非短子者耶？'曰：'是也。'孟尝君曰：'子何为思之？'对曰：'臣之处于齐也，粝粢之饭，藜藿之羹，冬日则寒冻，夏日则暑伤。自唐子之短臣也，以身归君，食刍豢，饭黍梁，服轻暖，乘牢良，臣故思之。'"这段材料，主要在于显示田骈的修辞能力或语言技巧。

以上这些关于田骈的素材，可以反映出田骈其人的个人风貌与个人魅力：这是一个口才很好的大名士，有很高的社会地位，追随者众多，受到各方诸侯的高度礼遇，能够为各方诸侯讲解高深的政治哲学。这就是田子的大致轮廓。

最后再看慎到。

根据《史记·孟子荀卿列传》，"慎到，赵人。田骈、接子，齐人。环渊，楚人。皆学黄老道德之术，因发明序其指意。故慎到著十二论，环渊著上下篇，而田骈、接子皆有所论焉"。

《战国策·楚策》记载了关于慎子的一则故事："楚襄王为太子之时，质于齐。怀王薨，太子辞于齐王而归。齐王隘之：'予我东地五百里，乃归子。子不予我，不得归。'太子曰：'臣有傅，请追而问傅。'傅慎子曰：'献之地，所以为身也。爱地不送死父，不义。臣故曰献之便。'太子入，致命齐王曰：'敬献地五百里。'齐王归楚太子。太子归，即位为王。齐使车五十乘，来取东地于楚。楚王告慎子曰：'齐使来求东地，为之奈何？'慎子曰：'王明日朝群臣，皆令献其计。'上柱国子良入见。王曰：'寡人之得求反，王坟墓复群臣、归社稷也，以东地五百里许齐。齐令使来求地，为之奈何？'子良曰：'王不可不与也。王身出玉声，许强万乘之齐而不与，则不信。后不可以约结诸侯。请与而复攻之。与之信，攻之武，臣故曰与之。'子良出，昭常入见。王曰：'齐使来求东地五百里，为之奈何?'昭常曰:'不可与也。万乘者,以地大为万乘。今去东地五百里,是去战国之半也,有万乘之号,而无千乘之用也,不可。臣故曰勿与。常请守之。'昭常出,景鲤入见。王曰:'齐使来求东地五百里,为之奈何?'景鲤曰:'不可与也。虽然,楚不能独守。王身出玉声,许万乘之强齐也而不与,负不义于天下,楚亦不能独守。臣请西索救于秦。'景鲤出,慎子入。王以三大夫计告慎子曰:'子良见寡人曰:不可不与也,与而复攻之。常见寡人曰:不可与也,常请守之。鲤见寡人曰:不可与也,虽然,楚不能独守也,臣请索救于秦。寡人谁用于三子之计?'慎子对曰:'王皆用之!'王怫然作色曰:'何谓也?'慎子曰:'臣请效其说,而王且见其诚然也。王发上柱国子良车五十乘,而北献地五百里于齐。发子良之明日,遣昭常为大司马,令往守东地。遣昭常之明日,遣景鲤车五十乘,西索救于秦。'王曰:'善。'乃遣子良北献地于齐。遣子良之明日,立昭常为大司马,使守东地。又遣景鲤西索救于秦。子良至齐,齐使人以甲受东地。昭常应齐使曰:'我典主东地,且与死生。悉五尺至六十,三十余万弊甲钝兵,愿承下尘。'齐王谓子良曰:'大夫来献地,今常守之何如?'子良曰:'臣身受弊邑之王,是常矫也。王攻之。'齐王大兴兵,攻东地,伐昭常。未涉疆,秦以五十万临齐右壤。曰:'夫隘楚太子弗出,不仁;又欲夺之东地五百里,不义。其缩甲则可,不然,则愿待战。'齐王恐焉,乃请子良南道楚,西使秦,解齐患。士卒不用,东地复全。"

这则资料虽然篇幅较长,但还是有征引的必要。它说明慎子确实是一个理解"势"的人,"势论"是慎子在学术理论上的主要贡献。"势"有势位、权势、威势之意,但也有形势之意。在上述这段材料中,慎子确实充分考虑到了各种各样的"势"及其相互关系,最后确实也达到了预期的目标。这个故事中的慎子,与其说是法家,还不如说是纵横家,当然,按照蒙文通在《法家流变考》[载《蒙文通全集》(第2册),巴蜀书社2015年版,第79页]一文中的说法,纵横家也属于法家。

以上就是彭蒙、田骈、慎到三个人的一些基本情况。

按照《史记》的叙述,田子与慎子"皆学黄老道德之术",似乎可以归属于道家。但是，《荀子·非十二子》："尚法而无法，下修而好作，上则取听于上，下则取从于俗，终日言成文典，反紃察之，则倜然无所归宿，不可以经国定分；然而其持之有故，其言之成理，足以欺惑愚众：是慎到田骈也。"按照荀子的这个说法，他们两人似乎可以归属于法家，这也许就是高亨把他们归属于法家的依据。

对田子、慎子有不同的理解，是一个正常的学术现象。应当看到，在庄、荀写作的时代，并没有现在所说的儒家、墨家、道家、法家的划分。现在我们所熟悉的这些标签，那个时候都还没有。而且，彭蒙、田骈的论著，现在我们基本上都看不到了。慎子的著作，我们能够看到的也很有限。但是，庄子能够看到的、能够听到的各种学术信息，肯定会迥异于我们现在能够看到的各种信息。因此，一个比较妥善的处理方法是，暂时避免儒、墨、道、法这些标签对我们的干扰，暂且根据《天下篇》的视角，来理解那个时代的学术思想版图。

在庄子的时代，根据庄子的观察，彭蒙、田骈、慎到就是一派的。这三个人，有可能彭蒙是田骈的老师，所以把他放在第一位。但是，彭蒙也可能只是他们三个人中的较长者。也可能在这样一个群体中，彭蒙充当了某种精神领袖的角色，所以庄子把他放在了这个学派的首要位置上。

齐万物以为首，曰：天能覆之而不能载之，地能载之而不能覆之，大道能包之而不能辩之。知万物皆有所可，有所不可。故曰：选则不遍，教则不至，道则无遗者矣。

从这里，开始逐一分述彭蒙、田骈、慎到所表达的一些比较具体的学术观点。

"齐万物以为首"，可以理解为"齐万物以为道"。《庄子·齐物论》有言："可乎可，不可乎不可。道行之而成，物谓之而然。有自也而可，有自也而不可；有自也而然，有自也而不然。恶乎然？然于然。恶乎不然？不然于不然。物固有所然，物固有所可。无物不然，无物不可。故为是举莛与楹，厉与西施，恢诡谲怪，道通为一。"这就是"齐万物以为首"。

谭戒甫："似齐万物之说，当时惟田骈专其名者；下文言骈学于蒙，或蒙创其说，骈集其大成欤？"谭说为是。

"天能覆之而不能载之"，天也有它的长处与短处。天能覆盖万物，但不能承载万物。"地能载之而不能覆之"，地与天比，恰好反过来。"道能包之而不能辩之"，大道能够包容万物，但不能让万物等量齐观。"辩"就是"平"。这里分述的天、地、道，可以说是"超级概念"，甚至是"最高层级的范畴"。然而，这三个范畴分别对应的三种事物或对象，"皆有所可"，同时也"有所不可"。由此可知，万物也是有所可，有所不可；万物都有其长，也有其短；有所能，也有所不能。

"故曰"之后的三个命题，大概是彭蒙、田骈、慎到三个人中某个人的原话，同样是对"万物皆有所可，有所不可"的说明。

其中，"选则不遍"是说：只要有所选择，就不可能包含所有的事物。选择了这种事物，就意味着舍弃了其他的事物，这就是现在所说的"机会成本"问题。"教则不至"是说：教育不可能同等地遍及所有的人，总有不及、不至之处。在当代，习惯于强调普遍化、均衡化的义务教育。但是，在庄子的时代，这是不可能的，全社会能够接受比较正规的或比较完整的教育的人，只能是很少的一部分人。尽管孔子秉持的"有教无类"，已经是一个根本性的变革了，但是，仍然不可能是全覆盖、均衡化的教育。相比之下，"道则无遗者也"，这就是道与其他事物的区别。道可以通过任何事物显现出来，道也可以包容一切事物。

对于这三个命题，顾实的解释是："选贤举能，既不溥遍；有教无类，亦不周至。虽道之大，犹止能包含无遗漏而已。"这样的解释，当然也没有问题。但是，它比较明显地缩小了原文的宽度。"选"不仅仅是选贤举能，在人类活动中，选择无处不在，人无时无刻不是生活在选择之中，人所获得的任何结果都是选择的结果。"教则不至"之"教"，其含义也不止于"有教无类"。无所区分的教，已不周至；那有所区分的教，"不至"之处就更多了。"道则无遗者矣"一句，似乎应当包含一个转折的意思。"无遗"毕竟可以与"不遍""不至"形成某种对比关系。

作为比较，还可以参看马叙伦的解释："撰则不遍，教则不至。如天不能载，地不能覆也。道则无遗，可不可皆包之也。"这个解释似较顾说为优。

还有梁启超的解释："齐万物以为首，言以齐物为根本义。与上文'接万物以别宥为始'句法正同。万物有所可有所不可，由天赋材质不同，以人力选择之教督之皆无当，惟因势利导斯可耳。……选与教皆自悬一目的使物就我，即所谓'化而使之为我'也。'因'则正所谓齐物也。"亦可参考。

是故慎到弃知去己，而缘不得已。泠汰于物，以为道理。曰：知不知，将薄知而后邻伤之者也。

上一句，是把彭、田、慎三人放在一起说；这一句，专讲慎子的思想主张。

谭戒甫："弃知，即上文不谋于知；去己，亦即决然无主之义。盖凡人之知，每因一己之私而妄逞主见，其有知殆不若无知，故须弃知去己也。……盖慎子辈既已弃知去己，则治事将无由制裁；故因不得已，而听任于物，以为引导治理之方焉。"谭说为是。

慎到主张"弃知去己，而缘不得已"，这种学术思想，可以追溯至老子。《老子》第十九章："绝圣弃智，民利百倍；绝仁弃义，民复孝慈；绝巧弃利，盗贼无有。"这就是慎子"去知"的思想渊源。"去知"的政治指向是"在宥天下"。"去己"就是"无己"，就是"忘我"。《庄子·逍遥游》："若夫乘天地之正，而御六气之辩，以游无穷者，彼且恶乎待哉？故曰：至人无己，神人无功，圣人无名。"这就是说，"去己"乃是"至人"之道。"不得已"则是圣人之道。《庄子·庚桑楚》："有为也欲当，则缘于不得已。不得已之类，圣人之道。"《老子》第二十九章："将欲取天下而为之，吾见其不得已。"由此可见，慎到的这个思想与老子的思想具有亲缘性。前文引用的《史记》中说，慎到"学黄老道德之术，因发明序其指意。故慎到著十二论"，也可以说明慎到与老子之间的这种联系。

"泠汰于物，以为道理"，也是慎子的思想。"泠汰"是指听从、放任。"泠汰于物"，就是：不凝滞于物，以此为道，以此为理。《慎子·逸文》："鸟飞于空，鱼游于渊，非术也。故为鸟、为鱼者，亦不自知其能飞、能游。苟知之，立心以为之，则必堕、必溺。犹人之足驰手提，耳听目视，当其驰、捉、听、视之际，应机自至，又不待思而施之也，苟须思之而后可施之，则疲矣。是以任自然者久，得其常者济。"这几句话讲的道理，就是"任自然者久"，"任自然"就是"泠汰于物"。

《慎子·逸文》还有一段话："古之全大体者，望天地，观江海，因山谷，日月所照，四时所行，云布风动；不以智累心，不以私累己；寄治乱于法术，托是非于赏罚，属轻重于权衡；不逆天理，不伤情性；不吹毛而求小疵，不洗垢而察难知；不引绳之外，不推绳之内：不急法之外，不缓法之内；守成理，因自然。祸福生乎道法，而不出乎爱恶；荣辱之责在乎己，而不在乎人。"这段话还见于《韩非子·大体》篇的开端，是否可以说，这是慎子著作的一个片断，因为各种原因羼入了《韩非子》？这种可能性也是有的。今天看来，这段话既有道家的因素，也有法家的因素。前几句讲的"不以智累心，不以私累己"，可以归属于道家，与"慎到弃知去己"是一致的，甚至可以看作是对"弃知去己"的解释。后几句讲的内容，可以归属于法家——这段话被编入《韩非子》，可能也是因为这个缘故。但是，"守成理，因自然"又回到了道家的方向。

也许"祸福生乎道法"一语，可以揭示慎到的真实身份：一个道法之间的人物。一方面，他是从道家向法家转化的人物。他早年"学黄老道德之术"，学成之后，致力于国家治理与社会治理的理论及实践，又对法家理论作出了贡献。另一方面，他的理论学说可以分为两层：形而上的层面是道家，形而下的层面是法家。他的道家思想为他的法家理论提供了形而上的基础，他的法家理论为他的道家思想提供了形而下的表达。道家侧重于理念、观念的阐发，法家侧重于制度、技术的建构。把这两个层面结合起来，也许可以描绘一个立体的慎到。前面提到，慎到曾经帮助楚襄王解决的那个"割地难题"，就属于形而下的层面。可能有人会说，那个"割地难题"的解决方案，不大像一个法家人物的手笔，反而像一个纵横家人物的套路。殊不知，前面已经提到，按照蒙文通在《法家源流考》一文中的说法，兵家、农家、纵横家，都属于法家。

因此，倘若沿袭近代以来的"中体西用"或"西体中用"这样的概括方式，那么，慎到的思想风格可以说是"道体法用"：道家为体，法家为用。法家的集大成者韩非子，可以说是标准的法家。但是，《韩非子》中有一篇《解老》，还有一篇《喻老》，这两篇都是韩非子研究《老子》的成果。甚至可以说，这是最早的研究《老子》的专题论文。我在《法与术：喻中读韩非》一书中，打过一个比方：《老子》与《韩非子》都讲政治学与法理学。但是，老子的讲法是抽象的、理念型的；韩非子的讲法是具体的、技术型的。韩非子提供的方案更好操作，相当于便于操作的自动挡汽车；相比之下，老子提供的方案不太好操作，对操作者的要求比较高，相当于自动挡汽车尚未开发出来之前的手动挡汽车。

慎子作为道法之间的人物，让两边的人都可以把他引为同道。韩非子在《韩非子·大体》篇中收入《慎子逸文》中的那段话，显然是把慎子当作了自己的同道——虽然韩非子并不知道，他和他的同道们被后世命名为"法家学派"。在《天下篇》中，庄子更多地注意到了慎子的道家身份，更多地看到了慎子与老子之间的共性。在现代学者群体中，这样的分野同样存在，譬如，高亨更多地看到了慎子的法家身份，其他人则注意到了慎子的道家身份。

再往下看。

"曰：知不知，将薄知而后邻伤之者也。"按照前后文的语境，"曰"字后面的这句话，可以看作是慎子的原话。对于此句，各家都有解说。

谭戒甫："此慎子发明上文弃知之义。"

梁启超："此二语颇难解，大概谓自以为知者实则不知耳。薄即'薄而观之'之薄，邻读为'磨而不磷'之磷。迫近一物欲求知之，适所以伤之而已。"

马叙伦的解释是："盖言慎到不惟菲薄知者，而复损其知以自居于愚。""慎到之说，谓知即不知，将强迫为知，虽知而复伤之也。此弃知之意。"

钱基博："《广雅·释诂三》曰：'薄，迫也。邻，近也。'庄子《齐物论》曰：'知止其所不知，至矣！'郭象注：'所不知者，皆性分之外也；故止于所知之内而至也。'傥强知所不知，不知之知，终不可至；将薄于不知之知，而知之性分，亦复邻于伤矣！"

顾实："《老子》曰：'知不知，上。'此亦得之于老子者。薄知者，谓以知为薄也。薄者，轻视之也。邻宜读为怜，如'厉怜王'之怜。怜伤之者，即下文笑天下之尚贤，非天下之大圣也。薄视圣知，故怜伤之。"

以上诸说，大同小异，综合起来，这句话可以解释为：要知道自己有所不知；如果强不知以为知，就会受到伤害。其中，"知不知"出于《老子》第七十一章："知不知，上；不知知，病。"如果把"薄"解为"迫"，那么"薄知"就是强迫自己去知道那些不能知道的东西，那就可能受到伤害。"邻伤"可以理解为"邻于伤"，亦即"近于伤"。

謑髁无任，而笑天下之尚贤也；纵脱无行，而非天下之大圣。

此句中的"謑髁"（xí kē）二字，难有确解，各种解说五花八门。顾实解为"邪曲"。

谭戒甫："此谓贤可大任，圣有美行，故天下尊尚之；然慎子謑髁无任，纵脱无行，而反非笑天下之尊尚贤圣者也。"

梁启超："不信任人也。……儒墨皆宗人治主义，故主张尚贤。彭蒙等上承道家，下启法家，故循老子'不尚贤'之说而非笑贤圣。"

马叙伦解为"懈惰"，认为这句话是讲："慎子知去己，而缘不得已。状若懈惰不负责任，故云：'懈惰无任而笑天下之尚贤也。'"

在今天，"謑髁"一词已经很少见到了。参考各家说法，在引申的意义上，可以把"謑髁"解为懈惰或懈怠，意思是：慎到这个人，自己懈惰没有担当，不从事实际工作，却嘲笑天下的尚贤之举。

"纵脱无行"与"謑髁无任"的含义比较接近，大致是指：任由自己，自我放纵，天马行空，没有品行，却非议天下的大圣人。

"无行"既可以解为没有品行，也可以解为没有行动，不做实际的工作。"笑贤"与"非圣"，结合起来，就是不尊重天下的圣贤。

慎子是否这样的人？慎子的言行是否符合这样的特征？《慎子·威德》："故腾蛇游雾，飞龙乘云，云罢雾霁，与蚯蚓同，则失其所乘也。故贤而屈于不肖者，权轻也；不肖而服于贤者，位尊也。尧为匹夫，不能使其邻家；至南面而王，则令行禁止。由此观之，贤不足以服不肖，而势位足以屈贤矣。"这个意思，还被转述在《韩非子·难势》篇："慎子曰：飞龙乘云，腾蛇游雾，云罢雾霁，而龙蛇与蚓蚁同矣，则失其所乘也。贤人而诎于不肖者，则权轻位卑也；不肖而能服于贤者，则权重位尊也。尧为匹夫，不能治三人；而桀为天子，能乱天下：吾以此知势位之足恃而贤智之不足慕也。夫弩弱而矢高者，激于风也；身不肖而令行者，得助于众也。尧教于隶属而民不听，至于南面而王天下，令则行，禁则止。则此观之，贤智未足以服众，而势位足以㤉贤者也。"

这两段话，文字略有不同，但意思是相同的。在慎子看来，是否圣贤并不重要，关键是有没有势位。尧如果只是一个平民，他的邻居也不会听他的；但只要他做了君主，则令行禁止。所以，只能靠权势，绝不能靠圣智。也许正是有鉴于此，《荀子·解蔽》篇对慎子的评论是："慎子蔽于势而不知贤。"这个评论，想必能够得到庄子的认同。

椎拍𫐉断，与物宛转；舍是与非，苟可以免。

先看"椎拍𫐉断"。在今天，它是一个比较生僻的短语。但在庄子的时代，想必是一个常见的术语。这里的关键，是要搞清楚"椎"和"𫐉"的意义。

钱基博说："'椎'抑或'锥'之假；'锥'，器之利者。《老子》曰：'揣而锐之不可长保。'（《老子》第六章）又曰：'曲则全，枉则直。'（《老子》第二十二章）故'椎'则拍之。《广雅释诂》云：'拍，击也。''𫐉断'，即下文的'𩵋断'。'𫐉'疑车具之有棱者。'𩵋'疑鱼体之有刺者。郭象注：'𩵋断，无圭角也。'挠锐直，无圭角，而与物为宛转。此老子所谓'挫其锐，解其纷，和其光，同其尘’者也（《老子》第四章）。"

由此看来，所谓"椎拍輐断，与物宛转"，也就是前面讲的"不顾于虑，不谋于知，于物无择，而与俱往"。因而，"椎拍輐断，与物宛转"可以理解为：拍断锥子上的尖，拍断輐器上的刺，把一切有棱有角的东西打磨光滑，让它们根据形势轻快滚动，宛转推移。

至于"舍是与非，苟可以免"，则可以读为：如果是是非非可以免除，则置之度外，不要再深究。前引《慎子·逸文》中所包含的"不吹毛而求小疵，不洗垢而察难知"一语，大致可以概括这样的含义。谭戒甫说："此谓慎子但委曲随顺而已矣。"谭说为是。

不师知虑，不知前后，魏然而已矣。

马叙伦："'不师知虑'，即上文'不顾于虑，不谋于知'也。'不知前后'者，既不师于知虑，即无生于推度。前后自断。"

关于这个意思，《庄子·人间世》亦有言："彼且为婴儿，亦与之为婴儿；彼且为无町畦，亦与之为无町畦；彼且为无崖，亦与之为无崖。"《人间世》中这句话的语境，虽然是蘧伯玉指点颜阖，如何去做卫灵公太子的师傅，但是，这里讲的婴儿状况，恰好可以用来描绘"不师知虑，不知前后，魏然而已矣"的状态。"魏然"就是"巍然"，不为所动的意思。

"不师知虑"一语表明，庄子眼中的慎到，还是道家风格的慎到，是一个比较典型的道家人物形象。当然，我们也要看到，指出慎到像婴儿那样"不师知虑，不知前后"，并不等于说慎到就是一个白痴。这是一个从"无知"到"有知"再到"无知"的上升过程。一个初生的婴儿，他确实是一无所知，没有思虑，不知前后，他从哪里来，他要去哪里，他都一无所知，他甚至都不会想到这个问题。后来，他逐渐长大，开始学习与思考，拥有了一定的知识，这就迈上了第二个层次，有知的层次。在此基础上，他进一步提升自己，迈上了一个更高的层次，于是，他又呈现出无知无识的状态。

《庄子·应帝王》："啮缺问于王倪，四问而四不知。啮缺因跃而大喜，行以告蒲衣子。蒲衣子曰：'而乃今知之乎？有虞氏不及泰氏。有虞氏其犹藏仁以要人，亦得人矣，而未始出于非人。泰氏其卧徐徐，其觉于于。一以己为马，一以己为牛。其知情信，其德甚真，而未始入于非人。'"这里的王倪，就是"不师知虑"的典型形象，比王倪更高的泰氏，"其卧徐徐，其觉于于"，更是这种状态的极致。

推而后行，曳而后往。若飘风之还，若羽之旋，若磨石之隧。全而无非，静而无过，未尝有罪。

继续描述慎子。

顾实："缘于不得已，故推而后行，曳而后往也。"必须经过外力的推动，他们这种人才会动。"飘风"是指回风。"羽之旋"是指"翔"，亦即回飞。"磨石之隧"，就是磨石之推动。这三个意象，都是旋转、循环、回复。《庄子·刻意》："圣人之生也天行，其死也物化。静而与阴同德，动而与阳同波。不为福先，不为祸始。感而后应，迫而后动，不得已而后起。去知与故，遁天之理。故无天灾，无物累，无人非，无鬼责。其生若浮，其死若休。"这段话可以较好地解释这三个意象。

关于"全而无非，静而无过，未尝有罪"，马叙伦："《释文》云：'全而无非，磨石所削，粗细全在人，言德全无见非贵时，其言无心也。'疏云：'如飘风之回，如落羽之旋，若磨石之转，三者无心，故能全得。是以无是无非，无罪无过，无情任物，故致然也。'"这就是说，无非、无过、无罪，都是因为无心。陶潜《归去来兮辞》："云无心以出岫，鸟倦飞而知还。"也是对这个意象的发挥。

由此可见，这句话还是侧重于从道家的角度，描绘慎到的学术思想肖像。这个肖像主要还是一个道家人物形象。

是何故？夫无知之物，无建己之患，无用知之累，动静不离于理，是以终身无誉。

这是什么缘故呢？下面就来解释慎到思想立场的由来。

谭戒甫："此所谓无知之物，既不立己，又不用知，而动静自然不离于理矣。终身无誉，反之亦可谓为无怨无毁。"谭说为是。

顾实："《逍遥游》曰：'至人无己，神人无功，圣人无名。'与此之所云，亦甚近矣。"按顾实之意，慎到是把《逍遥游》中描述的这三种人，作为自己的理想人格。

钱基博："人以无所表见于世为患；而彭蒙、田骈、慎到则以自见为'建己之患'。人以无所知为耻；而彭蒙、田骈、慎到则以'知不知'为'用知之累'，'弃知去己'，常与人情相反，不欲有所见观于世。"较之于谭、顾二说，钱说更为具体。这就是说，慎到所秉持的基本理念，还是来源于黄老道家。

按照诸家的解释，结合上文的分析，我们可以说，慎到已经达到了"无知"的层次，不再有"用知"之累。按照黄老道家的立场，无论如何，"用知"毕竟还是尚未悟道的表现，"用知"毕竟还处在一个相对较低的层次，或者说，尚处于一个与庸众持平的层次。慎到已经超越了这个层次，已经不再需要"用知"。

至于"建己"，可以解释为"见己"，也就是让自己显现出来。倘若还处于需要"用知"的层次，那么，人可能确实存在着"建己"或"见己"的动力与压力，甚至是期待，甚至是焦虑。这个层次或阶段的人，需要让自己在群体中显露出来，甚至需要让自己超越于芸芸众生。孔尚任的《桃光扇》有一句名言："眼看他起朱楼，眼看他宴宾客，眼看他楼塌了。"其中的"起朱楼"与"宴宾客"，就是"建己"或"见己"，当然也是"用知"。孔尚任在看透世事之后写下的这句名言，可以从一个相对独特的角度，让我们理解"建己"何以是一种"患"：既知那"朱楼"早晚都会塌下来，何苦"用知"去"起"它？孔尚任是孔子的后裔，流淌着圣人的血脉，蕴藏着圣人的基因，想必懂得圣人之所以为圣人的道理。

这里顺便说一句，所谓圣人气象，并不是板着脸、端着架子在庙里吃冷猪肉。相反，圣人无所不知。譬如《论语·先进》："（曾皙曰）暮春者，春服既成，冠者五六人，童子六七人，浴乎沂，风乎舞雩，咏而归。夫子喟然叹曰：吾与点也。"这就是圣人的宽度、高度与深度。

"动静不离于理"，这个"理"，就是前面讲的"去知与故，遁天之理。"宋儒讲"天理"，并提出"天理人欲之辨"，其实，庄子以及老子，早就讲过天理。"天之理"就是"天之道"。遵循庄子以及老子讲的天之理，当然"无建己之患，无用知之累"。但与此同时，也会"终身无誉"，也就是，终身无人称道。然而，何必一定要人称道呢？到底想得到谁人的称道呢？

故曰：至于若无知之物而已，无用贤圣，夫块不失道。

"故曰"之后的这句话，应当是慎到的原话。如何理解这句话？

谭戒甫："盖慎子之弃知去己，并非纯无所知如土块物。块不失道，比况之词；谓但当如土块之随顺，不作主张，自然合道耳。"

顾实："块，土块也。地亦名曰大块。老子曰：'人法地。'《庄子·应帝王篇》壶子曰：'吾示之以地文。'伪《列子·黄帝篇》注引向秀曰：'块然若土也。'盖'形若槁木，心若死灰'，南郭子綦、老子皆有此境，然为初步。慎到其终于此境者乎？"

但是，马叙伦对这样的解释提出了批评。他说："诸家并以'夫块不失道'句属上读，而读'块'为字。解为如土块之无知，殆望文生说耳。"根据马说，"块"应当理解为"傀"，是"怪"的意思。"'块不失道'，言慎到之言虽怪而不失于道。"

诸说皆可通。"块"字解为土块，更佳。在《庄子·知北游》篇中，早就说过这样的道理：道无所不在，既见于"蝼蚁"，也见于"稊稗"，更见于"瓦甓"及"屎溺"。所谓"土块"，虽然可能不高于"瓦甓"，至少也是高于"屎溺"的。不过，按照庄子之意，这些东西，其实并没有高低之分。它们都是一样的，都是"道"的承载物。因此，从土块不失道的角度来看，慎子的这句话旨在主张：成为无知之物就行了，不必考虑圣贤之道，因为土块也是道的承载者。

至于马叙伦的解释，也可以说得通，那就是：成为无知之物就行了，不必考虑圣贤之道，哪怕是比较怪异的言辞，也可以显示道的存在。

比较而言，还是谭、顾所代表的多数人的解释，更顺畅一些。因为，宣称"道在土块"，毕竟有《知北游》这样的文献作为依据。

豪杰相与笑之曰：慎到之道，非生人之行，而至死人之理。适得怪焉。

这句话，至少从字面上看，比较好理解。

顾实："豪杰即贤圣也。慎到非笑贤圣，而豪杰亦相与还笑之也。生人有知而死人无知，故以慎到之道，为非生人之行，而至死人之理也。《史记·留侯世家》太史公曰：'学者多言无鬼神，然言有物。'物者怪物也。盖司马迁犹习闻周末学者无鬼神之说。说鬼神，则死人真无知矣。故既以为至死人之理，遂以怪物名之耳。"

谭戒甫："谓充其理之所至，几如死人也。"

参考以上两说，这里的豪杰，当然可以包括贤圣，但也不必仅仅限于贤圣。《天下篇》在开头的总论部分，已经把天下的人分成为了七种人：天人、神人、至人、圣人、君子、百官、民。慎子的位置，虽然够不上最上面的天人、神人、至人，甚至连圣人可能也够不上。但是，《天下篇》所叙述的慎子之道，总体上说，还是在道家的体系中。因此，道家之外的其他人，都可能讥笑慎子之道。他们讥笑慎子之道不利于生人之行，而是反映了死人之理，因而觉得很怪异。

那么，是哪些"豪杰"在讥笑慎子呢？我想，法家人物不大可能讥笑慎子。《汉书·艺文志》称："《慎子》四十二篇。名到，先申、韩，申、韩称之。"如果班固的这个判断是有依据的，那么，至少申、韩他们这些人，是不会讥笑慎子的，他们是慎子的支持者。

在先秦时期的学术思想名家中，荀子对慎子的批评是比较严厉的。《荀子·非十二子》且不论，那是对"十二子"的全面批判，荀子对"十二子"全都看不上眼。此外，《荀子·解蔽》称："慎子蔽于法而不知贤。"这句话，或许可以作为"豪杰"讥笑"慎子之道"的主要表现。《荀子·天论》亦有言："慎子有见于后，无见于先。"这里的"先"与"后"分别是指什么？王先谦的《荀子集解》称："慎到本黄、老之术，明不尚贤、不使能之道。故庄子论慎到曰：'块不失道'。以其无争先之意。故曰：'见后而不见先'也。"这就是说，尚贤、使能就是争先的意思，只是因为慎到不尚贤、不使能，那就是"有见于后、无见于先"。

在荀子之外，还有谁会讥笑慎子呢？大概是其他各个方面的君子、百官吧。就"稷下学士"这个群体来看，其中的每一个人，估计都自以为是。确实，"稷下学士"中的很多人，都当得起"豪杰"的称号。其中难免有一些"豪杰"，对慎子有所讥笑。可能还有一些属于"百官"群体中的人，也可以归属于"豪杰"的行列，他们看到慎子这样的人，不从事实际的工作，成天只是夸夸其谈，很可能给他扣上一顶"非生人之行，而至死人之理"的帽子，他们甚至会感到很奇怪：这样一个不切实际的怪人，怎么还能享受这么高的经济待遇、政治待遇呢？

田骈亦然，学于彭蒙，得不教焉。

由"田骈亦然"可以看出，庄子在前面所说的，主要都是针对慎子的，讲的主要是慎子之学。看来，庄子是以慎子作为这一派的代表。

"田骈亦然，学于彭蒙"。这句话可以有两种理解：其一，慎、田二子都学于彭蒙，都"得不教焉"。其二，田骈也像慎子那样思考问题，田骈持有慎子那样的思想观点，不过，只有田骈"学于彭蒙"，只有田骈"得不教焉"。在这两种解释之间，可能只有形式上的差异：要么慎、田二子都是彭蒙的学生，要么只有田骈一人是彭蒙的学生，反正慎、田二子的学术思想都差不多。

彭蒙这个人，前面已经说过，除了庄子在《天下篇》中提到他，其他普遍公认为可信的资料很少。看来，彭蒙是一个"述而不作"的人。像这样的人，其实体现了那个时代的思想家的典型样态。那个时代的思想人物，谁会像现在的博士或教授那样，为了获得学位，为了评上职称，成天费尽心力去写论文、写专著？那是很难想象的，也是不可能的。譬如管子，辅佐齐桓公处理军国大事，怎么可能写下像传世文献《管子》那么厚的一本书？其他子书也有这样的特点或规律。从这个角度上看，彭蒙没有留下自己的著作，是一个比较正常的现象。

田骈曾经问学于彭蒙，这是《天下篇》提供的一个学术信息。

"得不教焉"，根据多数学者的解释，是得到了不言之教，或者说，是得到了彭蒙的"心传"。

梁启超："教则不至，故以不教为教。"

因此，所谓"不教之教"或"心传"的意思是：彭蒙并未以语言或讲授的方式，把自己掌握的理论传授给田骈；主要是田骈通过自己单方面的领会，得到了彭蒙的教导。

彭蒙之师曰：古之道人，至于莫之是、莫之非而已矣。其风窅然，恶可而言。

彭蒙的情况，我们都还不甚了了，这里又搬出来一个"彭蒙之师"，而且还引用了"彭蒙之师"的一句原话，那么，这位"彭蒙之师"又是何许人也？

谭戒甫："彭蒙不教，故无遗言传世；兹引其师言，亦仅二语耳。……彭蒙之师，流风既泯，故无可言也。"

针对"彭蒙之师"，钱穆的《先秦诸子系年·田骈考·附彭蒙、王厫》称："是彭蒙之学尚远有端绪。余考齐威王梁惠王前，学者如列御寇南郭子綦杨朱彭蒙之伦，其学皆主重生贵己，全性保真，为后来道家滥觞。盖孔主杀身成仁，墨主贵义轻生。如吴起孟胜之徒，皆不惜舍身殉节。列南杨彭承其后，而倡重生贵己，亦有激而然也。（不教亦贵己之一节，至田骈庄周齐死生，则较杨彭立说，又深一层矣。）"

彭蒙还留下了自己的名字。"彭蒙之师"连名字都没有留下来。庄子提出"彭蒙之师"，或许可以提示我们，彭蒙之学还有更远的端绪。"彭蒙之师"是否有可能就是列御寇、南郭子綦、杨朱这几个人中的某一个？或者是另一个我们已经不知其名的隐君子？不得而知。

依钱穆之见，"彭蒙之师"应当是道家的早期人物。这是从彭蒙、慎到的道家色彩推断"彭蒙之师"的学术思想立场。钱穆还认为，田骈、庄周的齐死生，较之于彭蒙、杨朱的不教、贵己之论，是更深层次的思想学说；道家在田骈特别是在庄子手上，确实已经挖掘到相当深的程度。当然，先秦以后，直至现当代，知识人都非常看重庄子，对田骈的热情则要小得多。然而，在田子的生前，他也是名重一时的大名士，他在当时的政学两界，都有相当大的影响。他的地位，在后世知识分子的眼里，之所以不如庄子那么高，可能有两个方面的原因：第一，田骈的用世情结太深，与诸侯走得太近，用《天下篇》的话来说，几乎相当于"君子"或"百官"的层次。相比之下，庄子是有意识地与楚威王保持较远的距离，其人格形象是可以靠近"天人""神人""至人"这些层次的，因而，对于先秦以降两千多年以来的历代知识分子而言，庄子具有无穷的魅力，他的每一句话，几乎都闪烁着智慧的光芒，他的话，他的文章，被称为"经"——"南华经"或"南华真经"，他安慰了历代中国知识人的心灵，他不是宗教教主，却胜似宗教教主。第二，田骈的著作没有留下来，庄子的著作留下来了。包括我们现在阅读的《天下篇》，很多人都相信，这是庄子亲手写成的著作。田骈也是有著作的。在《吕氏春秋·不二》中，高诱注："陈骈，齐人也，作道书二十五篇。贵齐，齐生死，等古今也。"陈骈就是田骈。根据稍后的《汉书·艺文志》，"《田子》二十五篇"都还历历可数。但是，再查看《隋书·经籍志》，所谓"《田子》二十五篇"，就已经不复存在了。田骈的书没有传下来，让研究他的人"巧妇难为无米之炊"。"《田子》二十五篇"为什么没有传下来？有偶然的原因，他的书恰好在所有地方都湮没了，找不到了。但是，偶然中也有必然。什么样的书能够流传下来，有一个历史的淘汰过程，其实更是一个历史的选择过程。当然，这是我们今天以"后见之明"来比较田子与庄子。在庄子的时代，田子还处于风靡一时的状态呢。在那个时代，如果要论受世人仰望的程度，田子还可能高于庄子。

回过头来，再看"彭蒙之师"说的这句话，它是说，古代的"道人"，已经达到既不赞同什么、也不反对什么的境界了，他们秉持静寂之风，没有语言可以表达。由此看来，"彭蒙之师"对彭蒙实行的教育就是"不教之教"，因而，田骈在彭蒙那里获得的，也是"不教之教"。这样的教育或传授方式，我们在《庄子》一书中，经常都可以看到。譬如，《齐物论》开篇就说："南郭子綦隐机而坐，仰天而嘘，荅焉似丧其耦。颜成子游立侍乎前，曰：'何居乎？形固可使如槁木，而心固可使如死灰乎？今之隐机者，非昔之隐机者也?'子綦曰:'偃,不亦善乎,而问之也!今者吾丧我,汝知之乎?女闻人籁而未闻地籁,女闻地籁而不闻天籁夫!'"

人籁不如地籁,地籁不如天籁,按照这样的排序,古之"道人"当然不会再说什么了。再譬如,《应帝王》称:"啮缺问于王倪,四问而四不知。"这王倪就是啮缺的老师,他对啮缺的传授方式就是"不教之教"。甚至孔子都想效仿这样的教育方式。《论语·阳货》:"子曰:'予欲无言。'子贡曰:'子如不言,则小子何述焉?'子曰:'天何言哉?四时行焉,百物生焉,天何言哉?'"由此可见,"无教之教"或"无言之教"所具有的魅力,确实令人神往。后世的禅宗,所实行的就是这样的传授方式。我们看《传灯录》《指月录》之类的文献,"无教之教"或"无言之教"得到了极其普遍的、同时也是创造性的应用。

还有一个问题,是彭蒙之师所说的"古之道人",这是一种什么样的"人"?按照庄子之意,当然也是按照"彭蒙之师"的那番话,"古之道人"应当是黄老之道的早期承载者,这些"道人"其实都是一些理想人格的化身。譬如,《应帝王》提到的王倪,还有王倪的老师蒲衣子,以及蒲衣子称道不已的泰氏。这些人都可以作为"古之道人"来看待。这些"古之道人",如果要坐实或较真,当然都是庄子拟制的人。这些人大致可以归属于《天下篇》总论中分辨的前三种人,那就是天人、神人、至人。

常反人,不见观,而不免于魭断。

谭戒甫:"此总评三子,言其道常反乎众人,不足以动人之鉴观,似立异者;然究其归,乃不免于与物宛转而已。"

高亨:"观疑借为欢。不见欢谓不见悦于人也。"意思是说,田骈、彭蒙等人的学说违反了人的常识,所以不为世人所喜欢。

相比之下,马叙伦的解释更加具体:"注曰:'不顺民望,虽立法而魭断无圭角也。'《释文》云:'不见观,一本作不聚观。'林希逸云:'其言见常与世人相反,不能聚合伦类而观,故为一偏之说,不免于但求无圭角而已。'宣颖云:'蒙常自师处反归,人固无复指目之者。然蒙犹有意于鞔断,未合自然也。'王先谦云:'常反人之意议，不见为人所观美。下文云以反人为实。'陈寿昌云：'人情好论是非，其道独以无是非为至，故常相反也。不聚众而观听，而意主于鈌断，未能纯任自然也。'马其昶云：'反人，谓其笑贤非圣。不聚观，谓其终身无誉。鈌断，谓其与物宛转。'案：王敔以'不聚观而不免于鈌断'一句读，谓不与众遂队而所尚者圆脱，非是。'常反人'，王先谦引下文'以反人为实'相证，是也。'常反人'之旨，则以林、陈二说为胜。'不见观'，当从一本作'不聚观'。'见'字盖涉'观'字而误，因复夺'聚'字矣。'常反人，不聚观'，谓务齐万物，弃知去己，反于'世间法'，而聚观照。然仍不能免于与物宛转，故云不免于鈌断。此三句乃庄生论其术也。"

马氏虽然有所臧否，但是，马氏征引的各家说法大同而小异。这是庄子论彭蒙、田骈之术。大意是：彭、田之术，与世人或众人的想法不同，不能得到众人的认同，他们也只好磨去自己的棱角。

所谓"不免于"，似有无可奈何的意思。"不见观"，按林希逸之意，是"不能聚合伦类而观"，方向当然没有问题，但恐怕没有这么具象，还是解为"不能得到普遍的认同"更好。马氏认为："务齐万物，弃知去己，反于'世间法'，而不聚观照。"似不妥。以"世间法"与"出世间法"的两分法来理解庄子的话，佛家色彩似乎过于浓厚。

其所谓道非道，而所言之题，不免于非。彭蒙、田骈、慎到不知道。虽然，概乎皆尝有闻者也。

从字面上看，庄子的意思是：彭、田、慎所说的道，并不是真正的道。他们所肯定的东西，免不了有错误。他们三个人并不通晓大道。尽管如此，他们对于真正的道，还是有所听闻。

在这个最后的评价中，总体上看，贬多于褒。且让我揣摩庄子的口吻，再次重述庄子的评价：彭、田、慎三子，你们听说了一点关于大道的概略或影子，但是，你们并不把握真正的大道；你们对道的理解，存在很多错误。这就像一个严厉的老师对学生的评价。如何看待庄子的这个评价？

对彭、田、慎提出批评，并非只见于庄子一家。前面已经谈到，荀子已经反复批评过田骈与慎到，在《非十二子》篇中，荀子将田、慎二子一起批评；在《正论》《解蔽》等篇中，荀子又单独批评慎子；只是，荀子没有批评过彭蒙。在这样的背景下，庄子批评彭、田、慎三子并不让人感到意外。那么，庄子对三子的批评与荀子对他们的批评，到底有何不同？大致说来，荀子是从儒家的立场批评田、慎二子，庄子则是从道家的立场批评彭、田、慎三子。

针对庄子的批评，梁启超的看法是："置无知之物如钧石权衡之类为无私党，然此物毕竟由人所置，又安见其不于置时生私党乎？故慎到等之论仍不彻底也。"顾实的说法是："道家本宗天地之道，乘物以游心，托不得已以养中（语见《人间世篇》），非必若慎到之泠汰于物，与物宛转，恐终不免物于物而不能物物也。是彭蒙、田骈、慎到之道，似是而非，故谓之不知道。然三子确有所闻，并非臆创，故又谓之概乎皆有闻焉。"

按顾实之意，庄子与三子的差异，还是在于人与物的关系。进一步说，三子的"与物宛转"，主要体现了人与物的混同甚至是同一。这种混同的实质，主要在于：受制于物。须知"与物宛转"之"与"字，就是随着、跟着、顺着的意思。这就叫不自由，这就叫身不由己。但是，庄子的意思，却是要根本摆脱物的限制。在《庄子》各篇中，《逍遥游》较为集中地表达了这个思想："夫列子御风而行，泠然善也，旬有五日而后反。彼于致福者，未数数然也。此虽免乎行，犹有所待者也。若夫乘天地之正，而御六气之辩，以游无穷者，彼且恶乎待哉！故曰：至人无己，神人无功，圣人无名。"庄子在此所说的列子，大致就属于彭、田、慎三子所处的这个层面。列子可以乘风而行，何其自由！但是，列子对于风，还是有依赖的；倘若没有风，他就动不了。相比之下，只有"乘天地之正，而御六气之辩，以游无穷者"，那才是庄子所期待的"知道者"。

再看《人间世》："南伯子綦游乎商之丘，见大木焉，有异，结驷千乘，隐将芘其所藾。子綦曰：'此何木也哉？此必有异材夫！'仰而视其细枝，则拳曲而不可以为栋梁；俯而视其大根，则轴解而不可以为棺椁；舐其叶，则口烂而为伤；嗅之，则使人狂酲三日而不已。子綦曰：'此果不材之木也，以至于此其大也。嗟乎神人，以此不材！'"

《人间世》又说："宋有荆氏者，宜楸柏桑。其拱把而上者，求狙猴之杙斩之；三围四围，求高名之丽者斩之；七围八围，贵人富商之家求禅傍者斩之。故未终其天年而中道之夭于斧斤，此材之患也。故解之以牛之白颡者，与豚之亢鼻者，与人有痔病者，不可以适河。此皆巫祝以知之矣，所以为不祥也。此乃神人之所以为大祥也。"

在这两则典故中，都说到了"神人"，他们其实就是《逍遥游》中的神人，也是庄子在此所说的"知道者"。如前所述，列子对道的了解程度，基本上就是彭、田、慎对道的了解程度；同样，列子的不足，就是彭、田、慎的不足。庄子丈量列子的尺度，也是庄子丈量彭、田、慎的尺度。由此可以理解，庄子为什么说彭、田、慎是"不知道"者。

第五章

关尹、 老聃

上一节讲彭蒙、田骈、慎到，庄子主要突出了他们的道家倾向。这一节以将近三百字的篇幅讲述的关尹、老聃，同样也是道家人物。按照后来流行的思想谱系，老子还是道家的核心人物。那么，庄子是怎么想的？如果彭、田、慎是道家，关、老也是道家，为什么不放在一起讲？譬如说，可以宣称，"古之道术有在于是者，彭、田、慎、关、老闻其风而悦之"。庄子没有把这五个人归为一系，想必在庄子眼里，关、老一系与彭、田、慎一系相比，确实有明显的差异。而且，庄子把他们这些人分为两家、两派的标准，并不是我们现在所熟悉的道家区别于其他某一家的标准。庄子并没有像司马谈那样，直接给各家贴上标签；庄子对先秦学术思想的划分，主要着眼于具体的学术思想观点及立场。

以本为精，以物为粗，以有积为不足，澹然独与神明居。

在庄子看来，这可以说是关尹、老聃的核心思想，或者说是最突出的思想，也是关、老二子区别于其他先秦诸子的思想。

顾实："本，谓道也。天地之德也。以道为本，以物为末也。不贵难得之货，故以有积为不足。"

谭戒甫："前者道术有精粗之别。此以道为治己之学，故曰本；术为治人之学，故曰物也。本内而物外；《逍遥游》谓神人尘垢秕糠，犹将陶铸尧舜，不肯以物为事者，以其为粗迹耳。……有积者日益也；不足者日损也。而日益即所以为其日损，故曰以有积为不

· 123 ·

足也。澹然独与神明居者，……盖神明之位，本为内圣外王之圣人所居；此宗常言虚静而又极陈取天下之术，似备本末精粗者，故曰憺然独与神明居，犹云处于无事之地而欲有为也。"

顾、谭两说皆是。"本末精粗"是一个相对固定的搭配。因此，以物为粗就是以末为粗；以本为精，可以理解为"以道为精"或"以道为本"。其中的"本""道""精"都属于上行的概念，"末""物""粗"则可以归属于下行的概念，这两组范畴可以一一对应起来。所谓"以有积为不足"，依据顾说，"不贵难得之货"，所以就"以有积为不足"，那么，什么叫"有积"？什么叫"不足"？

钱基博："'以本为精，以物为粗'，则是纯以神行，不阂于迹者也；宜若'澹然独与神明居'矣！而云'以有积为不足'者，非意不足于'有积'也；'有积'而以'不足'用之，老子所谓'道冲而用之或不盈'者也。（《老子》第四章）'冲'者盅之假。'道，充而用之或不盈'，即'大盈若冲'之意。（《老子》第四十五章），'而'者词之反也。'充'与'不盈'相反其意。道之大盈为'充'。'古之人其备乎！配神明，育万物，和天下，泽及百姓，明于本教，系于末度，六通四辟，小大精粗，其运无乎不在'，此之谓'道充'，亦此之谓'有积'。然大盈之道，而以不盈用之；此之谓'以有积为不足'，'以'之为言用也。《老子》书二十章：'众人皆有以'，七十八章：'其无以易之'，王弼注：皆曰：'以，用也。'"

由此说来，"有积"就是道之充盈或充盈之道，就是"道冲"或"道充"；"不足"就是"以不盈用之"。结合起来，"以有积为不足"是指：充盈之道，以不盈用之。进一步看，根据钱说，在"有积"与"不足"之间，有三种搭配的方式。

第一种方式：以"有积"为"有积"。《老子》第二十四章："企者不立；跨者不行；自见者不明；自是者不彰；自伐者无功；自矜者不长。其在道也，曰馀食赘形，物或恶之，故有道者不居。"这里的"企者"，就是踮起脚尖的人，这样的"企者"是站不稳的。为什么站不稳？他以"有积"的方式，也就是以"充盈""饱满"甚至是"过度"的方式，来运用自己的站立能力，这就叫作以"有积"为"有积"。这样的行为，从道的要求来看，是过度之举。用现在的通俗语言来说，就是资源的过度开发、过度使用。

第二种方式：以"有积"为"不足"。《老子》第二十八章："知其雄，守其雌，为天下谿。为天下谿，常德不离，复归于婴儿。知其白，守其黑，为天下式。为天下式，常德不忒，复归于无极。知其荣，守其辱，为天下谷。为天下谷，常德乃足，复归于朴。朴散则为器，圣人用之，则为官长，故大制不割。"这就是：充盈之道，以不盈用之。这种方式的实质，就是藏拙，就是收缩，甚至就是隐而不显。

第三种方式：以"不足"为"不足"。这种方式，可以通过化用《老子》的原话来表达，譬如我们可以说：知其雌，守其雌；知其墨，守其墨；以及，知其辱，守其辱。或者反过来说：不知其雄，守其雌；不知其白，守其黑；不知其荣，守其辱。这样的搭配方式，当然也不足以"为天下式"。

关于"澹然独与神明居"，顾实认为，可以通过以下几个人物形象来体会。

一是广成子。《庄子·在宥》篇："黄帝立为天子十九年，令行天下，闻广成子在于空同之山，故往见之。"两人见面之后，广成子对黄帝多有教导，广成子最后告诉黄帝："来！余语女：彼其物无穷，而人皆以为有终；彼其物无测，而人皆以为有极。得吾道者，上为皇而下为王；失吾道者，上见光而下为土。今夫百昌皆生于土而反于土。故余将去女，入无穷之门，以游无极之野。吾与日月参光，吾与天地为常。当我缗乎，远我昏乎！人其尽死，而我独存乎！"黄帝虽然贵为天子，贵为圣王，但是，广成子在精神上远远高于黄帝；广成子就像欧洲中世纪曾经一度高于世俗君主的教皇，甚至还要高一些。因为，教皇相对于世俗君主的优势地位是体制、形势、格局的产物，世俗君主接受教皇的加冕，是迫不得已的选择。但是，广成子的魅力、高度则另当别论。无论黄帝去不去见他，黄帝的天子之位都不受影响。黄帝是自觉自愿、心悦诚服地去接受广成子的指点。因为广成子就是一个"澹然独与神明居"的人。

二是啮缺与被衣。《庄子·知北游》篇："啮缺问道乎被衣，被衣曰：'若正汝形，一汝视，天和将至；摄汝知，一汝度，神将来舍。德将为汝美，道将为汝居。汝瞳焉如新生之犊，而无求其故。'言未卒，啮缺睡寐。被衣大说，行歌而去之，曰：'形若槁骸，心若死灰，真其实知，不以故自持。媒媒晦晦，无心而不可与谋。彼何人哉！'"这里的被衣，乃是啮缺的老师，老师有所指教，学生未听完就已经酣然入眠。面对这样的学生，老师惊喜不已，还专门作歌以赞。特别是"彼何人哉"一语，神韵十足，让我心动不已，以至于让我多次踌躇，是否以之作为我正在撰写的这部"庄子天下篇今读"的正标题？

三是老子。《庄子·田子方》篇："孔子见老聃，老聃新沐，方将被发而干，蛰然似非人。孔子便而待之。少焉见，曰：'丘也眩与？其信然与？向者先生形体掘若槁木，似遗物离人而立于独也。'老聃曰：'吾游心于物之初。'孔子曰：'何谓邪？'曰：'心困焉而不能知，口辟焉而不能言。尝为汝议乎其将：至阴肃肃，至阳赫赫。肃肃出乎天，赫赫发乎地。两者交通成和而物生焉，或为之纪而莫见其形。消息满虚，一晦一明，日改月化，日有所为而莫见其功。生有所乎萌，死有所乎归，始终相反乎无端，而莫知乎其所穷。非是也，且孰为之宗！'孔子曰：'请问游是。'老聃曰：'夫得是至美至乐也。得至美而游乎至乐，谓之至人。'"

对于以上三段材料，顾实说："综此诸文而观之，有可同者二事，其一，形若槁木也。其二，游心于至阳至阴也。皆所谓澹然独与神明居也。然则古之道术有在于是者，盖指黄帝、广成子、啮缺、被衣之徒而言也。"事实上，这些人物都是庄子拟制的。庄子试图通过广成子、啮缺、被衣，还有老聃这样一些人，来表达一种生存方式，那就是"澹然独与神明居"。在庄子看来，这种"澹然独与神明居"的人，在精神世界里，既高于天子，譬如黄帝，也高于世所仰望的学术思想领袖，譬如孔子。至于被衣与啮缺，他们虽是师徒关系，但在实质上，却是同一类人，即都是"澹然独与神明居"之人，他们是一个共同体，他们"澹然"，他们与神明在一起。噫，彼何人哉？

古之道术有在于是者，关尹、老聃闻其风而悦之。

承载这种"古之道术"的人，是关尹和老聃。关尹是谁？老聃又是谁？

关于关、老二人，最常见的资料是《史记·老子韩非列传》："老子者，楚苦县厉乡曲仁里人也，姓李氏，名耳，字聃，周守藏室之史也。孔子适周，将问礼于老子。老子曰：'子所言者，其人与骨皆已朽矣，独其言在耳。且君子得其时则驾，不得其时则蓬累而行。吾闻之，良贾深藏若虚，君子盛德容貌若愚。去子之骄气与多欲，态色与淫志，是皆无益于子之身。吾所以告子，若是而已。'孔子去，谓弟子曰：'鸟，吾知其能飞；鱼，吾知其能游；兽，吾知其能走。走者可以为罔，游者可以为纶，飞者可以为矰。至于龙，吾不能知其乘风云而上天。吾今日见老子，其犹龙邪！'老子修道德，其学以自隐无名为务。居周久之，见周之衰，乃遂去。至关，关令尹喜曰：'子将隐矣，强为我著书。'于是老子乃著书上下篇，言道德之意五千余言而去，莫知其所终。或曰：老莱子亦楚人也，著书十五篇，言道家之用，与孔子同时云。盖老子百有六十余岁，或言二百余岁，以其修道而养寿也。"

这段"司马迁言"，几乎所有研究关尹、老聃的学者都熟知。这段话出现的频率是如此之高，让人颇生"李杜诗篇万口传，至今已觉不新鲜"之感。在这段史料中，老子与孔子的对话很生动，孔子对老子的评价也令人印象深刻。但是，除此之外，老子到底是谁？是不是老聃？这样的问题，依然不能确指。老子是不是老莱子？老子得寿一百六十多岁？甚至二百多岁？令人难得置信。司马迁似乎也没有把握。

关于关尹其人，更是一笔糊涂账。让老子"著书上下篇"的人，可能是一个守关的官员，但这个人到底叫"关尹"？还是叫"关令尹"？还是叫"关尹喜"？还是叫"关令尹喜"？都不清楚。"关尹"是他的姓名，还是一个官职？也不清楚。"关尹"到底是一个守护关口的官员，还是一个与老聃齐名的学术思想名家？抑或他既是官员也是学术思想名家、一身兼二任？倘若如此，这个姑且叫关尹的人，写过什么书？为什么庄子写《天下篇》，要把关尹的名字排在老聃的名字之前？莫非他是老聃的前辈？莫非他的思想地位比老聃的思想地位更高？莫非他的级别比老聃的级别更高？这是怎么回事？这些问题，其实都很难回答。

先看关尹其人。典籍中关于关尹的记载，除了《天下篇》之外，还有以下数种。

《庄子·达生》："子列子问关尹曰：'至人潜行不窒，蹈火不热，行乎万物之上而不栗。请问何以至于此？'关尹曰：'是纯气之守也，非知巧果敢之列。居，予语女。凡有貌象声色者，皆物也，物与物何以相远！夫奚足以至乎先！是色而已。则物之造乎不形，而止乎无所化。夫得是而穷之者，物焉得而止焉！彼将处乎不淫之度，而藏乎无端之纪，游乎万物之所终始。壹其性，养其气，合其德，以通乎物之所造。夫若是者，其天守全，其神无隙，物奚自入焉！夫醉者之坠车，虽疾不死。骨节与人同而犯害与人异，其神全也。乘亦不知也，坠亦不知也，死生惊惧不入乎其胸中，是故遻物而不慑。彼得全于酒而犹若是，而况得全于天乎？圣人藏于天，故莫之能伤也。复仇者，不折镆干；虽有忮心者，不怨飘瓦，是以天下平均。故无攻战之乱，无杀戮之刑者，由此道也。不开人之天，而开天之天。开天者德生，开人者贼生。不厌其天，不忽于人，民几乎以其真。'"

这段材料表明，相对于列子来说，关尹似乎是长者或老师辈的人。试体会一下"居，予语女"这句话，其中蕴含了教导的意味。在这段材料中，关尹为列子讲了一番大道理。

再看《吕氏春秋·季秋纪·审己》："子列子常射中矣，请之于关尹子。关尹子曰：'知子之所以中乎？'答曰：'弗知也。'关尹子曰：'未可。'退而习之三年，又请。关尹子曰：'子知子之所以中乎？'子列子曰：'知之矣。'关尹子曰：'可矣，守而勿失。'非独射也，国之存也，国之亡也，身之贤也，身之不肖也，亦皆有以。"这同样是列子与关尹之间的对话，关尹以射箭为由头，又给列子讲了一番有关国家存亡、贤与不肖的大道理。

还有《吕氏春秋·审份览·不二》："听群众人议以治国，国危无日矣。何以知其然也？老耽贵柔，孔子贵仁，墨翟贵廉，关尹贵清，子列子贵虚，陈骈贵齐，阳生贵己，孙膑贵势，王廖贵先，儿良贵后。"这句话旨在概括诸子的特质。关尹得了"贵清"两字，在前后顺序中，排在老、孔、墨之后，在列子及其他诸子之前。

由这些材料来看，在先秦时代，确有一个叫做"关尹"的人。《达生》篇中的关尹，是一个"游乎万物之所终始"之人。《审己》篇中的关尹，是一个关注事物原因的人。《不二》篇中的关尹，是一个"贵清"之人。这些记载描述了关尹其人的不种面相。那么，关尹到底是谁呢？

根据钱穆的推测，关尹有可能就是稷下学士环渊。《先秦诸子系年·老子杂辨》："余又疑环渊即关尹。环关渊尹，物方言之一转移耳，非有两人也。凡先秦之称关尹，即汉世之所谓环渊矣。《庄子·天下篇》以关尹老聃并称，则犹刘安枚乘以詹何便蜎具举。盖以老聃为詹何也。"

郭沫若也有这样的看法，他甚至比钱穆更加肯定这一点。他在《十批判书·稷下黄老学派的批判》中认为："关尹其实就是环渊，这人的名姓，变幻得很厉害，有玄渊、蜎渊、娟嬛、蜎嬛、便嬛、便娟等异称。荀子《非十二子》误为他嚣，《韩诗外传》误为范雎。范雎是声误，它嚣是形误。它与玄相惟，嚣与渊相近。"

如果钱、郭两人的观点可以成立，那么，环渊又是谁呢？综合《史记》中的《田敬仲完世家》与《孟子荀卿列传》，环渊是楚国人，与慎到、田骈等人，"皆学黄老道德之术"，在齐宣王时为"稷下先生"或"稷下学士"——其他的稷下先生还有彭蒙、田骈、慎到、接子、宋钘、尹文等人。关于环渊的著作，《史记》称，环渊著上下篇，《汉书·艺文志》说，有《蜎子》十三篇。只不过现在都已经佚失了。那么，关尹是不是环渊呢？这个问题我们先放一放。

再说老聃这个人，这更是先秦学术史上的一个"老大难"问题。

蒋伯潜《诸子通考·老子传考》篇末得出的结论是："《老子》非老子所自著，'老子'为一般年老学者之泛称，道家所宗之老聃又为传说虚构之人物。"这就完全把老聃这个人给解构了。按照蒋说，根本没有老聃这个人。

罗根泽在1936年写成的《历代学者考证老子年代的总成绩》一文，后作为1938年《古史辨》第六册《诸子续考》之自序。这是一篇关于老子年代考证的学术史综述。这篇文章列举了二十九种关于老子其人的观点，从陈师道、叶适，到罗根泽自己。各种观点不一而足。譬如，叶适认为，著书之老子，非孔子问礼之老子。汪中说，老子即太史儋，在孔子后。唐兰说，老聃的确年长于孔子，《老子》书是老聃的遗言，撰成在《墨》《孟》撰成的时期。顾颉刚说，老聃是杨朱、宋钘以后之人，《老子》书成于《吕氏春秋》与《淮南子》之间。郭沫若说，老聃确是孔子之师，《老子》书是关尹即环渊所记老聃语录。谭戒甫说，孔子问礼之老子为老莱子，即老彭，著书之老子为太史儋。罗根泽自己说，老聃即太史儋，《老子》书即太史儋所著。诸如此类的观点表明，很难找出一个大家都认可的老聃或老子。

这里再提一下钱穆的观点，其《先秦诸子系年·老子杂辨》经过详细的考证，得出的结论是："今综述上陈，则战国言老子，大略可指者，凡得三人。一曰老莱子，即《论语》荷蓧丈人，为孔子南游所值。二曰太史儋，其人在周烈王时，为周室史官，西入秦见秦献公。三曰詹何，为楚人，与环渊、公子牟、宋玉等并世。自以老莱子误太史儋，然后孔子所值之丈人，遂一变而为王室之史官。自以环渊误关令尹，然后太史儋出关入秦，遂有强之著书。夫《论语》之丈人，已为神龙出没，一鳞片爪，不可把摸。太史儋以神谶著，詹何以前识名，益复荒诞。今以三人传说，混而归之一身，又为粉饰焉，则宜其去实益远，今为分别条理，则孔子所见者，乃南方芸草之老人，神其事者由庄周。出关游秦者，乃周室史官儋，而神其事者属秦人。著书谈道，列名百家者，乃楚人詹何，而神其事实，则为晚周之小书俗说。其混而为一人，合而为一传，则始《史记》。而其牵而益远，以老子上跻尧舜，下及商初，则人知其妄，可勿深论也。"

在这里，"南方芸草之老人"以及"出关游秦"的"周室史官儋"暂且不论，那么，著书谈道的楚人詹何，又是何许人也？钱穆认为："任公子则为詹何。《外物篇》：'任公子为大钩巨缁，五十辖以为饵，蹲乎会稽，投竿东海，旦旦而钓，期年不得鱼。已而大鱼食之，牵巨钩，鎑没而下，骛扬而奋鬐，白波若山，海水震荡，声侔鬼神，憚嚇千里。任公子得若鱼，离而腊之，自制河以东，苍梧已北，莫不厌若鱼者。'任公子即詹子也。何以言之，《淮南览冥训》：'詹何之骛鱼于大渊之中'，此节五十犗以为饵之钓也。故詹何者，据《庄子》任公子之故事言之，乃一隐沦江海渔钓之君子也。"这个詹何，就是"列名百家"且与环渊（亦即关尹）同时代的老聃？

假如我们暂且尊重钱穆的考证，那么，庄子所说的关尹就是楚国的环渊，庄子所说的老聃就是楚国的詹何。这就是关、老二子的本来面目。关、老二子有一个共同的特点，他们都是楚人，也是南人。如果他们也可以称为道家，那么，他们就是南派道家，因而，关、老承载的"古之道术"主要是南派道家所承载的"古之道术"。与南派道家形成对照的，是由彭蒙、田骈、慎到所代表的北派道家，因为他们都是北人，彭、田二子是齐人，慎子是赵人，都在今天的山东、河北一带。如果说，关、老是南派道家，彭、田、慎是北派道家，这是否可以作为庄子将"关、老"与"彭、田、慎"区分开来的一个依据？

当然，我们也可以不再纠缠关尹是不是环渊，老聃是不是詹何。一个比较简易的办法，就是按照庄子或《天下篇》所说，存在着关尹、老聃这样两个人，他们有一些共同的思想，他们承载了"古之道术"的一个方面。我们就把老聃读作老子，这个人写了《老子》亦即《道德经》这部书，这样就简单一些了。

就关尹与老聃的关系来看，后世的文献普遍重老聃而轻关尹，但是，庄子却把关尹置于老聃之前，一个可能的原因是：庄子与关尹具有更亲密的关系。另一个可能的原因是：在庄子看来，关尹的道术甚至比老聃的道术还要精微。还有一个可能的原因是，庄子关于关、老的排序，反映了他的某种价值观。如果著书的老聃是周王室的太史儋，用现在的话来说，那就是一个公务人员；如果关尹是稷下学派的环渊，那就是一个比较纯粹的学者。从庄子的立场看过去，或许应当把相对纯粹的学者之名排在一个公务人员的前面？不过，这些都是猜测，因为，庄子所说的老聃到底是谁，还有，关尹到底是谁，正如前面已经讨论过的，都不甚清楚。这些问题，我们暂且搁置起来，不再详论。

建之以常无有，主之以太一。

这句话也引起了无数的分歧。

梁启超："谓建立常无常有之两元，而实归宿于一也。"这就是说，"常无有"可以分为"常无"与"常有"，两者归结为一。

顾实："'建之以常无有，主之以太一'两语，今哲学家所谓世界观也。章炳麟曰：'建之以常无有，如实空也。主之以太一者，等同一味，唯一真如也。'章说非也。自宋司马光、王安石辈读《老子》首章，以常无句绝，常有句绝，明人如陶望龄等即以'常无有'三字，分为三截读之，以配佛说之'如实空'。此皆不观会通而断章取义之过也。胡适、梁启超等犹尚承其误，不知周秦人行文，决不如是之纤巧也。《庄子》此文，绝非摘取《老子》首章之'常无''常有'四字，而凑成此'常无有'三字也。"

依顾实之意，这里的"无有"应当连读。而且，对这句话的解释，可以依据《田子方》中的记载：孔子问至人游乎至乐之方，老聃回答说："草食之兽，不疾易薮；水生之虫，不疾易水。行小变而不失其大常也，喜怒哀乐不入于胸次。夫天下也者，万物之所一也。得其所一而同焉，则四肢百体将为尘垢，而死生终始将为昼夜而莫之能滑，而况得丧祸福之所介乎？"这里的"不失其大常，喜怒哀乐不入于胸次"，就是"建之以常无有"。至于"天下者，万物之所一也"，就是"主之以太一"。此外，《骈拇》称："天下有常然。常然者，曲者不以钩，直者不以绳，圆者不以规，方者不以矩，附离不以胶漆，约束不以纆索。故天下诱然皆生，而不知其所以生；同焉皆得，而不知其所以得。故古今不二，不可亏也。"顾实认为，这里的"常然六事"，即是"建之以常无有"，所谓古今不二，即是"主之以太一"。

顾实的解释，主要聚焦于"建之以常"。简单地说，"常"就是常态，或者是基本规律。譬如，水中的生物，总是生活在水中，这就是常。把一条鱼从这个水池里移到另一个水池里，即使水质、水温、水量略有不同，也只是"小变"，这条鱼不会有太多的焦虑，因为没有"失其大常"。所谓"建之以常",就是超越"小变",建立、寻找那个终极性的常道,从而不为任何"小变"所动心。"太一"与"常",可以理解为道的两个不同的名称。但是,"建之以常"后面的"无有"呢?正是看到了"常"后的"无有",好几家都把"常、无、有"分开理解。

高亨对"建之以常无有"的解释比较简明,他说:"《老子》一章:'无名天地之始。有名万物之母。故常无欲以观其妙。常有欲以观其徼。此两者同出而异名,同谓之玄,玄之又玄,众妙之门。'四十章:'天下万物生于有,有生于无。'此处之常无有,即《老子》之常无与常有也。常者固然之义,无者天地之始之名相,有者万物之母之名相也。"

针对"主之以太一",高亨说:"《老子》四十二章:'道生一,一生二,二生三,三生万物,万物负阴而抱阳,冲气以为和。'一者天地未分之元素,二者天地,三者阴气、阳气、和气也。《礼记·礼运篇》:'礼必本于太一,分而为天地,转而为阴阳。'《吕氏春秋·大乐篇》:'太一出两仪,两仪出阴阳。'与《老子》说相同,唯但言阴阳未言和气耳,可证《礼记》《吕氏春秋》之太一,即《老子》四十二章之一。然而《庄子》此处之一,亦即《老子》此一也,因其为最大之个体,故曰太一。"

较之顾实以《庄子》解关、老,高亨直接以《老子》解关、尹。依高亨之意,"建之以常无有,主之以太一"的意思是:他们的思想建立在"常有"与"常无"的基础上,他们的思想以"太一"作为主导。他们的思想以天地之始、万物之母作为基础,以最初的"一"(宇宙的本源)作为主导。这样解释,似乎比较清楚了。

但是,还没完。裘锡圭在《复旦学报(社会科学版)》2009年第1期发表了一篇题为《说"建之以常无有"》的论文,专门讨论"建之以常无有"这句话。裘锡圭说:"今人仍多取《天下》篇'常无有'即指'常无'、'常有'之说。今举《庄子》注释书中影响较大者为例。陈鼓应先生的《庄子今注今译》把'建之以常无有'翻译为'建立常无、常有的学说'。王叔岷先生在《庄子校诠》中,在已知帛书《老子》作'恒无欲也''恒有欲也'的情况下,仍以

'常无''常有'说'常无有'，而以今本《老子》与帛书本'取义有别'勉强弥缝。从语义上看，'常无''常有'其实是很难解释的，说《老子》而持'常无''常有'的断句法的，只能'增字解经'。由于帛书《老子》的出土，这种断句法已无存在余地，《天下》篇的'常无有'当然也就不能再以'常无''常有'来解释了。那么，'常无有'究竟应该如何理解呢？我认为应该到上博楚简《互先》篇中去找答案。《互先》是一篇讲宇宙生成论的战国道家佚书，开头第一句是'互先无有'"《互先》篇的'互先'应该释读为'亟（极）先'，'极先'的意思就是'最先''最初'。'极先'跟古书中的'太始'一样，既可指宇宙形成前最原始的阶段，也可指天地万物所从出的宇宙本原。《庄子·天地》'泰（太）初有无，无有无名'，跟'极先无有'说的是一回事。也就是说，在宇宙形成前的最原始阶段，只存在无形的混而为一的宇宙本原，不存在有形的彼此有区别的物（'物'包括天地。从宇宙生成论的角度说，物就是'有'。相对而言，宇宙本原就是'无'）。"

李学勤在《楚简〈恒先〉首章释义》（载《中国哲学史》2004年第3期）一文中亦指出："'恒'与'常'通。所以'恒先无有'即'常无有'。《庄子·天下》云：以本为精，以物为粗，以有积为不足，澹然独与神明居，古之道术有在于是者。关尹、老聃闻其风而悦之，建之以常无有。主之以太一，以濡弱谦下为表，以空虚不毁万物为实。前些时在荆门郭店楚简《老子》所附文字中看到《太一生水》，我曾引用上述《天下》一段，推测它可能是关尹一派的遗说，因为《老子》虽有多处讲'一'讲'水'，却没有'太一'以及'太一生水'，《太一生水》章乃是《老子》之后的一种发展。'常无有'也是这样，《老子》有'常（恒）''无''有'等概念，而不曾说到'常无有'。'建之以常无有，主之以太一'，已经是道家较晚的学说形态了。"

按照李学勤、裘锡圭的解释，"建之以常无有"应当解释为：关尹、老聃建立了"极先无有"的理论，更具体地说，是建立了宇宙的本源是"无"的理论。至于"主之以太一"，则可以理解为：主张以"太一"作为宇宙的开端。

最后，再看谭戒甫的解释："常无，太一，对文。有，读为又。此谓二子充其所修，既立以常无，又主之以太一也。自来学者皆读'常有为'为句，窃疑不然。……惟无可以生有，而无名亦可以生有名。由是'有'名既立，既谓之'一'；故曰一之所起。其云所起者，似'无'中隐含有'一'；故曰有一而未形。盖未形之一，既太一也。……盖常无与太一，皆即道之别名，而又有动静之分耳。"

按照谭说，这句话是说：建之以常无，又主之以太一。亦即：关、老二子建立"常无"作为立论的依据，又以"太一"作为指导思想。"常无"与"太一"，都是道。

以上诸说，皆可言之成理。相比之下，以谭戒甫之说为优。

以濡弱谦下为表，以空虚不毁万物为实。

梁启超："空虚即常无，不毁万物即常有。"

谭戒甫："以濡弱谦下为表，以刚强为里；以空虚不毁万物为表，以实有为里也。"

表与实，就是外表与内在。濡（rú），软也。"以濡弱谦下为表"就是：以软弱谦卑为外表。可以参考《老子》第四十三章："天下之至柔，驰骋天下之至坚。无有入无间，吾是以知无为之有益。不言之教，无为之益，天下希及之。"这是讲"柔"胜于"坚"。

《老子》第七十六章："人之生也柔弱，其死也坚强。草木之生也柔脆，其死也枯槁。故坚强者死之徒，柔弱者生之徒。是以兵强则灭，木强则折。强大处下，柔弱处上。"这是讲"柔弱"胜于"坚强"。

还有《老子》第七十八章："天下莫柔弱于水，而攻坚强者莫之能胜，以其无以易之。弱之胜强，柔之胜刚，天下莫不知，莫能行。是以圣人云：'受国之垢，是谓社稷主；受国不祥，是为天下王。'正言若反。"针对这样的思想主张，《吕氏春秋·不二》得出的结论是："老聃贵柔"。

再看"谦下"。《老子》第三十九章："贵以贱为本，高以下为基。是以侯王自称孤、寡、不谷。此非以贱为本邪？非乎？故至誉无誉。"只有低、贱、下、谦，才是根本，才是基础。最高的荣誉是没有荣誉。还有《老子》第六十六章："江海之所以能为百谷王者，以其善下之，故能为百谷王。是以圣人欲上民，必以言下之；欲先民，必以身后之。是以圣人处上而民不重，处前而民不害。是以天下乐推而不厌。以其不争，故天下莫能与之争。"这两章，主要讲老聃的"谦下"，因此，在"老聃贵柔"之外，也许还要加上"老聃贵谦"，当然，这是庄子概括关、老道术得出的结论。

"以空虚不毁万物为实"，就是以虚静、不害万物作为内在的追求。进一步说，可以把这句话分成两层意思：其一，"以空虚为实"，就是把空虚作为精神实质，作为起点，作为基础。《老子》第十六章："致虚极；守静笃。万物并作，吾以观复。夫物芸芸，各复归其根。归根曰静，静曰复命。复命曰常，知常曰明。不知常，妄作凶。知常容，容乃公，公乃全，全乃天，天乃道，道乃久，殁身不殆。"这是讲以虚为本，以虚为实，而且要达到虚的极致，虚是成就其他一切的起点。其二，"以不毁万物为实"。《老子》第六十章："治大国，若烹小鲜。以道莅天下，其鬼不神，非其鬼不神；其神不伤人，非其神不伤人。圣人亦不伤人。夫两不相伤，故德交归焉。"圣人与神都不伤人，就是"不毁"。还有《老子》第五十八章："其政闷闷，其民淳淳；其政察察，其民缺缺。祸兮福所倚；福兮祸所伏。孰知其极？其无正邪？正复为奇，善复为妖。人之迷，其日固久。是以圣人方而不割，廉而不刿，直而不肆，光而不耀。"这里的"不刿"，就是不伤人，就是"不毁"。

关尹曰：在己无居，形物自著。

前几句是把关、老放在一起讲，意思是，这些思想学说是关、老二人共有的。这里的"在己无居，形物自著"，应是关尹的原话。

马叙伦："注云：'物来则应，应而不藏，故功随物去；不自是而委万物，故物形各自彰著。'"

高亨："形物疑本作物形，转写误倒。郭注云：'物形。'其证也。无居，无成见也。在己无成见则不蔽，不蔽则万物之形皆彰矣。"

顾实："无居者，虚也。居、处古字通。《吕览·圜道篇》黄帝曰：'帝无常处也。'此道家所以为君人南面之术也。惟虚而后物自著其形也。"

诸说各有侧重。"在己无居"之"无居"，可以有多种指向，可以是客观意义上的"没有成见"，譬如说，我不先入为主，我客观地听取、观察所面对的事物。就像一个法官，他以"无居"的立场，听取原告和被告双方的意见，察看双方提供的证据，他无意偏袒任何一方。在这样的法官面前，随着双方质证的进一步深入，案件事实将越来越清晰地呈现出来，事物的各个侧面，案件的是非曲直，或许可以纤毫毕现地显露出来，这就叫"形物自著"。

"无居"也可以用顾实所说的"南面术"来解释。在这种情况下，"无居"乃是一种策略，一种权力运作技术。君主本来应该有立场、有态度、有方向，但是，他假装没有，他让大臣们自由表达各自的观点。他由此就可以发现，哪些人跟他的想法一致，哪些人是左右摇摆的派别，哪些人还可能是他的绊脚石。在这个过程中，一些人的"尾巴"就会露出来。君主隐藏自己的立场，是通过刻意制造出"信息不对称"，从而占据信息优势地位，以加强对群臣的控制。

这两种不同指向的"不居"，反映出关尹之道术具有多种光谱，可以做多种理解，可以运用在不同的方面，还可以给予不同的评价。

其一，如果把"不居"理解为"人君南面术"，那么，"不居"就是阴险的伪装。张舜徽在《周秦道论发微》一书中，把这种情形归结为一个"装"：或者"装糊涂"，或者"装傻子"，或者"装真诚"，或者"装天真"。"装"的目的，是给你提供卖弄的空间、表现的机会，目的是让你露出马脚，然后一把拿下。

其二，"不居"也可以是一种与权术、阴谋无关的个人修为。我不持立场，我也没有预期，我看着各种事物逐渐显露出来。对于来者，我并不敲锣打鼓去欢迎；对于去者，我不挽留，甚至也不欢送。爱来来，爱去去。在事物逐渐呈现的过程中，来者的正面之形从模糊逐渐转为清晰；在事物逐渐远去的过程中，去者的背面之形从清晰逐渐转为模糊。我都看清楚了，这就叫"形物自著"。所谓"著"，就是显著、显现。"自著"就是任其自己显现出来。

其动若水，其静若镜，其应若响。

这是紧接着前一句讲的，是说：那些"在己无居"者，其动若水，其静若镜，其应若响。

顾实："虚者之动若水，虚者之静若镜，虚者之应若响。"虚者就是"在己无居"者。

高亨认为，"其动若水"，是指"顺物而往，因势而来，决东东流，决西西流。"关于"其静若镜"，"《庄子·应帝王篇》：'至人之用心若镜，不将不迎，应而不藏，故能胜物而不伤。'可作此句之义疏"。关于"其应若响"，是指"应声而作，随声而灭，犹人之物而应，物去而忘也。"

高亨的解释，丰富了这个排比句的意涵。这三个短语，虽然在字面上并无费解之处，然而，如果深究下去，怕是永无止境。

关尹之道术，其名既然排在老聃之前，想必有其特别的高明沉潜之处。"其动若水"的精神指向，包括高亨所说的"顺物而往，因势而来"，因为水就是顺物而往、因势而来的事物，水只能顺着河道走。我们在河道的东侧挖一个口子，水就会往东流；我们在河道的西侧挖一个口子，水就会往西流。这是水的自然属性。但是，水往低处流，水还有向下的意思。《老子》第八章："上善若水，水善利万物而不争。处众人之所恶，故几于道。"在这里，"若水"即是"上善"，同时也是"其动"的方向。

美国学者艾兰的《水之道与德之端》一书，有一个副标题，叫做"中国早期哲学思想的本喻"。这本著作在它的第一章，开篇征引的材料，就是《孟子·离娄下》："徐子曰：'仲尼亟称于水，曰：水哉，水哉！何取于水也？'孟子曰：'原泉混混，不舍昼夜。盈科而后进，放乎四海，有本者如是，是之取尔。苟为无本，七八月之间雨集，沟浍皆盈；其涸也，可立而待也。故声闻过情，君子耻之。'"按照孟子的本意，孔子所说的水，乃是有源之水。艾兰就此发表评论："这段文字中的相反意象——与泉涌之水源远流长相反，骤雨初歇，雨水终会在日照下蒸发消散——从一种自然现象提取原型，经过解释或思考便可理解其意。然而，孔子对水的赞叹与表达方式，无论如何，较易使人迷惑不解。孔子不解荣誉之意，故其以水为喻，来说明自己对名不副实的荣誉的内心羞愧。孔子赞美水并从中提取了一条原则。这条原则——无源之水，难以为继——他知道君主应该以声闻过情的荣誉为耻。"以这样的解读作为开端，艾兰对水的哲学进行了全面的探讨。举凡"有源之水长流""水循道而流""水之就下""水卷泥沙""柔弱、屈顺与不争""水无常形""止水为仪""水清如鉴""水难领悟""山河""水火"等相关主题，勾画了一个以水作为本喻的思想世界。艾兰其书，还只是关于"其动若水"的一种解释，而且艾兰还是一个美国人。如果从更多的文化视角来看"其动若水"，也许可以打开一个浩瀚无边的思想世界。

关于"其静若镜"，高亨已经注意到，它的含义见于《庄子·应帝王》："无为名尸，无为谋府，无为事任，无为知主。体尽无穷，而游无朕。尽其所受乎天而无见得，亦虚而已！至人之用心若镜，不将不逆，应而不藏，故能胜物而不伤。"这个意思，前面已经有所解释。结合《应帝王》的前后文，可以发现，像镜子一样虚静，确实是一个值得解读的意象。须知，作为一种状态的静，有多种不同的意义。

记得有一张 1909 年前后发表的老照片，主题是"袁世凯洹上垂钓"，照片中的袁世凯戴着斗笠，披着蓑衣，身边放着一个鱼篓，看上去很安静，超凡脱俗，仿佛心如止水，远离尘世。然而，众所周知，此时的袁世凯正在等待机会，重返权力中枢。袁世凯在照片中展示出来的静，与"其静若镜"，恰好可以形成巨大的反差。因此，区别这种"静"与那种"静"的关键，就在于其"静"是否如"镜"。如镜之静，是一种什么样的静？《应帝王》已有较好的说明：不追求名，不谋划事，不承担责任，不充当智者，体验无穷之道，遨游于虚幻之中。更加重要的是，来者不迎，去者不送。来者在镜子中显现出来，离去之后，在镜子上丝毫不存，没有任何痕迹。因此，其静若镜的本质，就是外物对内心没有任何影响，没有任何触动。镜子作为一个意象，还见于《淮南子·览冥训》："夫道之与德，若韦之与革，远之则迩，近之则远。不得其道，若观儵鱼。故圣若镜，不将不迎，应而不藏，故万化而无伤。"措辞几乎都差不多，都是"不将不迎"，去不留影，去不留迹。这就是关尹的"其静若镜"：对待外物，就像一面镜子那样映照外物。

关于"其应若响"，《史记·田敬仲完世家》有一段记载："驺忌子见三月而受相印。淳于髡见之曰：'善说哉！髡有愚志，原陈诸前。'驺忌子曰：'谨受教。'淳于髡曰：'得全全昌，失全全亡。'驺忌子曰：'谨受令，请谨毋离前。'淳于髡曰：'豨膏棘轴，所以为滑也，然而不能运方穿。'驺忌子曰：'谨受令，请谨事左右。'淳于髡曰：'弓胶昔干，所以为合也，然而不能傅合疏罅。'驺忌子曰：'谨受令，请谨自附于万民。'淳于髡曰：'狐裘虽敝，不可补以黄狗之皮。'驺忌子曰：'谨受令，请谨择君子，毋杂小人其间。'淳于髡曰：'大车不较，不能载其常任；琴瑟不较，不能成其五音。'驺忌子曰：'谨受令，请谨修法律而督奸吏。'淳于髡说毕，趋出，至门，而面其仆曰：'是人者，吾语之微言五，其应我若响之应声，是人必封不久矣。'居期年，封以下邳，号曰成侯。"

在这段史料中，也有"其应我若响之应声"这种说法。表达这个意思的淳于髡（kūn），是被司马迁排在首位的"稷下先生"。据《史记·孟子荀卿列传》："自驺衍与齐之稷下先生，如淳于髡、慎到、环渊、接子、田骈、驺奭之徒，各著书言治乱之事，以干世主，岂可胜道哉！淳于髡，齐人也。博闻彊记，学无所主。其谏说，慕晏婴之为人也，然而承意观色为务。客有见髡於梁惠王，惠王屏左右，独坐而再见之，终无言也。惠王怪之，以让客曰：'子之称淳于先生，管、晏不及，及见寡人，寡人未有得也。岂寡人不足为言邪？何故哉？'客以谓髡。髡曰：'固也。吾前见王，王志在驱逐；後复见王，王志在音声：吾是以默然。'客具以报王，王大骇，曰：'嗟乎，淳于先生诚圣人也！前淳于先生之来，人有献善马者，寡人未及视，会先生至。后先生之来，人有献讴者，未及试，亦会先生来。寡人虽屏人，然私心在彼，有之。'后淳于髡见，壹语连三日三夜无倦。惠王欲以卿相位待之，髡因谢去。于是送以安车驾驷，束帛加璧，黄金槽镒。终身不仕。"

假如认同前文述及的钱穆的考证，如果相信关尹就是"稷下先生"环渊，那么，由于他们同属于一个学术共同体，关尹所说的

"其应若响"，还有可能是借用了淳于髡的表达方式。当然，"其应若响"一词，也不一定是淳于髡或关尹的独创，也可能是那个时代或"稷下学宫"流行的一个说法。

芴乎若亡，寂乎若清。

高亨认为，"芴乎若亡"，是指"忽乎若忘，谓物不常留于心也"。至于"寂乎若清"，"《管子·白心篇》：'淑然自清。'用本字。此处以寂为淑，当训清貌，淑乎若清谓心中无欲也。《吕氏春秋·不二篇》：'关尹贵清。'"

马叙伦："'芴'，《释文》：'音忽'，即读为忽也。《说文》：'忽，忘也'，'忘，不识也'。（'亡'，即'忘'之借。）'寂'，借为'淑'。《说文》：'淑，清湛也。''清，朖也。澂水之貌。'澂，清也。'忽乎若忘，淑乎若清'者，谓一念不动，湛然常住也。此仍承上约喻明义也。"

马叙伦的解释，具有一定的佛家色彩，但用以解释关尹的道术，似乎也是可以的。"芴乎"一词，有快速闪过的意思；"若亡"可以解释为"若忘"，好像是忘记了，但是，"若亡"本身也是很贴切：事物快速闪过，就像消失了一样。前面讲"其静若镜"，是说关尹其人，就像镜子一样安静，某个人、某个事物在他面前出现，随即离开，就像在一面镜子前出现、离开一样。高亨说，这是"物不常留于心"。

我觉得关尹的意思还要更加决绝、更加彻底：外物绝不留于内心；一面镜子，怎么可能把映照之物留存下来呢。"芴乎若亡"也像"其应若响"："应"是对某种"响"的回应，倘若"响"不再，"应"也随之消失。因而，"芴乎若亡"的意思就是"燕过不留痕"或"人过不留声"。梁漱溟有一本书，叫作《谁从我的世界路过？》，这样的提问方式，这种没完没了的回忆，就跟关尹之道术恰好背道而驰。在关尹的世界里，路过的人不再记忆，不再想起，完全消失。

"寂乎若清"可以解释为，像清水那样安静。寂的本义是静、清。"寂乎若清"，可以跟前文的"其动若水"对应起来。即使是流动的水，它也是"寂乎"之水。南朝诗人王籍有一首诗，题为《入若耶溪》，诗曰："艅艎何泛泛，空水共悠悠。阴霞生远岫，阳景逐回流。蝉噪林逾静，鸟鸣山更幽。此地动归念，长年悲倦游。"在若耶溪上，诗人的感受是"蝉噪林逾静，鸟鸣山更幽"。这一联诗，让我们对"寂乎若清"有了更加形象化的理解。不仅仅是平缓的溪流生成了"寂乎若清"的意象，就是飞流直下三千尺的瀑布，同样可以成为"寂乎若清"的写照。因为，瀑布虽然有声音，但它无欲望，如果你一个人站在一面瀑布边上，虽然听得见声音，但仍可以体会"寂乎若清"的意境。说到底，"寂乎若清"是对"其动若水"的延伸，是水的哲学的产物。

同焉者和，得焉者失。未尝先人，而常随人。

先看"同焉者和，得焉者失。"

高亨："能与物同，乃与物和，故不立异；得于物者，不可长有，故不求得。"

马叙伦："'同焉者和'，谓有来会合，与之相和。（《说文》：'同'，合会也。'和'，应也。）'得焉者失'者，《大宗师》云：'且夫得者时也，失者顺也。安时而处顺，哀乐不能入也，此古之所谓悬解也。'是其义也。解在彼文，不复释也。'未尝先人，而常随解'者，成疏谓'和而不唱'，即随顺而不'作意'也。"

钱基博认为，应当把关尹的话作为一个整体来看待，应当从"内圣外王之道"的角度来解释这句话。如果说，关尹所说的"在己无居，形物自著。其动若水，其静若镜，其应若响。芴乎若亡，寂乎若清"，此关尹之所以"内通于圣"。那么，"同焉者和，得焉者失。未尝先人，而常随人"，则关尹之所以"外而成王"。换言之，依据钱说，关尹的上一句主要讲了"内圣之道"，关尹的这一句是在讲"外王之道"。不过，以"内圣"与"外王"分别对应关尹的前言与后语，似有牵强之嫌。

关于"同焉者和"，可以参看《齐物论》描绘的三个意象。

第一，关于"朝三暮四"与"朝四暮三"。《齐物论》："狙公赋芋，曰：'朝三而暮四。'众狙皆怒。曰：'然则朝四而暮三。'众狙皆悦。名实未亏而喜怒为用，亦因是也。是以圣人和之以是非而休乎天钧，是之谓两行。"据我的理解，这是把"是与非"融为一体，不作区别，怎么都行。这并不是对是非界限故意视而不见，而是确实没有区别。譬如，"朝三暮四"与"朝四暮三"，到底有什么区别呢？你可能会说，这是因为众狙的糊涂，但是，众狙的糊涂与众人的糊涂，不过就是五十步与一百步的差异罢了。因而，必须向狙公学习，看到"朝三暮四"与"朝四暮三"之同，而不在两者之间做出区分，这就叫"同焉者和"。

第二，关于"和之以天倪"。《齐物论》："'何谓和之以天倪？'曰：'是不是，然不然。是若果是也，则是之异乎不是也亦无辩；然若果然也，则然之异乎不然也亦无辩。化声之相待，若其不相待。和之以天倪，因之以曼衍，所以穷年也。忘年忘义，振于无竟，故寓诸无竟。'"这里的"化声"乃"是与非"纠缠在一起的声音。假如要使"是与非"不再对立，那就要用"天倪"来调和，"天倪"者，自然之规律也。也可以说，天倪就是天道。

第三，关于"庄周梦为蝴蝶"。《齐物论》的最末一段："昔者庄周梦为蝴蝶，栩栩然蝴蝶也。自喻适志与！不知周也。俄然觉，则蘧蘧然周也。不知周之梦为蝴蝶与？蝴蝶之梦为周与？周与蝴蝶则必有分矣。此之谓物化。"这段话非常有名，甚至可以说是脍炙人口。然而，这段话实际上是从相反的方向，论证了"同焉者和'的道理：庄周与蝴蝶有区分，这是"物化"，看到这种区别的人，其实不懂"同焉者和"；庄子自己当然明白这个道理。在庄子看来，庄周与蝴蝶，其实没有区别，庄子真可谓关尹之"同焉者和"理论的知音。

关于"得焉者失"，正如前引《大宗师》所言："且夫得者时也，失者顺也。安时而处顺，哀乐不能入也，此古之所谓县解也；而不能自解者，物有结之。"这句话给我们理解"得焉者失"，提供了切入点。这句话讲"得与失"的辩证法，最终也是讲"生与死"的辩证法。得到了什么，包括得到了生命，都是应时的结果；失去了什么，包括失去了生命，都是顺时的结果。在这个时代得焉，将在另一个时代失焉。这就是"得焉者失"。只有理解了"得焉者失"，才可能摆脱"物有结之"。所谓"物有结之"就是"结之于物"，就是"物于物"，亦即"为物所役"。如果希望"不为物役"，那就敬请遵循关尹的"得焉者失"理论。

把"同与和""得与失"这样两个意象结合起来思考，《德充符》提供了一个特别的论证："自其异者视之，肝胆楚越也；自其同者视之，万物皆一也。夫若然者，且不知耳目之所宜，而游心乎德之和。物视其所一而不见其所丧，视丧其足犹遗土也。"在这句话中，"肝胆楚越"是"同焉者和"的对立面，如果你要说肝与胆之间的差距，那简直就像楚国与越国那样遥远。但是，如果你能从相同的方面去看，那么，肝与胆、楚与越，都是一样的。得与失也是一个自然过程，如果你看到万物都是相同的，那么失掉一只脚，就仿佛丢弃了一块泥土，得失都是一回事，这就是"得焉者失"。

再看"未尝先人，而常随人"。

《老子》第六十七章："天下皆谓我道大，似不肖。夫唯大，故似不肖。若肖，久矣其细也夫！我有三宝，持而保之。一曰慈，二曰俭，三曰不敢为天下先。慈故能勇；俭故能广；不敢为天下先，故能成器长。"这就是《老子》所列举的三大法宝。在这三大法宝中，关尹只取了其中的一件，那就是，"不敢为天下先"。

这样的典型形象，见于《庄子·德充符》中鲁哀公的描述："卫有恶人焉，曰哀骀它。丈夫与之处者，思而不能去也；妇人见之，请于父母曰：'与为人妻，宁为夫子妾'者，数十而未止也。未尝有闻其唱者也，常和人而已矣。无君人之位以济乎人之死，无聚禄以望人之腹，又以恶骇天下，和而不唱，知不出乎四域，且而雌雄合乎前，是必有异乎人者也。寡人召而观之，果以恶骇天下。与寡人处，不至以月数，而寡人有意乎其为人也；不至乎期年，而寡人信之。国无宰，而寡人传国焉。闷然而后应，氾而若辞。寡人丑乎，卒授之国。无几何也，去寡人而行。寡人恤焉若有亡也，若无与乐是国也。是何人者也！"

这个让鲁哀公惊讶不已且不胜敬仰的哀骀它，就是一个"未尝先人，而常随人"的人物。这个人，"未尝有闻其唱者也，常和人而已"。唱是领唱，和是跟随。因此，所谓"和而不唱"，就是"不尝先人，而常随人"。哀骀它其人，就是"不尝先人，而常随人"理论的直观体现、生动体现。

> 老聃曰：知其雄，守其雌，为天下溪；知其白，守其辱，为天下谷。

前面引用的是关尹之言，现在引用老聃之言。

顾实："此盖约举之词。古人引书，每有此例也。《老子》曰：'有名，万物之母。'又曰：'大国者，天下之牝。'此皆守雌之义也。又曰：'大白若辱，盛德若不足'，此守辱之义也。"

老聃的这句话，出自《老子》第二十八章："知其雄，守其雌，为天下谿。为天下谿，常德不离，复归于婴儿。知其白，守其黑，为天下式。为天下式，常德不忒，复归于无极。知其荣，守其辱，为天下谷。为天下谷，常德乃足，复归于朴。朴散则为器，圣人用之，则为官长，故大制不割。"由《天下篇》与《老子》文本的这种对应性，可以在一定程度上提示我们注意，《天下篇》引用的关尹之言，很可能也是以关尹的原著作为依据。

针对《老子》第二十八章，马叙伦的解释是："彼文王弼注云：'雄，先之属；雌，后之属，知为天下之先，必后也。是以圣人后其身而身先也。谿不求物而物自归之，婴儿不用智而合自然之智。'此文郭注云：'物各自守其分，则静默而已。无雄白也。夫雄白者，非尚胜自显者耶？尚胜自显，其非逐知过分以殆其生耶？故古人不随无涯之知，守其分内而已。故其性全。其性全，然后能及天下。能及天下，然后归之如谿谷也。'二家之言，各当于义。今更释之，仍如本文。'雄''雌'，喻强弱也。'白''辱'，喻净染也。'谿'是山凟无所通者，'谷'是泉出通川者。'谿'喻无有能入，'谷'喻无所不出。知强而守弱，以弱为强也；知白而守辱，以染为净也。以弱为强，虽天下之强者无所加，故云为天下谿也；以染为净，虽天下之染者无所损，故云为天下谷也。约释此义，即是'无为无不为'也。"

由于《天下篇》中的这句话直接出于《老子》，因此，关于这句话的解释，就转为关于《老子》第二十八章的解释——这个方面的注疏文献，可以说是汗牛充栋。

　　但是，《天下篇》的摘录，还是有它相对独立的意义，它毕竟还是有所选择。选择就是态度，选择就是立场。在中外学术思想史上，很多摘录都构成了独立的重要文献。譬如，马克思的《摩尔根〈古代社会〉一书摘要》，就属于这种情况。现在，我们来比较一下庄子摘录的"老聃曰"与《老子》第二十八章，可以发现，庄子在《老子》第二十八章的文字中，主要选取了两个关键词：谿与谷。谿是对"知雄守雌"的归纳，谷是对"知白守辱"的归纳。这两种立场，都是老聃所提倡的。那么，这里的谿与谷，分别是什么？按照前引马叙伦的看法，谿是"山渎无所通者"，这是根据《说文》而来的；谷是泉出通川者。这样一比较，似乎谿有"无所通"的意思，似乎谷有"通"的意思。在谿与谷之间，是否有这样的差异？

　　陈鼓应在《老子今注今译》中，把谿解释为"徯"，意思是"徯径"，"为天下谿"乃是"为天下所遵循之蹊径"。朱谦之的《老子校释》认为，"谿"应为"奚"，意思是"古奴仆"，所谓"为天下谿"，"犹今言公仆"。这样一些解释，颇有启发性。相比之下，还是王弼的解释更佳：谿不求物，而物自归之。谿的意思，是指山间的河流。"谷"就是山谷。两者都是山间的低凹之地。楼宇烈校释的王弼注《老子道德经注》称："'谿'与'谷'同义。《尔雅·释水》释李巡曰：'水出于山，入于川曰谿。'宋均曰：'有水曰谿，无水曰谷。''谿'，地势低洼，水自然趋归之，所以说：'谿不求物，而物自归之。'"这个解释，比较清楚地说明了谿与谷的关系。

　　由此，我们可以看到，庄子对《老子》第二十八章的摘录，主要突出了一个意象：往低处走，像水那样。由此可以推测，庄子看《老子》第二十八，主要就是取它这一点。守雌，守辱，都是这个意思，这与前面提到的"濡弱谦下"，也可以彼此吻合。

人皆取先，己独取后。曰：受天下之垢。

　　顾实："皆取后之义也。证之宣十五年《左氏传》曰：'川泽纳污，国君含垢'，此固周人通语。故道家之道，所以为常道也。"

　　马叙伦："佛法'六度'，其曰'羼提'者，此翻'安忍'，谓内心能安忍外所辱境，故亦与'受垢'旨不相殊。《金刚经》云：

'若复有人知一切法无我，得成于忍，盖欲忍行成就者，必了知一切法无我，则一心不动，诸相不生。'上云'人皆取先，己独取后'者，证明'一心不动，诸相不生'；而致之者，在能'安忍外辱'，故此继之云：'受天下之垢。''人皆……'两句，是庄生标老君之旨归。此句乃引老说以明其得入方便也。"

马叙伦以佛家义理解说老聃，实为文化比较，可以为老聃学说提供另外一面镜子。不过，正如顾实所见，这一句主要在于突出老聃的"贵后"论。取先与取后的选择，在《老子》书中多有论列。除了前面引用的第六十七章提到的"不敢为天下先"，还有《老子》第七章："天长地久。天地所以能长且久者，以其不自生，故能长生。是以圣人后其身而身先，外其身而身存。非以其无私邪？故能成其私。"这里的"后其身"一语，"河上公云：'先人而后己者也，天下敬之先以为长。薄己而厚人也，百姓爱之如父母，神明佑之若赤子，故身常存。'"（转引自《老子》，汤章平、王朝华译注，中华书局2014年版）这就是说，"人皆取先，己独取后"乃是一种外王之道。

关于"受天下之垢"，见于《老子》第七十八章："受国之垢，是谓社稷主；受国不祥，是为天下王。"另外，《老子》第八章："上善若水，水善利万物而不争。处众人之所恶，故几于道。"王弼《老子道德经注》称："人恶卑也。"众人所恶之处，亦即卑下之处，亦即"天下之垢"所在之处。因此，受一国之垢，是为社稷主；受天下之垢，是为天下王。

当然，"受天下之垢"主要还是一个隐喻，"垢"让人联想到污垢、耻辱、辱骂，等等。当然，"受天下之垢"的实际所指，主要是说：你名气大，笑骂你的人也多。这就相当于：誉之所至，谤亦随之。地位高，觊觎的人也多，亦即人人都想取而代之。从外王的角度来看，一个人要成就圣王的事业，那么他必须要做好"受天下之垢'的心理准备。

人皆取实，己独取虚。

这里的取实、取虚，与前面的取先、取后，是同一种句式。重心在于"取虚"。倘若理解了"取虚"，那么，作为对立面的"取实"，自然就显现出来了。

那么，何谓"取虚"？虚，就是虚无。《老子》第五章："天地不仁，以万物为刍狗；圣人不仁，以百姓为刍狗。天地之间，其犹橐籥乎？虚而不屈，动而愈出。多言数穷，不如守中。"王弼《老子道德经注》："橐，排橐也。籥，乐籥也。橐籥之中空洞，无情无为，故虚而不得穷屈、动而不可竭尽也。天地之中，荡然任自然，故不可得而穷，犹若橐籥也。"可见，虚，就是空洞，无情无为。

还有《老子》第十六章："致虚极，守静笃。"这里所说的虚极，可谓虚的极致；至于静笃，则是静的极致。王弼《老子道德经注》称："言致虚，物之极笃；守静，物之真正也。"楼宇烈的校释称："疑此节注文当作：'言至虚之极也，守静之真也。''真'，即释经文'笃'义。"这就是说，只有至虚之极、守静之真，才能形成万物并作的局面。

"取虚"的实际指向，可以从两个方面来理解。从内圣的方面来看，是强调内心澄明，用后来的六祖惠能的话来说，就是"本来无一物"。从外王的角度来看，是指不受外物的干扰与诱惑，这就叫取虚。作为其对立面的"取实"，就是物于物或役于物，内心受制于外物。

无藏也故有余。岿然而有余。

高亨："《说文》：'巋，高也。'俗字作岿，岿然高貌，状其积之多也。'"这就是说，"岿然而有余"，是对"有余"的进一步强调。

何为"无藏也故有余"？《老子》第八十一章："圣人不积，既以为人，己愈有，既以与人，己愈多。天之道，利而不害；圣人之道，为而不争。"这是《老子》的最后一章，据王弼《老子道德经注》，"圣人不积"，是指"无私自有，唯善是与，任物而已"。所谓"既以为人，己愈有"，是指"物所尊也"。所谓"既有与人，己愈多"，是指"物所归也"。所谓"天之道，利而不害"，是指"动常生成之也"。所谓"圣人之利，为而不争"，是指"顺天之利，不相伤也"。

按照《老子》第八十一章，"无藏"就是"不积"，不积藏财货的人，才是财货所归的对象，才会积累越来越多的财富。这是《老子》第八十一章的字面意义；它的更加饱满的意义，是舍与得的辩证法。有一个词叫"舍得"，比较符合《老子》第八十一章的含义：只有舍，才能有所得；舍弃越多，所得就越多。

当然，舍的东西是什么，得的东西是什么，是千差万别的。释祖舍弃王位，成了释祖；诸葛亮舍弃马谡，获得了严明执法的效果。其他的各种各样的人舍弃了他们拥有的某一样东西，获得了另外一样东西。

其行身也，徐而不费，无为也而笑巧。人皆求福，己独曲全。曰：苟免于咎。

关于"徐而不费"，《老子》第十五章："孰能浊以静之徐清？孰能安以动之徐生？保此道者，不欲盈。夫唯不盈，故能蔽而新成。"王弼《老子道德经注》称："夫晦以理，物则得明；浊以静，物则得清；安以动，物则得生，此自然之道也。孰能者，言其难也。徐者，详慎也。"

再看《老子》第四十四章："名与身孰亲？身与货孰多？得与亡孰病？甚爱必大费；多藏必厚亡。故知足不辱，知止不殆，可以长久。"王弼《老子道德经注》称："甚爱，不与物通；多藏，不与物散。求之者多，攻之者众，为物所病，故大费、厚亡也。"楼宇烈的校释称："'甚爱，不与物通'，意为私爱名过多，不能与万物沟通一气。'多藏，不与物散'，意为利藏利过多，则不能与万物分享所有。"

结合以上两条资料，"徐而不费"是指：谨慎地遵循自然之道，既不爱名，也不爱利，就不会丧失过多的心智。大费，就是殚精竭虑；厚亡，就是血本无归。

关于"无为而笑巧"，《老子》第六十三章："为无为，事无事，味无味。"王弼《老子道德经注》称："以无为为居，以不言为教，以恬淡为味，治之极也。"针对《老子》第十七章："太上，下知有之"，王弼还写下了这样一条注释："大人在上，居无为之事，行不言之教，万物作焉而不为始，故下知有之而已。"显然，"无为"是外王之道。《老子》第五十七章："天下多忌讳，而民弥贫；人多利器，国家滋昏；人多伎巧，奇物滋起；法令滋彰，盗贼多有。"针对其中的"人多伎巧，奇物滋起"，王弼《老子道德经注》称："民多智慧，则巧伪生；巧伪生，则邪事起。"这样的"伎巧"如果不予制止，"巧伪""邪事"将接踵而至，难怪要为老聃所笑。

关于"人皆求福，己独曲全"，关键在于"曲全"。《老子》第二十二章："曲则全，枉则直，洼则盈，敝则新，少则得，多则惑。是以圣人抱一为天下式。不自见，故明；不自是，故彰；不自伐，故有功；不自矜，故长。夫唯不争，故天下莫能与之争。古之所谓曲则全者，岂虚言哉！诚全而归之。"此章以"曲则全"开头，又以"古之所谓曲则全者"结尾。何谓"曲则全"？王弼《老子道德经注》称："不自见，则其明全也。"所谓"不自见，故明"是指：不自我表现，反而能够显明。

至于"苟免于咎"，看起来应当是老聃的原话，要么原文已佚亡，要么出于《老子》第六十二章："道者万物之奥。善人之宝，不善人之所保。美言可以市，尊行可以加人。人之不善，何弃之有？故立天子，置三公，虽有拱璧以先驷马，不如坐进此道。古之所以贵此道者何？不曰求以得，有罪以免邪？故为天下贵。"把最后这句"有罪以免"化用过来，就是"苟免于咎"。

以深为根，以约为纪。曰：坚则毁矣，锐则挫矣。

关于"以深为根"，《老子》第五十九章："治人事天莫若啬。夫为啬，是谓早服；早服谓之重积德；重积德则无不克；无不克则莫知其极；莫知其极，可以有国；有国之母，可以长久；是谓深根固柢，长生久视之道。"这就是"深根固柢"。

关于"以约为纪"，《老子》第十四章："视之不见名曰夷，听之不闻名曰希，搏之不得名曰微。此三者，不可致诘，故混而为一。其上不皦，其下不昧，绳绳不可名，复归于无物。是谓无状之状、无物之象，是谓惚恍。迎之不见其首，随之不见其后。执古之道，以御今之有。能知古始，是谓道纪。"这里的"道纪"，就是道之纪或道之规律。"以约为纪"之"约"，有一种解释是"俭约"，似不确。根据《老子》第十四章，应为混而为一、恍惚不明的状态。对

于"能知古始，是谓道纪"，王弼《老子道德经注》称："无形无名
者，万物之宗也，虽今古不同，时移俗易，固莫不由乎此以成其治
者也。故可执古之道以御今之事。上古虽远，其道存焉，故虽在今
可以知古始也。"

关于"坚则毁矣"，亦即前面已经引用过的《老子》第七十六
章："人之生也柔弱，其死也坚强。草木之生也柔脆，其死也枯槁。
故坚强者死之徒，柔弱者生之徒。是以兵强则灭，木强则折。强大
处下，柔弱处上。"

最后，关于"锐则挫矣"，《老子》第九章："持而盈之，不如
其已。揣而锐之，不可长保。金玉满堂，莫之能守。富贵而骄，自
遗其咎。功成身退，天之道。"此处的"揣而锐之，不可长保"，亦
即"锐则挫矣"。王弼《老子道德经注》称："既揣末令尖，又锐之
令利，势必摧衄，故不可长保也。"

常宽容于物，不削于人，可谓至极。

谭戒甫："可谓至极四字，兼称尹、聃，并谓二字皆可比方古之
博大真人也。前云'不离于真，谓之至人'。则此真人即至人，为神
圣之第二层，与圣人相近。圣人兼有神明，故上文谓'澹然独与神
明居'也。"

顾实："两于字在通行文法可省，言常宽容万物而不侵削人也。
《中庸》曰：'宽柔以教，不报不道，南方之强也。'老子楚人，固周
末南方思潮中之首领也。盖宽大主义固人类文明之进步，而报复主
义乃初民野蛮之恒风也。"

马叙伦："此即《老子》'贵慈'之旨也。"

简而言之，这句话是说：关尹的学说主张宽容万物，不侵犯、
不削弱、不损害他人，在这个方面，可以说是已经达到极致——似
乎可以比得上《天下篇》开头所说的"至人"。

关尹、老聃乎，古之博大真人哉！

字面意义很清楚：关尹、老聃，早先的博大真人啊！那么，什

么叫"博大真人"？

顾实："博大者，亦即宽大之谓也。《老子》曰：'修之于身，其德乃真。'《让王篇》曰：'道之真，以治身；其绪余，以为国家；其土苴，以治天下。'故所以得真人之名者，为其善治身也。《庄子》书中屡言真人。惟《大宗师篇》曰：'古之真人，其寝不梦，其觉无忧，其食不甘，其息深深。真人之息以踵，众人之息以喉。……古之真人不知说生，不知恶死；其出不䜣，其入不距，翛然而往，翛然而来而已矣。'《田子方篇》仲尼曰：'古之真人，知者不得说，美人不得滥，盗人不得劫，伏羲、黄帝不得友。死生亦大矣，而无变于己；况爵禄乎？若然者，其神经乎大山而无介，入乎渊泉而不濡，处乎卑细而不惫，充满天地。既以与人，己愈有。'此两言真人，合之老子言行，甚符合也。真人即至人，已见前论。然天人、神人、至人皆以修真为归，则是真人者，殆又可谓为一共通之名词也。况谓为真人而又加称之曰博大真人，疑并合大人、真人而称之。《则阳篇》曰：'客大人也，圣人不足以当之'，是大人固在圣人之上。至亦训大也。是大人即至人矣。合而称之，故有可曰至圣者，又可曰博大真人欤。"顾实的这番解释，颇为全面。

真人，可以说是庄子憧憬的人。真人的特质，主要是内圣，首先是内圣。真人的"治身"，其实是"治心"，以造就一个"不知说生，不知恶死"的精神世界。这样的真人，可以作为天人、神人、至人的通名。我们写文章，或者是讨论问题，倘若每次都要列举这三种人，有过于烦琐之嫌。在不需要细分的情况下，统称为真人，倒是比较方便。在品级上，真人应当排在帝王之上，至少不能低于圣人，至于君子、百官、万民，甚至都不能望其项背。正如前引《让王篇》所称："帝王之功，圣人之余事也"；然而，"道之真"，"其土苴，以治天下"。

但是，梁启超的理解似乎略有不同："以上论关尹老聃竟，所论虽极推崇，然于其趋避取巧，似不无微辞。"依梁说，庄子对于关尹、老聃之道术，似乎并不那么认同。

第六章

庄　周

　　在上一节，庄子把"古之博大真人"的称号送给了关尹、老聃。由此看来，关、老二子高于前面讲的彭蒙、田骈、慎到，也高于宋钘、尹文，当然也高于墨翟、禽滑厘。按照这样的格局，比较而言，在前面讲述的四个学派中，关尹、老聃代表了层级相对较高的道术。显然，关、老道术也是庄子最推崇的道术。庄子道术与关、老道术的亲缘性，或许可以解释这种推崇心态的由来。

　　下面，我们来看庄子如何概括他自己的学术思想。请注意，庄子这是把自己写进了学术思想史。写作一个时代的学术思想史，把自己也写进去，庄子是始作俑者。似乎前无古人，后面有无来者？有的。譬如梁启超写《清代学术概论》，就把自己写进去了。梁启超也像庄子写自己一样，是用第三人称写的："对于'今文学派'为猛烈的宣传运动者，则新会梁启超也。"他还这样评价自己的学术："启超夙不喜桐城派古文，幼年为文，学晚汉魏晋，颇尚矜炼，至是自解放，务为平易畅达，时杂以俚语韵语及外国语法，纵笔所至不检束，学者竞效之，号新文体。老辈则痛恨，诋为野狐。然其文条理明晰，笔锋常带情感，对于读者，别有一种魔力焉。"这样的学术史，或者说，学术史上的这样一个环节，既有回忆录的性质，也有学术自述的趣味。

　　那么，作为古今之间的一个对照，作为这种学术史写作的开创者，庄子关于他自己的这一节，在大约二百七十字左右的篇幅中，是如何铺陈的？他为自己画了一幅什么样的思想肖像？

　　芴漠无形，变化无常。

熊十力《读经示要》："按芴漠，冲寂貌；寂然，无形，言本体也。变化常新，不守故常，言本体显为大用也。"

马叙伦："《释文》云：'芴，元嘉本作寂。'疏云：'妙本无形，故寂漠也；迹随物化，故无常也。'"

顾实："芴，忽古字通。漠者，犹言寂寞也。"

芴既可以解为忽，也可以解为寂。相比之下，理解为寂更佳。寂与漠，可以互训。因此，这句话可以读为：寂漠无形，变化无常。

那么，是什么东西"芴漠无形，变化无常"呢？让我们回想《天下篇》中反复出现的"古之道术有在于是者"这一句式，原来，"芴漠无形，变化无常"就是"古之道术"的一种存在形态，更具体地说，是庄子所承载的古之道术，是这种道术"芴漠无形，变化无常"，这是一种什么样的状态呢？

《庄子·大宗师》："夫道有情有信，无为无形；可传而不可受，可得而不可见；自本自根，未有天地，自古以固存；神鬼神帝，生天生地；在太极之先而不为高，在六极之下而不为深，先天地生而不为久，长于上古而不为老。狶韦氏得之，以挈天地；伏戏氏得之，以袭气母；维斗得之，终古不忒；日月得之，终古不息；勘坏得之，以袭昆仑；冯夷得之，以游大川；肩吾得之，以处大山；黄帝得之，以登云天；颛顼得之，以处玄宫；禺强得之，立乎北极；西王母得之，坐乎少广，莫知其始，莫知其终；彭祖得之，上及有虞，下及五伯；傅说得之，以相武丁，奄有天下，乘东维，骑箕尾，而比于列星。"

这段话，讲道的本质，讲道的历史，讲道的表象，可以作为针对"芴漠无形，变化无常"的一个比较完整、比较正式的解释。

道是一种真实的存在。但是，道又是一种无形、无象的存在。你看不见它，你抓不住它，但又可以体认，可以领悟。这段文字，讲了很多历史典故或历史传说，从遥远的狶韦氏一直到相对晚近的傅悦，他们都获得了道，道在他们身上都有所体现。他们循道而行，完成了各种各样的胜业，由此可以说明，道确实是变化的、无形的。其他人暂且不论，只看傅说其人，哪怕在他死了之后，他的神明也是飘浮在星际之间，以永恒的方式显示着道的存在。

死与生与，天地并与，神明往与。芒乎何之，忽乎何适。

这两句，有一些学者全部用问号来分隔，全部读成疑问句，这当然也是一种读法，而且可能更生动一些，更符合庄子的叙事风格。但是，用逗号与句号来分隔，也是可以的，似乎更加中规中矩。

熊十力《读经示要》："'死与？死与？'按凡人有生有死，其生也，何自而生叹？其死也，奚为而死叹？'天地并与'，按言其死生，将吾孑然而独生软？抑天地与我并生，而吾非独软？'神明往软？芒乎何之？忽乎何适？'按言其死，岂人之神明冥然长往软？若长往也，则芒乎何所之？忽乎何所适？"按照熊说，"天地并软"与生相对应，人与天地并生。人之死，则神明将远离，它将去往何方？

高亨："此当作一句读。死生与天地相并，与神明同游，亦所谓超人也。"

马叙伦："吕惠卿曰：'以为死与，则未尝有生；以为生与，则未尝有死；以为天地并与，未尝有古今；以为神明往与，未尝有彼是。然则芒芴无为，寂然不动而已。'案：吕说亦善。"

马叙伦引用的吕说，主要是加字解经。依吕惠卿之意，这句话是说：你以为你死了？其实你还没有出生呢；你以为你还活着？其实根本就没有死亡这回事。道与天地从来就是一体的，无始无终；道与神明一起运行，从来就没有区别。道寂然无为，道寂然不动。"芒乎"与"忽乎"都是寂然、恍惚、空虚的样子，当然可以理解为无形无象的样子。"何之"是指"做什么"，"何适"是指"去哪里"。如果把"芒乎何之，忽乎何适"读为疑问句，那就是：空虚寂然的道啊，你要做什么？你要去哪里？

《庄子·大宗师》："彼方且与造物者为人，而游乎天地之一气。彼以生为附赘县疣，以死为决疣溃痈。夫若然者，又恶知死生先后之所在！假于异物，托于同体；忘其肝胆，遗其耳目；反复终始，不知端倪；芒然彷徨乎尘垢之外，逍遥乎无为之业。"这段话，是对这种得道者的形象化说明。他们抹去了生与死的界限。生死循环，根本不必理出头绪。他们寄生于尘世之外，逍遥于无为之间。

万物毕罗，莫足以归。

梁启超："前文以百家众技比诸耳目鼻口不能相通，其论自己亦侪诸耳目鼻口之一，不自翘异，是批评家绝好态度。"换言之，这是庄子自谦之辞。

高亨："万物虽多，不知谁是谁非，故无所归。"简而言之，可以理解为：庄子之道术，包罗万象，不知所归。

马叙伦："疏云：'包罗万物，囊括宇内，未尝离道，何处归根。'"

熊十力《读经示要》："'万物毕罗'，按且非独吾人死生不可解而已，其环吾一身之外者，万物森然毕罗。孰主张是，孰纲维是？'莫足以归'，按夫计有身，即迷于死生，而不得所归宿。计有万物与吾身相峙立，则拘于有限之域，而亦不得所归宿。故云莫足以归也。其唯至人，证如芴漠无形，变化无常。是故体真而履大变，无身见之存也。身见遣，即不见有小己之生，亦无所谓死，是名外死生。既外死生，而除小己之执，既不见有万物之与己对峙。是故游于无待，而全其芴漠无形，变化无常之真也。"根据熊说，"万物毕罗，莫足以归"，所描述的乃是"小己"的处境。

《庄子·知北游》有言："人生天地之间，若白驹之过隙，忽然而已。注然勃然，莫不出焉；油然寥然，莫不入焉。已化而生，又化而死。生物哀之，人类悲之。解其天韬，堕其天帙。纷乎宛乎，魂魄将往，乃身从之，乃大归乎！"在顾实看来，这段话可以说明，"人死于无形，不归于有形。故曰：'万物毕罗，莫足以归'也"。

以上诸说皆是。在《天下篇》中，庄子对自己学术思想的概括是：其道术包罗万象，不知归往处何？这样的表达，未必可以视为庄子的自谦，或许可以视为庄子的自我追问。事实上，这样的问题在《知北游》篇中已经可以找到答案："魂魄将往，乃身从之，乃大归乎。"所谓"大归"，就是精神与形体一同归向的虚无之所。《红楼梦》创造了一个世界，叫做"太虚幻境"，也是一个虚无之所，那就是万物所归之处。《红楼梦》第一百二十回："宝玉未及回言，只见舡头上来了两人，一僧一道，夹住宝玉说道：'俗缘已毕，还不快走。'说着，三个人飘然登岸而去。贾政不顾地滑，疾忙来赶。见那三人在前，那里赶得上。只听得他们三人口中不知是那个作歌曰：'我所居兮，青埂之峰。我所游兮，鸿蒙太空。谁与我游兮，吾谁与从。渺渺茫茫兮，归彼大荒。'"在远去的三个人中，有一僧、一道、一贾（宝玉），作歌者想必是那一道。因为，此歌写出了庄子之意。"归彼大荒"正是《知北游》篇所说的"大归"之处：经过渺渺茫茫的鸿蒙太空之后的大荒。

　　万物最终归向何处？这是庄子提出的一个极其深刻的哲学命题。庄子提供了一些富有诗意的回答。当下的人文学科，应当对此做出怎样的回答？

古之道术有在于是者，庄周闻其风而悦之。

　　经过前面的铺垫之后，庄子的名字正式出现了。这种道术，只有庄子一人"闻其风而悦之"。这就是说，庄子是独一无二的。上文列举的几种道术，都是两人或三人共同承载。无论是两人还是三人，总归是"一伙人"，总归是"他们这些人"。然而，承载当下正在讨论的这种道术的，却不是"一伙人"，而是庄子"一个人"。这就是说，庄子是独行者，他跟任何人都不一样。他跟谁都不绑在一起，无论跟谁绑在一起，他都不屑。他不合群，他没有团队意识，他自成一派。虽然后世概括的道家包括老、庄、列，还有"稷下道家"之类，但是，庄子显然不能认同这样的分类。在他的眼里，宋钘、尹文是一派；彭蒙、田骈、慎到是一派，关尹、老聃是一派，庄子自成一派。那么，这个庄子，他是谁呢？这是一个什么样的人呢？正如啮缺的老师被衣所作的歌词所问："彼何人哉？"

　　这又是一个聚讼纷纭的问题，也是一个被无数学者讨论过无数回的问题。《史记·老庄申韩列传》中关于庄子的记载，已经在前文中加以征引。但是，进一步讨论的空间仍然很大。很多学者都有专门的考证。如果逐一引证，怕是没完没了。其中，马叙伦著有《庄子年表》（载马叙伦《〈庄子·天下篇〉述义》），认为庄子生于周烈王七年，卒于周赧王二十年，大致在公元前 369 至公元前 295 年之间。

　　高亨为庄子撰写了一则小传（载高亨《〈庄子·天下篇〉笺证》），别有剪裁，且注明了出处，可以征引在此："庄子姓庄名周

（《庄子·齐物论》《山木》《外物》《说剑》《天下》《史记·庄子传》），宋之蒙人（《史记·庄子传》，又《索引》引刘向《别录》），尝为蒙漆园吏（《史记·庄子传》），与梁惠王、齐宣王同时（《史记·庄子传》），楚威王聘以为相，不就（《庄子·秋水》《列御寇》，《史记·庄子传》），家贫（《庄子·山木》《外物》），曾往贷粟于河监侯（《庄子·外物》），教授弟子（《庄子·山木》《列御寇》，《意林》引桓谭《新论》），与惠施为友（《庄子·逍遥游》《德充符》《秋水》《至乐》《徐无鬼》《外物》《寓言》，《御览》四六六、五一八引《庄子》佚文），盖犹及见公孙龙云（《庄子·秋水》《天下》，《类聚》六六引《庄子》佚文）。"

这可以说是一篇极精简的庄子传，大致勾画了"庄子的历史世界"。虽然，其中还有很多信息需要进一步填补。譬如，庄子的成学经历是什么？是哪些因素的交叉作用促成了这样一个让人"惊为天人"之人？一个贫穷的漆园吏是如何养成其旷世才华的？楚威王聘庄子为相的背景是什么？诸如此类的疑问，虽然吸引了无数人的注意力，但讨论的空间依然很大。

以谬悠之说，荒唐之言，无端崖之辞，时恣纵而不傥，不奇见之也。

从本句开始，分述庄子的学术思想。

高亨："谬悠，妄谬也。"亦即与事实不相符。"荒唐，夸大也。""时恣继而不谠谓时放纵其辞而不直言也。"

顾实："谬悠、荒唐，皆叠韵连语，连语与单语，其义一也……庄子以子桑户、琴张等狂者所为谬悠之说，荒唐之言，无端涯之辞，时恣纵而有远识，不以奇怪诡异视之也。盖认以为死生变化者，天地间之恒事，固无足怪也。此《庄子》解决生死大端所取之方法也。"

依据高、顾之见，这句话是说：庄周以荒谬的说辞，夸张的言辞，漫无边际的话语，时常任意发挥却不直言，虽然如此，却不可当作奇谈怪论。当然，"不奇见之也"一语，还有别的解释。

高亨："虽言不谠，然非有意见奇。"意思是：不是故意别出心裁或标新立异。

马叙伦说："非可一端求。"意思是：不可从某一个方面来理解。

顾实提到的子桑户等人之言，见于《大宗师》："子桑户、孟子反、子琴张三人相与友曰：'孰能相与于无相与，相为于无相为；孰能登天游雾，挑挑无极，相忘以生，无所穷终！'三人相视而笑，莫逆于心，遂相与友。莫然有间，而子桑户死，未葬。孔子闻之，使子贡往侍事焉。或编曲，或鼓琴，相和而歌曰：'嗟来桑户乎！嗟来桑户乎！而已反其真，而我犹为人猗！'子贡趋而进曰：'敢问临尸而歌，礼乎？'二人相视而笑曰：'是恶知礼意！'子贡反，以告孔子曰：'彼何人者邪？修行无有而外其形骸，临尸而歌，颜色不变，无以命之。彼何人者邪？'孔子曰：'彼游方之外者也，而丘游方之内者也。外内不相及，而丘使女往吊之，丘则陋矣！……鱼相造乎水，人相造乎道。相造乎水者，穿池而养给；相造乎道者，无事而生定。故曰：鱼相忘乎江湖，人相忘乎道术。'"

孔子之言，就是在为子桑户、孟子反、子琴张这样一些人的"谬悠之说，荒唐之言，无端涯之辞"所做的正当化论证。他们三人所说的话，在子贡看来，乃是典型的"谬悠之说，荒唐之言，无端涯之辞"，但是，庄子借孔子之口，却为他们的不着边际的话提供了正面的阐释：他们的话乃是"游方之外者"的话，乃是道的折射。所谓"不傥"之言，就是不直白之言，是以曲折、隐晦的方式，表达了道的真理。相比之下，孔子，特别是子贡，则是"游方之内者"。

以天下为沈浊，不可与庄语。

这是一句名言。沈浊，指沉浊、污浊、浑浊。天下之人，执迷不悟，浑浑噩噩，怎么可能跟他们正正经经地讲道理？

马叙伦："注云：'累于形名，以庄语为狂而不信，故不信也。'"

顾实："屈原《卜居》曰：'世人皆浊我独清。'屈、庄皆南方思想之代表。故其人生观相接近欤？庄语者，犹正言也。"

顾说把屈原与庄子相提并论，很有道理。原来，"沈浊"一词，还可见于屈原的《远游》："远悲时俗之迫阨兮，愿轻举而远游。质菲薄而无因兮，焉托乘而上浮。遭沈浊而污秽兮，独郁结其谁语！"

据林家骊的解释："沉浊：污浊，多喻指风俗败坏的时代。"因此，《远游》中这三联诗的意思是："悲伤时俗使人困厄啊，真想飞升登仙去远处周游。禀性鄙陋又没机缘啊，怎能攀附仙车上天周游？生逢浑浊尘世充满污秽啊，心中郁闷向谁倾诉？"（林家骊译注：《楚辞》，中华书局2010年版，第168页。）

在先秦时期，沈浊或沉浊一词，庄子与屈原都用过，他们都是南方人，他们都可以称为楚地人，他们都"以天下为沈浊"，这是他们的共性。他们的差异在于：屈原认为，"可与庄语"，因而写下了《离骚》《九歌》《天问》《九章》《远游》等众多的"庄语"；庄子认为，"不可与庄语"，因而写下的《庄子》。其实，两人在精神深处是相通的。

以卮言为曼衍，以重言为真，以寓言为广。

顾实："《寓言篇释文》曰：'卮，音支，《字略》云，卮，圆酒器也。王云，夫卮器，满即倾，空则仰，随物而变，非执一守故者也。施之于言则随人从变，己无常主也。司马云，谓支离无首尾也。'如王说，则卮假为觯器之觯。如司马说，则卮假为支，司马说为长。章炳麟曰：'卮言者，犹圆言也。'是依《字略》为说也，然非也。计子固言支离，未尝言圆也。《人间世篇》曰：'夫支离其形者，犹足以养身，终其天年。又况支离其德者乎。'则是卮言者，训为支离之言，正所以穷年也。卮、支通用，古人之文，往往在同一书中，其义同而用字不必同也。《齐物论篇》曰：'和之支天倪，因之以曼衍，所以穷年也。'《释文》曰：'曼衍，司马云，无极也。'《秋水篇》曰：'以道观之，何贵何贱，是谓反衍。'《释文》曰：'反衍，亦即畔衍，李云，犹漫衍合为一家。'盖漫衍，反衍，畔衍，同一叠韵连语，正与俗语曰'蔓延'不异也。以支离之言为蔓延无穷，其义甚明也。若云以圆言为蔓延，则不辞矣。重言者，借重于耆旧故老之言。故《庄子》书中往往有真历史存在也。寓言者，寄托之言也。"

再看高亨对庄子立言体例的解释："《庄子·寓言篇》：'寓言十九。重言十七。卮言日出，和以天倪。'寓者，寄也。寓言者，以我之言寄托之古人或他人也。如此则信之者多，故此云以寓言为广。重者，再也，重言者，古人或他人之言我再述之也。述古人或他人之言，乃是实言，故此云以重言为真。卮言者，圜转无定之言也。《寓言篇释文》引《字略》云：'卮，圆酒器也。'《说文》：'卮，圜器也。'盖卮之为器，底圆，可以左右倾侧，前后俯仰，即《荀子·宥坐篇》所谓宥坐之器，其理如今之不倒翁耳。漫读为漫，漫衍，水流无定之貌。自以谬悠之说至此，皆述庄子立言体例。"

顾说，高说，还有章炳麟的解释，以及其他人的解释，都各有旨趣。关于"卮言"，到底是支离之言？还是"圆言"？还是无定之言？关于"重言"，到底是借重（zhòng）之重言？还是重（chóng）复的重言？重（zhòng）言是借重耆旧故老的言论，是重要之言；重（chóng）言是重复、转述古人或他人之言，是重述之言？关于"寓言"，是"寄托之言"？还是"以我之言寄托之古人或他人"之言？

事实上，《寓言》篇对此已有比较权威的解释："寓言十九，重言十七，卮言日出，和以天倪。寓言十九，藉外论之。亲父不为其子媒。亲父誉之，不若非其父者也。非吾罪也，人之罪也。与己同则应，不与己同则反。同于己为是之，异于己为非之。重言十七，所以己言也。是为耆艾，年先矣，而无经纬本末以期来者，是非先也。人而无以先人，无人道也。人而无人道，是之谓陈人。卮言日出，和以天倪，因以曼衍，所以穷年。"

根据《寓言》篇，卮言、重言、寓言是庄子选择的三种语言风格。在庄子写成的文献中，九成的文字都是寓言，七成的文字都是重言，卮言天天都有。其中，寓言是"藉外论之"，亦即借他人的话来论述。重言是"耆艾"之言。六十为耆，五十为艾。重言是为重复耆艾之言。卮言旨在应和自然变化的规律，因而变化不定，因而可以经年累月，天天使用这样的语言。

结合《寓言》篇，参照诸说，这句话的大意应当是：以看似不着边际的话来演绎大道，通过重复前贤的话让人对大道信以为真，借助于他人的话让大道广泛地为人所知。

独与天地精神往来，而不敖倪于万物。

这句话，语言虽平实，意境实高远，对后世产生了极其广泛的牵引力。

熊十力："按天地精神，犹云宇宙之大心，即谓本体。往来者，形容词。言其通一而无二也"，"万物本吾一体，譬若百骸之在一身，何相骄之有。"

关于"敖倪"一词，顾实说："敖倪与敖睨同，骄矜也。《文选》郭璞《江赋》曰：'冰夷倚浪以傲睨'是也。于字在通行文法可省，言虽至贵而不轻视万物也。"

马叙伦："诸说并望文曲解"，都不妥，"'不敖倪于万物'，即不毁于万物也"。

梁启超："敖倪即傲睨，虽游心天地而亦不鄙夷世俗也。"

针对"敖倪"，梁解为鄙夷，顾解为轻视，马解为毁损。似以梁、顾之说为优。

也许我们可以把"独与天地精神往来"看作是庄子道术的灵魂。《庄子·天道》称："夫天地至神矣"，这就是说，天地具有至高的地位。《知北游》称："夫昭昭生于冥冥，有伦生于无形，精神生于道，形本生于精，而万物以形相生。"把这两种说法结合起来，那么，天地精神乃生于道。简而言之，独与天地精神往来，就是独与道往来。

在这句话中，"独"字不可轻易略过。《在宥》称："出入六合，游乎九州，独往独来，是谓独有。独有之人，是之谓至贵。"依此，独往来之人，乃是至贵之人。《列子·力命》："亦不以众人之观易其情貌，亦不谓众人之不观不易其情貌。独往独来，独出独入，孰能碍之？"《淮南子·精神训》："若此人者，抱素守精，蝉蜕蛇解，游于太清，轻举独往，忽然入冥。"

此外，屈原的《渔父》记载了一个场景，一段对话："屈原既放，游于江潭，行吟泽畔，颜色憔悴，形容枯槁。渔父见而问之曰：'子非三闾大夫与？何故至于斯？'屈原曰：'举世皆浊我独清，众人皆醉我独醒，是以见放。'渔父曰：'圣人不凝滞于物，而能与世推移。世人皆浊，何不淈其泥而扬其波？众人皆醉，何不哺其糟而歠其醨？何故深思高举，自令放为？'屈原曰：'吾闻之：新沐者必弹冠，新浴者必振衣。安能以身之察察，受物之汶汶者乎？宁赴湘流，葬于江鱼之腹中。安能以皓皓之白，而蒙世俗之尘埃乎？'渔父莞尔而笑，鼓枻而去。乃歌曰：'沧浪之水清兮，可以濯吾缨；沧浪之水浊兮，可以濯吾足。'遂去，不复与言。"

这段对话广为人知。其中的"独清"或"独醒"是"独"，"遂去"是"往"，而且是"往而不复"，合起来，正是"独往"，而且是不再回来的"独往"。也许正是有鉴于屈原的"独往"之意，《文心雕龙·辨骚》称："《渔父》寄独往之才。故能气往轹古，辞来切今，惊采绝艳，难与并能矣。"

以"独往之才"论屈原，或许并没有说到屈原的心坎上。这还不是一个"才"的问题。很多有"才"的才子，精神境界并不高。这样的人多了去了。譬如，张爱玲欣赏的胡兰成，真是有才，试看他在《山河岁月》中写五四运动期间的杭州："刘朝阳来杭州住在一家小旅馆，房里只有板壁、床与桌椅。板壁上日光一点，静得像贴上金色。床上被枕，因为简单，因为年轻，早晨醒来自己闻闻有一股清香。桌上放着一部古版《庄子》，一堆新上市的枇杷。"这样的文字，何其有才！但也仅仅是有才而已。因而，即使是"独往之才"，也不足以描绘屈原的精神高度。事实上，屈原的"独往"乃是一种精神。这种精神与庄子的"独与天地精神往来"，有异曲同工之妙。

不谴是非，以与世俗处。

梁启超："庄子以为真理是相对的，非绝对的，故不谴是非。"

顾实："《说文》曰：'谴，责问也。'是不谴是非者，犹言不责问是非也。《齐物论篇》：'道隐于小成，言隐于荣华，故有儒墨之是非，以是其所非，而非其所是。'盖至人无己，故可乎可，不可乎不可；然乎然，不然乎不然；而不问是非。此道家之处世哲学也。"

高亨："《说文》：'谴，谪问也。'《庄子·齐物论篇》：'是亦彼也。彼亦是也。彼亦一是非，此亦一是非。果且有彼是乎哉，果且无彼是乎哉，彼是莫得其偶，谓之道枢。'又曰：'古之人其知有所至矣，恶乎至？有以为未始有物者，至矣，尽矣，不可以加矣；其次以为有物矣，而未始有封也；其次以为有封焉，而未始有是非也。是非之彰也，道之所以亏也。'此庄子不谴是非之大旨。"

看来，"不谴是非"，就是不问是非，不分是非。"以与世俗处"，以这样的方式，来与世俗相处。

在前面引自《齐物论》的文字中，庄子把人的认知水平分成三个层次：第一个层次，认为世间一无所有，空空如也。这是最高的层次，高到无以复加。第二个层次，认为世间有物，但没有界限，不必区分你的与我的，甚至没有"你的""我的"这样的意识。用现代术语来说，就是没有"物权"或"所有权"的观念。第三个层次，认为事物有界限，但没有是非，无所谓是，无所谓非。这个东西应当属于谁呢？属于谁都可以，没有是非，没有对错，没有罪与非罪，这些概念都没有。在庄子看来，在人的认知水平上，争是非属于最低一个层次。只要开始争论是非，就是背"道"而驰，越是争是非，越是远离道。等到在是非问题上得出了结论，那就彻底背离了道。

如顾实所见，在《齐物论》篇中，还提出了这样的问题：大道是怎么隐藏的，进而导致了真伪的争论？至言是怎么隐藏的，进而导致了是非的争论？原来，都是那些有一孔之见的人，他们说一些浮夸不实之词，儒家人物、墨家人物，就是这样的人；儒家学说、墨家学说，就是这样的词。他们相互争论，说自己是，说对方非，彼此争论不休，他们的浮词滥调，把大道完全遮蔽了。

以上所解，是否确当？

熊十力："郭象注《齐物篇》有曰：'将明无是无非，莫若反复相喻。反复相喻，则彼之与我，既同于自是，又均于相非。均于相非，则天下无是。同于自是，则天下无非。何以明其然耶？是若果是，则天下不得复有非之者也。非若果非，亦不得复有是之者也。今是非无主，纷然殽乱。明此区区者，各信其偏见，而同于一致耳。'子玄此释，颇得庄旨。然不善会者，将谓庄子直不主张真是真非，则其害不小。寻庄言无是无非者，其所谓是非，自有义界，盖就俗情所持之偏见而言。彼此均以其偏见，而各自是，亦各相非。就各相非言，则彼此同于非也。就各自是言，则彼此同于是也。彼引各信其偏见，同于一致，竟无是非之足道。故云无是无非。唯其如此，故不谴是非。谓此等是非，不是谴责也。然不谴之云，正是深谴之。如老言绝学无忧，乃忧之至耳。从来注家，莫识此意。真乃痴人前不得说梦也。然必知庄子所明无是无非，只就俗情偏见之是非言。则不妄疑庄子为主张无真是真非也。使庄子不承认有真是非，则其著书谈理道，果何为耶？果无真是非，尚有理道可谈耶？夫唯离俗情偏见之域，而后有真是非可论耳。"还有，"王先谦《集解》：'不责人之是非，以与世俗混处。'此真市井鄙贱之情，而可以是测圣哲哉？夫世俗是非殽乱，正是迷惑相，智者明见世俗迷惑，易起厌离。佛家小乘是也。今庄生谴俗之惑，而与世俗处。岂以出世为道者所可及哉？"

依据熊说，"不谴是非，以与世俗处"，虽然字面含义可以解释为：不问是非，以这样的态度与世俗相处。但是，庄子的更深一层的意图，还是在于谴责这样的现象。庄子作为一代圣哲，作为顶尖级圣哲，不可能不寻求是非，不可能不寻求真是、真非，不可能与世俗相妥协。因此，"不谴是非，以与世俗处"不能仅仅从字面上来理解，还要看到这句话蕴含的微言大义，要透过这句话，看到庄子对世俗的是非观念及处世方法的批判。熊的这个见解，是否可从？

从熊的立场、逻辑来看，他的解释当然有其依据。应当看到，熊是现代新儒家的主要奠基人，现代新儒家的一个核心旨趣就是担当，依张横渠的话来说，就是要"为天地立心，为生民立命，为往圣继绝学，为万世开太平"，就是要充当"立法者"，就是要正面建构文明秩序的基本原理，因而，著书的目的，就是要界定关键的大是大非。因而，他所理解的庄子，也应当是这样的圣哲。但是，庄子是熊子式的圣哲么？庄子是熊子期待的圣哲么？庄子有"澄清天下"的意愿么？

对于这样的追问，我们可以从两个不同的角度加以思考。一方面，庄子确有熊子所说的"谴俗之惑"这一面。庄子有没有自己的是非界限？回答当然是肯定的。庄子拒绝楚威王的卿相高位、千金重利，就表达了他的是非原则与价值准则，他对世俗世界的态度，已经可以体现出他对世俗世界的批判意识。正是通过批判现实世界，寄寓了他对一个理想世界的期待，从这个角度来看，熊的解释有其合理的一面。但是，另一方面，庄子确有"齐生死"这样的观念，生死都没有区别，是非还有必要分辨吗？庄子以寓言、重言、卮言的方式，来表达他的立场与观点。我们不妨也以寓言、重言、卮言的方式来看待他的论述。这句"不遣是非，以与世俗处"，未尝不可以作如是观。

其书虽瑰玮而连犿，无伤也；其辞虽参差而諔诡，可观。

这是讲庄子之书与庄子之辞。

谭戒甫："吊诡諔诡，皆即拘缴诡变之义耳。此盖谓庄子书虽奇特，而委曲无害于道，辞虽参差不齐；而诡异可观览也。"

顾实："成玄英曰：'瑰玮，宏壮也，'是也。"

高亨："《释文》：'瑰玮，奇特也。连犿，李云：宛转貌。'成疏：'諔诡犹滑稽也。'"

马叙伦："'连犿'，即《在宥》之'脔卷'，《秋水》之'天蹇'。"

根据谭、顾、高、马之说，这句话的大意是：他的书，虽然奇特而宛转，但却无害于道；他的辞虽然多变而怪异，但却值得一读。

进一步看，关于"諔诡"一词，《齐物论》还有专门的解释："丽之姬，艾封人之子也。晋国之始得之也，涕泣沾襟。及其至于王所，与王同筐床，食刍豢，而后悔其泣也。予恶乎知夫死者不悔其始之蕲生乎？梦饮酒者，旦而哭泣；梦哭泣者，旦而田猎。方其梦也，不知其梦。梦之中又占其梦焉，觉而后知其梦。且有大觉而后知此其大梦也，而愚者自以为觉，窃窃然知之。君乎！牧乎！固哉！丘也与女皆梦也，予谓女梦亦梦也。是其言也，其名为吊诡。"这段话讲的道理，就叫"吊诡"，亦是"諔诡"。"吊诡"一词，在现代汉语也是鲜活的，以之表达某种怪异、奇特的现象或逻辑。

关于"连犿"，《在宥》篇的解释是："说明邪，是淫于色也；说聪邪，是淫于声也；说仁邪，是乱于德也；说义邪，是悖于理也；说礼邪，是相于技也；说乐邪，是相于淫也；说圣邪，是相于艺也；

说知邪，是相于疵也。天下将安其性命之情，之八者，存可也，亡可也。天下将不安其性命之情，之八者，乃始脔卷狌囊而乱天下也。"这里的"脔卷"，就是弯曲、卷曲的样子，就是绕来绕去的意思。用以说明庄子其书的特点，基本上是吻合的。

彼其充实，不可以已。

在字面上，这句话比较容易理解。

马叙伦："注云：'多所有也。'疏云：'已，止也。彼所著书，辞清理远，括囊无实，富赡无穷，故不止极也。'案：二说是也。"

高亨："此言庄子充实于中，故下笔不能自休也。"

顾实说："《孟子》曰：'充实而有光辉之谓大。'则是充实于中，而不能已于言也。"

这句话的关键在于"充实"一词。查《孟子·尽心下》："浩生不害问曰：'乐正子，何人也？'孟子曰：'善人也，信人也。''何谓善？何谓信？'曰：'可欲之谓善，有诸己之谓信。充实之谓美，充实而有光辉之谓大，大而化之之谓圣，圣而不可知之之谓神。乐正子，二之中，四之下也。'"

根据孟子之意，这里的"充实"还不能孤立地理解。孟子在此列举了好几个要素与层次。一是善，善的意思是让人喜欢。二是信，信的意思是能够回到自己的本性。三是美，美的意思是充实。四是大，大的意思是既美、又有光辉。五是圣，圣的意思是能够把美与光辉融会贯通。六是神，神的意思是把圣提升至高深莫测的地步。在这个体系中，乐正子占了两条，他是善人与信人。但他居于美、大、圣、神四个层次之下。他尚未达到美人、大人、圣人、神人的标准。按照孟子建构的这个体系，"充实"仅仅是居于"美"的层次，尚未达到大、圣、神的层次。

如果孟子理解的"充实"就是庄子在此所说的"充实"，那么，我们在此可以读出一种谦抑的态度：庄子并不是因为其"大""圣""神"，而是因为充实（"美"），所以下笔不能自休，洋洋洒洒地写下了那么的文字。如果真是达到了"大""圣""神"的层次，也许就不会写下这么多的文字了。在这里，吊诡（或曰諔诡）的是，一个伟大的、高洁的"神人"或"圣人"，是否需要用文字来表达其心智呢？如果他不屑于通过文字或语言来表达，世人怎么知道他是"神人"或"圣人"呢？

但是，庄子理解的"充实"，与孟子理解的"充实"，可能并不是一回事。让我们接着往下看。

上与造物者游，而下与外死生、无终始者为友。

这是对庄子的精神世界的描绘。

谭戒甫："此谓庄子所积既多，不可以上所言者而止，盖尤有其至者焉。所谓造物者，外死生无终结者，皆指道言；所谓上与游下与友，设意亦同；特换其辞以资形容耳。"

高亨："造物者，天地也。"

顾实："外生死无始终者，即得道之人也。"

熊十力："造物者，谓宇宙本体，非神帝也。游者，形容词。言其超脱小己，而直与宇宙本体为一也，即人即天也。而下与外死生无终始者为友。外死生无终始者，即所谓至人。至人者，即与造物者游者也。即能超脱小己，而复其本体者也。与至人为友，以其本与吾同体故也。拘形，便分尔我。证体，则无自他之间，故曰为友。友者，一体相亲义。"据此，庄子上与天地为一，下与得道者一体。

到底何为"外生死"？《大宗师》："南伯子葵问乎女偊曰：'子之年长矣，而色若孺子，何也？'曰：'吾闻道矣。'南伯子葵曰：'道可得学邪？'曰：'恶！恶可！子非其人也。夫卜梁倚有圣人之才而无圣人之道，我有圣人之道而无圣人之才。吾欲以教之，庶几其果为圣人乎！不然，以圣人之道，告圣人之才，亦易矣。吾犹守而告之，参日而后能外天下；已外天下矣，吾又守之，七日而后能外物；已外物矣，吾又守之，九日而后能外生；已外生矣，而后能朝彻；朝彻，而后能见独；见独，而后能无古今；无古今，而后能入于不死不生。'"

这段话就是对"外生死"的解释。大体上说，走向"外生死"这样一个境界，要经过好几个阶段：经过三天的培训，可以"外天下"；经过七天的培训，可以"外物"；经过九天的培训，才可以

"外生"。在此基础上，再经过"朝彻""见独""无古今"三个环节，最后才可以抵达"不死不生"。这就是"外生死"。简而言之，"外生死"就是"忘记生死"，把生死早已置之度外。

到底何为"无始终"，在《山木》篇，孔子给颜回讲了一番关于"无始终"的道理："无始而非卒也，人与天一也。"颜回问："何谓无始而非卒？"孔子告诉他："化其万物而不知其禅之者，焉知其所终？焉知其所始？正而待之而已耳。"颜回还是不太懂这个道理：所有的开始都意味着终结，这是什么意思？孔子的回答是：万物持续不断地变化，但是不知道是谁取代了谁。因此，怎么能够知道一个事物的终点在哪里，一个事物的起点又在哪里？一切顺其自然吧。

当然，孔子与颜回的对话仅仅是寓言或重言。庄子把"无始终者"作为朋友，这样的"无始终者"肯定不是孔子、颜回，相对于孔子、颜回，庄子其生也晚，他还没有赶上。那么，庄子的朋友，这些"无始终者"，他们是谁呢？

试看《大宗师》篇中讲的四个人："子祀、子舆、子犁、子来四人相与语曰：'孰能以无为首，以生为脊，以死为尻，孰知死生存亡之一体者，吾与之友矣。'四人相视而笑，莫逆于心，遂相与为友。俄而子舆有病，子祀往问之。曰：'伟哉！夫造物者，将以予为此拘拘也！'曲偻发背，上有五管，颐隐于齐，肩高于顶，句赘指天，阴阳之气有沴，其心闲而无事，胼𨇮而鉴于井，曰：'嗟乎！夫造物者又将以予为此拘拘也！'子祀曰：'女恶之乎？'曰：'亡。予何恶！浸假而化予之左臂以为鸡，予因以求时夜；浸假而化予之右臂以为弹，予因以求鸮炙；浸假而化予之尻以为轮，以神为马，予因以乘之，岂更驾哉！且夫得者时也；失者顺也。安时而处顺，哀乐不能入也，此古之所谓县解也；而不能自解者，物有结之。且夫物不胜天久矣，吾又何恶焉！'俄而子来有病，喘喘然将死，其妻子环而泣。子犁往问之，曰：'叱！避！无怛化！'倚其户与之语，曰：'伟哉造化！又将奚以汝为？将奚以汝适？以汝为鼠肝乎？以汝为虫臂乎？'子来曰：'父母于子，东西南北，唯命之从。阴阳于人，不翅于父母。彼近吾死而我不听，我则悍矣，彼何罪焉？夫大块以载我以形，劳我以生，佚我以老，息我以死。故善吾生者，乃所以善吾死也。今之大冶铸金，金踊跃曰：我且必为镆铘！大冶必以为不祥之金。今一犯人之形，而曰：人耳人耳！夫造化者必以为不祥之人。今一以天地为大炉，以造化为大冶，恶乎往而不可哉！'成然寐，蘧然觉。"

这段话中的子祀、子舆、子犁、子来，大概就是庄子与之同游、与之为友的"外生死、无终始者"。这四个人当然都是虚拟的。这四个人在庄子的现实生活中是否确有原型，已不得而知。但是，他们的精神是真实的。他们就是庄子的朋友，哪怕是虚拟出来的、精神上的朋友。

其于本也，宏大而辟，深闳而肆；其于宗也，可谓稠适而上遂矣。

其中有几个较为生僻的词。

顾实："《释文》曰：'稠音调，本亦作调。'适古音如嫡，适亦训调也。是调适变声连语，一义也，盖犹言调达也。遂，成也，上遂者，犹言上成也。殆指庄子已诣天人之最高境而言也。"

高享："本宗皆谓道耳。"

马叙伦："'本'，即'体'也。'宏大而辟'，是横遍也；'深闳而肆'，是直遍也；体'宏大而辟，深闳而肆'者，谓体无不遍。"至于"遂"，"《说文》：从意也。''宗'，是由'因'致'果'，故云稠适而上遂"。

依据马说，本与宗不同，前者是因，后者是果。本是道之体。庄子关于道之体，在横向上，可以推至无限远的地方；在纵向上，可以下至无限深的地方。由于有这样的道体，所以可以达到随心所欲的境界。但是，依据顾、高二说，"本"与"宗"都是"道"。

那么，"本"与"宗"是否可以区分开来？《庄子·天道》："夫虚静、恬淡、寂漠、无为者，天地之平而道德之至也。故帝王、圣人休焉。休则虚，虚则实，实则伦矣。虚则静，静则动，动则得矣。静则无为，无为也，则任事者责矣。无为则俞俞。俞俞者，忧患不能处，年寿长矣。夫虚静、恬、淡、寂漠、无为者，万物之本也。

明此以南乡，尧之为君也；明此以北面，舜之为臣也。以此处上，帝王、天子之德也；以此处下，玄圣素王之道也。以此退居而闲游，江海、山林之士服；以此进为而抚世，则功大名显而天下一也。静而圣，动而王，无为也而尊，朴素而天下莫能与之争美。夫明白于天地之德者，此之谓大本大宗，与天和者也。"这段话主要解释"大本大宗"。这段话关于本与宗的解释，包括两个方面的要点。

一方面，"本"与"宗"可以放在一起说。"此之谓大本大宗"之意，旨在表明，本与宗是一回事，可以不作区分。"大本大宗"的实体内容，就是"虚静、恬淡、寂漠、无为"，这其实包含了四个方面的内容，这四个概念的内涵虽然不能等同，但四者之间具有家族相似性，既相互关联，也可以相互转化，实为一个道体的四个侧面。在一些宗教学说中，有"三位一体"之论。那么，庄子之道依照这里的说法，似乎也可以说是"四位一体"。

另一方面，这样的"大本大宗"，可以指向各个不同的方向，可以为多种追求提供支持，这就是"可谓稠适而上遂"。就帝王与素王的关系来说，如果你居于上位，这样的"大本大宗"可以让你成就天子之德。如果你居于下位，这样的"大本大宗"可以让你成就素王之道。譬如，像尧那样的帝王，就是这样的"大本大宗"成就的；像孔子那样的素王，同样也是这样的"大本大宗"成就的。当然，孔子作为素王，是后世的儒家持续推动的结果。庄子本人是否承认孔子能够享有素王的地位，则不得而知。帝王是外王，素王是内圣。内圣与外王既可以合在一起，但也是可以切割开来的。就退与进这样两种人生态度来说，如果你退居而闲游，那么，这样的"大本大宗"可以让你得到隐士们的推崇；如果你进取而抚世，那你就可以立下盖世的功勋。

在这里，我们说一个退居的人，依据"大本大宗"可以获得隐士群体的推崇，其实已经包含了一个悖论。至少在《天道》这个文本中，庄子似乎没有察觉到这样的悖论或前面所说的"詨诡"：既然都是退居而闲游的人，既然都是恪守"虚静、恬淡、寂漠、无为"之道的人，怎么还会去追求"江海、山林之士服"？现在，让我们设想：确有那么一个社会共同体，其中全部都是真正的隐士，他们组成了一个"隐士社会"，在这个隐士社会中，有一个人因为掌握并遵循了"虚静、恬淡、寂漠、无为"之道，因而就在这个"隐士社会"中，成为最受称道、最受尊敬的人，甚至成为隐士社会中的"超级隐士"或"明星隐士"。然而，如果他确有这样的追求，他想当明星，他想上头条，那他还符合"虚静、恬淡、寂漠、无为"之道么？

无论怎么说，根据这里的界定，"其于本也"与"其于宗也"，都可以解释为"其于道也"。然而，倘若要进一步看，庄子关于本与宗，似乎还有更丰富的理论值得索解。

关于"本"，《庄子·天道》篇中还有专门的说法："本在于上，末在于下；要在于主，详在于臣。三军五兵之运，德之末也；赏罚利害，五刑之辟，教之末也；礼法度数，刑名比详，治之末也；钟鼓之音，羽旄之容，乐之末也；哭泣衰绖，隆杀之服，哀之末也。此五末者，须精神之运，心术之动，然后从之者也。末学者，古人有之，而非所以先也。君先而臣从，父先而子从，兄先而弟从，长先而少从，男先而女从，夫先而妇从。夫尊卑先后，天地之行也，故圣人取象焉。"

这段话旨在阐述"本"之内涵。这里的"本"，主要是跟"末"相对应的。这样的对应关系，一直沿袭至今，譬如，我们现在还在说，"本末倒置"。这里的本，是什么意思？我们可以根据"末"的含义来推断"本"的含义。按照这段话的逻辑，"末"主要指"三军五兵之运""赏罚利害，五刑之辟""礼法度数，刑名比详""钟鼓之音，羽旄之容"以及"哭泣衰绖，隆杀之服"，这些内容，都可以归属于"末"。这些内容都是具体的制度或现象，或可归结为"器"。那么，与这种"末"相对应的"本"，则可以理解为"道"。本末之别，就是道器之别。因此，"本在于上，末在于下"是指，作为"道"之本，应当由居于上位的君主来掌握；作为"器"之末，应当由居于下位的臣子来掌握。

如果"本"可以理解为道，那么"宗"呢？关于"宗"，《天道》篇中也有专门的说法："夫帝王之德，以天地为宗，以道德为主，以无为为常。无为也，则用天下而有余；有为也，则为天下用而不足。故古之人贵夫无为也。上无为也，下亦无为也，是下与上同德。下与上同德则不臣。下有为也，上亦有为也，是上与下同道。上与下同道则不主。上必无为而用下，下必有为为天下用。此不易之道也。故古之王天下者，知虽落天地，不自虑也；辩虽雕万物，不自说也；能虽穷海内，不自为也。天不产而万物化，地不长而万物育，帝王无为而天下功。故曰：莫神于天，莫富于地，莫大于帝王。故曰：帝王之德配天地。"

这段话描述帝王的德业，"以天地为宗，以道德为主，以无为为常"，这种表达方式意味着："天地""道德""无为"三者具有并列的关系。这三个要素，似乎还不能完全等同起来。其中，无为与道德，也许有一部分是重合的，譬如，我们可以在一定层面上说，无为是道德的一个方面，甚至是道德的一个比较主要的方面。但是，在两者之间，依然不能完全重合：无为是一个具体而单一的指向，道德是一个综合性的概念。至于天地与道德、天地与无为，其间的差异就更加明显了。既然天地与道德、无为都不能相互替换，那么，宗、主、常必然也是各有所指。

那么，"以天地为宗"，到底是什么意思呢？我们看这段话，它在"以天地为宗，以道德为主，以无为为常"之后，先讲"无为"，这是帝王之常，亦即帝王应当遵循的常道，但是，"无为"不能作为臣子的常道。帝王无为、臣子有为，这才是"不易之道"。这就把"以无为为常"讲清楚了。接下来讲"天地"。古之帝王，他们的智慧虽然遍及"天地"，自己却不必思虑。在这里，"天地"是一个客观的世界。天的特点是，它不必生产，而万物却可以自化；地的特点是，它不必生长，万物却可以自育。由此看来，天与地，乃是一个人格化的存在。随后所说的"帝王无为而天下功"，可以为此提供依据：天、地、帝王，三者都属于人格化的存在。用现在的法学专业术语来说，他们都是"法律拟制的人"。所谓"天不产""地不长""帝王无为"，这样的排列足以表明，天、地、帝王具有相同的位格。"故曰：莫神于天，莫富于地，莫大于帝王。"这个论断再次证明三者具有相互并列的关系。最后的结论是"故曰：帝王之德配天地。"意思是说，帝王之道，相当于天之德、地之德。分析至此，我们可以发现，"以天地为宗"，或许可以解释为：以天地为"同宗"——以天地为同一个家族的"同宗"。

这样的解释是否可靠呢？我们再进一步，来看看庄子、老子及管子对"宗"的理解。

《庄子·德充符》开篇就写道："鲁有兀者王骀，从之游者与仲尼相若。常季问于仲尼曰：'王骀，兀者也，从之游者与夫子中分鲁。立不教，坐不议，虚而往，实而归。固有不言之教，无形而心成者邪？是何人也？'仲尼曰：'夫子，圣人也，丘也直后而未往耳！丘将以为师，而况不若丘者乎！奚假鲁国，丘将引天下而与从之。'常季曰：'彼兀者也，而王先生，其与庸亦远矣。若然者，其用心也，独若之何？'仲尼曰：'死生亦大矣，而不得与之变；虽天地覆坠，亦将不与之遗。审乎无假而不与物迁，命物之化而守其宗也。'"这段话，最后的落脚点，是"守其宗"。所谓"守其宗"，就是守住大道的根本，这个根本，莫非就是"天地"？

再看前文已经引证过的《田子方》篇之所述："孔子见老聃，老聃新沐，方将被发而干，蛰然似非人。孔子便而待之。少焉见，曰：'丘也眩与？其信然与？向者先生形体掘若槁木，似遗物离人而立于独也。'老聃曰：'吾游心于物之初。'孔子曰：'何谓邪？'曰：'心困焉而不能知，口辟焉而不能言。尝为汝议乎其将：至阴肃肃，至阳赫赫。肃肃出乎天，赫赫发乎地。两者交通成和而物生焉，或为之纪而莫见其形。消息满虚，一晦一明，日改月化，日有所为而莫见其功。生有所乎萌，死有所乎归，始终相反乎无端，而莫知乎其所穷。非是也，且孰为之宗！'"

在这番对话中，老聃谈到，自己是游心于"物之初"。孔子不太明白这"物之初"是什么意思，老聃解释说，这就是"生萌死归"的地方啊。如果把这个地方解释成为"天地"，似乎也是可以的。此外，《知北游》："中国有人焉，非阴非阳，处于天地之间，直且为人，将反于宗。"这里讲的"中国有人"，意指得道之人，他超然于阴阳之外，处于天地之间，他虽然拥有人的形骸，但他终"将反于宗"，意思是，终将返回到"天地之间"，由此看来，这里的"宗"，亦可解释为"天地"。

从更宽的视野中看，关于"宗"，《老子》第四章："道冲，而用之或不盈。渊兮，似万物之宗。"这里的"万物之宗"，就是万物的源头，这个源头，可解释为天地。《老子》第七十章："吾言甚易知，甚易行。天下莫能知，莫能行。言有宗，事有君。夫唯无知，是以不我知。知我者希，则我者贵。是以圣人被褐而怀玉。"这里的"言有宗"，是说言有最初的根据、源头，这个最终的源头，就是天地。

更加直接的素材，则来自《天下篇》开头所述的"不离于宗，谓之天人"。顾实："累言之曰天地，省言之曰天也。"天人，就是天地之人。不离于宗，就是不离于天地，因而，"宗"就是"天地"。当然，也可以把天地解释为天地之道，但是，"天人"，作为拥有天地之道的人，也是天地之人。从这个角度来看，"宗"，还是可以解释为天地。

熊十力："按《天下篇》首有云：'以天为宗，以德为本，以道为门，兆于变化，谓之圣人。'详此所言，天也，德也，道也，皆本体之目。但取义不一，而名以殊。天者，言其至高无上。德者，言其备万德，故能现为大用。道者，由义。言其为万物所由之而成。三者异名同实，如丘与仲尼并目孔子一人也。此中宗言，即以天为宗之宗。稠适上遂，言其上达，而与天为徒也。易言之，即人即天也。"

根据熊说，我们大致可以弄清楚：宗即天地，简而言之，宗即天。

虽然，其应于化而解于物也，其理不竭，其来不蜕。芒乎昧乎，未之尽者。

这是关于庄子之道的最后一句。

梁启超："不竭言未能尽，不蜕言未能化，此自谦之辞，以上自评竟。老庄并称，然其学风盖不无异同。老子以濡弱谦下为表，常欲为天下豀来天下谷（为天下所归）。欲曲全免于咎，常以坚则毁锐则挫为虑，其自私自利之意盖甚多，结果流为杨朱为我一派。庄子则纯粹乐天主义，任天而动眼光提到极高，心境放到极宽，人世间荣辱得丧，无一足以婴其虑。黝于何有？谷于何有？挫于何有？故一面与天地精神往来，一面又不敖倪于万物。庄子之深闳稠适盖在此。"

谭戒甫："变化无常，故应于化，万物莫归故解于物。盖应之为言随顺，解之为言放任耳。"

顾实："两于字在通行文法可省。应化，谓应答化象也。解物，解释物理也。蜕脱通，不竭不蜕者，皆未尽之义也。"

高亨："《说文》：'蜕，蝉蛇所解皮也。'其来不蜕犹言其来无迹耳。成疏：'芒昧犹窈冥也。'亨按：芒昧言其难知，未尽言其无穷。"

马叙伦："注云：'庄子通以平意，说己与说他人无异也。案其辞明为汪汪然，禹亦昌言，亦何嫌乎此也。'疏云：'芒昧，犹窈冥也。言庄子之书，窈窕深远，芒昧恍惚，视听无辨，若以言象征求末穷其趣也。'"

林希逸："自冒头而下分别五者之说，而自处其末。继于老子之后，明言其学出于老子也。前三段着三个'虽然'两字，皆断说其学之是非。独老子无之。至此又着'虽然'两字，谓其学非无用于世者。"马叙伦自己的解释是："此谓应机于变化而解释于物情，其理既不竭，其来复非有所嬗蜕。直是大用自然，圆音广覆。故恍忽幽昧，未之尽也。"（转引自马叙伦《〈庄子·天下篇〉述义》）

根据以上诸说，这里有两个细节需要辨析。一方面，这里的"虽然"二字，是否包含了值得解读的微言大义？

如林希逸所见，前面四家，只有关、老一家，没有"虽然"二字；其他三家（墨、禽；宋、尹；彭、田、慎），都有"虽然"二字。关于庄子的道术，也有"虽然"二字。这里的"虽然"，以及前面三家的"虽然"，是否旨在强调庄子道术与前三家道术的共性？譬如，都有用世的价值，就像林希逸说的那样？

在这里，确实应当注意"虽然"一词的含义。以"虽然"总结庄子道术，最主要的意义，恐怕还在于表达某种谦抑的态度。譬如，王夫之的《庄子解·天下》称："其不自标异，而杂处于一家之言者，虽其自命有笼罩群言之意，而以为既落言诠，则不足以尽无穷之理，故亦曰：'古之道术有在于是者'。己之论亦同于物之论，无是则无彼，而凡为籁者皆齐也。"因此，在这种自谦的态度中，或许是有意突出关、老道术的地位，因为关、老是"古之博大真人"，自然高于其他三家。至于庄子自己的道术，也有必要"降"到与其他三家平起平坐的层次上。至于是否确有用世的功能，倒未必是一个关键点。因为，关、老之道术，其用世的功能也是相当明显的。当然，关于"虽然"的这种解读，仅仅是一种推测，甚至有可能是一种过度的解释。

作为对照，苏轼的《庄子祠堂记》提供了另一种解释："庄子之言，皆实与，而文不与，阳挤而阴助之，其正言盖无几。至于诋訾孔子，未尝不微见其意。其论天下道术，自墨翟、禽滑厘、彭蒙、慎到、田骈、关尹、老聃之徒，以至于其身，皆以为一家，而孔子不与，其尊之也至矣。"

还有王夫之的解释，王夫之在《庄子解·天下》篇中称："庄子之学，初亦沿于老子，而'朝彻''见独'以后，寂寞变化，皆通于一，而两行无碍；其妙可怀也，而不可与众论论是非也；毕罗万物，而无不可逍遥；故又自立一宗，而与老子有异焉。老子知雄而守雌，知白而守黑。知者博大而守者卑弱，其意以空虚为物之所不能距，故宅于虚以待阴阳人事之挟实而来者，穷而自服；是以机而制天人者也。《阴符经》之说，盖出于此。以忘机为机，机尤险矣！若庄子之两行，则进不见有雄白，退不屈为雌黑；知止于其所不知，而以不持持者无所守。……其高过于老氏，而不启天下险侧之机，故申、韩、孙、吴皆不得窃，不至如老氏之流害于后世，于此殿诸家，而为物论之归墟，而犹自以为未尽，望解人于后世，遇其言外之旨焉。"

在这里，王夫之褒庄而贬老，以为老子启发了申、韩、孙、吴等法家人物，而法家人物都是负面人物。王夫之关于法家人物的这个观点，在此不予评论。但是，他对庄与老的比较，以为老不及庄，庄胜于老，这样的观点却别具一格。

另一方面，"解于物"是什么意思？

顾、马二说，皆释为"解释物理"或"解释于物情"，解是解释，物是事物。相比之下，把"解于物"理解为"挣脱外物的拘束"，似乎更好。

试看钱基博对这句话的解释："庄周之能明发'内圣外王之道'，与关尹、老聃同；然独许关尹、老聃为'博大真人'；而自以为'应化解物，理不竭，来不蜕，芒乎昧乎，未之尽者。'夫'应化'者，乃能外适为'王'，'不谴是非以与世俗处。'惟'解物'者，乃能内通于'圣'，'独于天地精神往来。'曰'芒乎昧乎，未之尽者'，谓未尽'芒乎昧乎'之道。'芒乎'者，老子之所谓'恍'。'昧乎'者，老子之所谓'惚'。老子不云乎：'道之为物，惟恍惟惚。''芒乎昧乎'，盖古之道术所称：'芴漠无形，变化无常'者也。'芴漠无形'，则'昧乎'视之其无见矣！'变化无常'，则'芒乎'见之其非真矣！所以未尽'芒乎昧乎'之道者，则以未能'应于化而解于物'也。'其理不竭，其来不蜕'两语，当连上'应于化而解于物'句读。……'其理不竭'，谓其'应于化而解于物'，尚未能理足辞举也；故曰：'其理不竭。'而'其来不蜕'之'蜕'字，正承'应于化而解于物'而言，可见庄子用字之妙。……'其来不蜕'，谓未能解脱一切，过化存神也。换言之曰：未能如关尹、老聃之'以本为精，以物为粗，以有积为不足，澹然独与神明居'尔。夫'以本为精'，则'应于化'矣！'以物为粗'，则'解于物'矣。'应于化而解于物'，则尽'芒乎昧乎'之道，而能以'不足'用其'有积'，'澹然独与神明居'矣！此关尹、老聃之所以为'博大真人'，而庄生未以自许也！"

钱说颇为详尽。依据钱说，这句话是说：庄子之道术，能够"外适为王"，亦能"内通于圣"，尽管如此，庄子之道术尚未"理足辞举"，亦未能"解脱一切"，没有穷尽"芴漠无形，变化无常"之道。

概而言之，最后这句话是对庄子之道的一个比较简要的概括：既有内圣的一面，也有外王的一面。其中，外王的一面，主要体现为"应于化"，就是因应于事物的变化，能够对现实世界做出恰当的回应。成都的武侯祠悬挂着一副对联："能攻心则反侧自消，从古知兵非好战；不审势即宽严皆误，后来治蜀要深思。"这里所说的"审势"，就是根据具体的形势做出或宽或严的政治选择，这就叫"应于化"。但是，"其理不竭"，意思是庄子关于"应于化"的道理、原理、法理、哲理，还没有提供很好的论证。内圣的一面，主要体现为"解于物"，就是从外物的羁绊中挣脱出来。钱说的"解脱一切"，即是解脱于一切物，最终成为天人、神人、至人，亦即成为"不离于天""不离于精""不离于真"的人。但是，"其来不蜕"，还没有解脱一切，还没有完全达到天人、神人、至人的境界，"未之尽也"。

按照钱说，关尹、老聃的"以本为精，以物为精，以有积为不足，澹然独与神明居"，可以同时解释内圣与外王两个不同的层面。"以本为精"对应于"应于化"，"以物为粗"对应于"解于物"。由此可见，"应于化而解于物"，展示了庄子之道的两个方面，那就是内圣之道与外王之道。

第七章

惠　施

　　庄子以六百多字的篇幅，写下了关于惠施的这一节，亦即《天下篇》的最后一节。但是，这一节是否确为庄子所写？这个问题所引起的争论，也是聚讼纷纭。如果是庄子本人写下了《天下篇》，如果庄子以自己作为压轴戏，在写完"庄周道术"之后，那就应当画上句号了。依据这样的逻辑，一些人认为，"庄周道术"之后的"惠施道术"，是后来羼入的。当然可以找到一些理由来支持这个观点。但是，再多的理由也无法更改这一事实：在今天的传世文献《天下篇》中，确实包含了惠施这一节。因此，我们只能把"惠施道术"作为"古之道术"在庄子时代的一种存在形态。

　　这样来看"惠施道术"，似乎有些无可奈何。其实，这种情绪是不必要的。徐复观的《中国人性史论》有言："《天下篇》后面所述惠施一大段，今人每谓这应另为一篇。但只要想到庄子与惠施的交谊之厚；想到《逍遥游》《德充符》《秋水》诸篇，皆以与惠施之问答终篇，则《天下篇》若为《庄子》一书的自叙，其以惠施终篇，并结以'悲夫'二字，以深致惋惜之情，这足以证明《天下篇》乃出于庄子之手。"（徐复观：《中国人性论史》，上海三联书店 2001年版，第 319 页。）徐复观以此提示我们，惠施是庄子的好朋友，庄子为好朋友专门写上一段，作为曲终奏雅，放在最后，怎么不可以？

　　钱基博为《天下篇》中的这种安排，提供了学理性的解释，他说："此篇以惠施次庄周之后，明惠施为道者之旁门；犹次宋钘于墨翟之后，明宋钘为墨学之支流；以故宋钘之说教，独可证之于《墨子》书；而惠施之多方，亦可说之以《庄子》书。何者，其道术出

于同也。"按照这个解释，关于惠施的这一节并不是多余的，而是
《天下篇》的有机组成部分，是庄子刻意如此安排的。如果没有这个
讲惠施的部分，《天下篇》就是不完整的，因为没有惠施这个"旁
门"，庄周之道作为主流，就不能在庄、惠之间的比较中得到突显，
就像没有宋、钘之道作为衬托，墨、翟之道就不能得到突显一样。
依据钱说，庄子把惠施放在《天下篇》的末尾，不仅仅是出于好朋
友之间的感情，更是因为逻辑的需要，不仅体现了公私兼顾，简直
是情理交融的天然之作。

惠施多方，其书五车，其道舛驳，其言也不中。

难道确实是《天下篇》的"自叙"？难道确实是庄子的好朋友？
难道确实不用客气？较之于前面几节，写法明显不一样了。一上来，
就直接点名批评。

惠施的名字被首先提到。那么，惠施是谁？

在《庄子》全书中，惠施出现的频次很高，举凡《逍遥游》
《齐物论》《德充符》《秋水》《至乐》《徐无鬼》《则阳》《外物》
《寓言》诸篇，都写到了惠施。《天下篇》就更不用说了。在先秦诸
子中，荀子也曾较多论及惠施，《荀子》书中的《不苟》《非十二
子》《儒效》《解蔽》诸篇，都写到了惠施。《韩非子》书中的《说
林上》《说林下》《内储说上》《外储说左下》诸篇，也写到了惠施。
在《吕氏春秋》中，《淫辞》《不屈》《应言》《开春论》《爱类》诸
篇，也都写到了惠施。由此可见，在先秦时期，惠施的学术影响是
很大的，是先秦各家公认的学术重镇。

惠施既是庄子时代的学术思想名家，同时也是一个政府官员，
他当过魏国的宰相。魏惠王六年，魏国把国都从安邑东迁至大梁
（今河南开封），此后，魏国亦被称为梁国，魏惠王亦即梁惠王，惠
施亦即梁国的宰相。

关于惠施的生平事迹，蒋伯潜《诸子通考》称："惠施者，宋人
也。尝为田驷说邹君。与庄子同时，并相友善。尝相魏惠王，居魏
颇久。后张仪至魏，惠施走楚。楚王纳之宋。"（蒋伯潜：《诸子通
考》，上海古籍出版社2013年版，第184~185页。）

顾实："惠施相梁，互惠、襄二王，尊膺仲父之大名，其筮仕之年，至少在三十岁左右；长于庄子，至少有十五年；故兹拟惠施年世，自周安王二十一年，至周赧王十五年，略当西纪元前381—300年间。"这是一个大致的推测，惠施的生卒之年，史籍上并无明文记载。惠施的这种经历表明，他是一个比较成功的宰相，先后辅佐了两代魏王。

根据《庄子》及其他相关文献，钱基博概述了惠施的学术肖像："《汉书·艺文志》名家有《惠子》一篇，注云：'名施，与庄子并时'；其行事不少概见；独《庄子》书屡称不一致；而其中有可以考见庄惠二人之交谊，而证《汉志》'与庄子并时'之说者。《逍遥游》两著'惠子谓庄子曰'以规庄之言大而无用。《秋水》叙庄子与惠子之游濠梁以辩鱼乐之知不知。而《徐无鬼》则叙庄子送葬，过惠子之墓，顾谓从者曰：'郢人垩慢其鼻端，若蝇翼，使匠石斫之。匠石运斤成风，听而斫之。尽垩而鼻不伤。郢人立不失容。宋元君闻之，召匠石曰：尝试为寡人为之。匠石曰：臣则尝能斫之；虽然，臣之质死久矣，自夫子之死也，吾无以为质矣！吾无与言之矣！'郭象注：'非夫不动之质，忘言以对，则虽至言妙斫，而无所用之。'此可以考见庄、惠二人之交谊，而证《汉志》'与庄子并时'之说也。至《德充符》则有规惠施之辞曰：'道之与貌，天与之形，无以好恶内伤其身！今子外乎子之神，劳乎子之精，倚树而吟，据槁梧而瞑，天选子之形，子以坚白鸣！'"濠上的"鱼乐之辩"，特别是"匠石运斤"，是两则颇有名的典故，确实体现了庄子与惠施之间的友谊和默契。对庄子与惠施来说，这恐怕都是很难得的一种人生际遇。

还是回到《天下篇》，看庄子对惠施的描述。

"惠施多方"，是说惠施掌握了多种方术。方，即方术。从这里可以看到一个区别：针对前文概述的几家，都有"古之道术有在于是者"之字样，但是这里没有；这里只说"多方"。这样的差异化处理或许可以解读为：前面几家的学术思想都是"道术"，或者说，都带有"道术"的性质，但是，惠施只有"方术"。方术与道术，显然不在同一个层次上。这是一种后世广为流传的所谓"春秋笔法”，在看似客观的叙述中，其实寄寓了主观的价值评判：惠施虽然掌握了多种方术，但也仅仅是方术而已。

“其书五车，其道舛驳，其言也不中”，分述其书、其道、其言。顾实：“惠施多娴方术，书积五车，不若他家但闻古昔一类道术之单纯也，故其道舛驳矣。”这就是说，惠施有五车书，这当然是一笔重要的知识财富，但也有明显的负面效应：其道舛驳，杂而不纯。依顾实之意，似乎书太多，并不完全是好事，因为太多的书可能导致舛驳或杂乱。舛驳之道，是否还能算是真正的道？如果还算是道，为什么说他“多方”？

“其言也不中”，是说其言不当。不中、不当、不正之言，能否阐释真正的道？

关于“其言也不中”，梁启超：“不中者不适用之意，《论语》：‘夫人不言，言必有中。’言所言皆适用也。荀子《非十二子》篇论惠施云：‘辩而无用。’”

顾实：“《吕览·爱类篇》曰：‘惠子之学去尊’，与庄子‘配神明，醇天地’之说，大有径庭，故诋其不中矣。”所谓“去尊”，就是排斥权威。由此看来，《天下篇》关于惠施的叙述，开篇就是批评与贬低。

钱基博：“盖彭蒙、田骈、慎到概尝闻道，而‘弃知’‘去己’之太甚；而惠施则舛驳乎道”，“用知之累”，“然则庄生抱一，惠施逐物，以故惠规庄为‘无用’，而庄讥惠之‘多方’也。曰‘惠施多方，其书五车，其道舛驳，其言也不中’，‘不中’者，不中乎‘道’，即‘舛驳’也”。由此看来，惠施之言，乃偏离于道之言。

关于“五车”之书，马叙伦：“《汉书·艺文志》名家《惠子》一篇，今书已亡。然其说犹时时见于《荀》《韩》二子及《吕氏春秋》《国策》《说苑》。要之，刘氏去周秦未远，所见《惠子》书仅一篇，安得当时遽有五车之众？”这里的“刘氏”是指刘向、歆父子。“刘氏”所见仅一篇，与三百年前惠施之书的多少，似乎没有太大的关系。且“其书五车”到底何所指？到底是惠子所自著的书，还是惠子所参考的书，庄子也没有说。倘若以“其道舛驳”来推测，舛驳之道意味着他同时参考了多方面的材料，同时吸收了多方面的学说。把这五车书作为他的参考书，亦即惠施的"私人图书馆"或"私人资料室"，也未尝不可。这样说来，"其书五车"，也是可以理解的。

从另一方面来说，惠施长期居于宰相之高位，未必有大量的时间，自己去写很多的书。章学诚《文史通义·易教上》有言："古人不著书，古人未尝离事而言事，六经皆先王之政典也。"（罗炳良译注：《文史通义》，中华书局 2012 年版，第 2 页。）先王不著书，先秦时期的宰相也不大可能著很多的书。

历物之意曰：

章太炎："历即巧历之历，数也。意者，《礼运》云：非意之也，《注》：意，心所无虑也。《广雅·释训》：无虑，都凡也。在心计其都凡曰意，在物之物凡亦曰意，历物之意者，陈数万物之大凡也。"

梁启超："历，盖含分析量度之意。意，大概也。……历物之意者，谓析数物理之大概。"

马叙伦："'意'，心之所虑也。……历物之意者，陈数万物之大凡也。"

顾实："此历物之意，即惠施去尊之学说也。《汉书·艺文志》名家《惠子》一篇。历物者，或即一篇中的分篇名，亦未可知。《释文》曰：'历，古歷字，本亦作歷。'《说文》曰：'历，治也。'是历物之意者，盖举其治物之大意也。"

钱基博："然推惠施'历物之意'，其大指在明万物之泛爱，本天地之一体，亦与庄生'抱一'之指无殊；要可索解于《庄子》书耳！世儒好引《墨子·经》《经说》以说惠施之历物，谓为祖述墨学，强为附会，非其本真也。"据此说，"历物之意"有泛爱万物、与天地一体之意，似有过度解释之嫌。

高亨："历物之意，马国翰以为《惠子》篇名，是也。《尔雅·释诂》：'历，数也。'《广雅·释诂》：'阅，数也。'是历、阅同义。此篇盖广述阅察万物之指趣，故曰历物之意，下文'遍为万物说'，是其类也。此下述惠子之说十则，辩者之说二十一则，当时必有论说，今其文已亡，其题独在，故难索解。要宜以名学释之，虽不得作者之原意，亦不致背名家之大旨也。《荀子·不苟篇》：'山渊平，天地比，齐秦袭，入乎耳，出乎口，鉤有须，卵有毛，是说之难持者也。而惠施、邓析能之。'《列子·仲尼篇》记公孙龙之说七则：'有意不心。有指不至。有物不尽。有影不移。发引千钧。白马非马。孤犊未尝有母。'公子牟为之解曰：'夫无意则心同，无指则皆至。尽物者常有。影不移者，说在改也。发引千钧，势至等也。白马非马，形名离也。孤犊未尝有母，有母非孤犊也'。此颇与本篇有相同之言，今先述之，以资参证。"

以上诸说各有侧重。根据高说，"历物"一词，有可能是已经佚亡了的惠子文章的题目。据此，"历物之意，曰"就是指："《历物》篇的大意是"。当然，历物也可以简单地理解为研治万物，亦即陈数万物，用现在的话来说，就是"研究万事万物"。所谓"历物之意"，就是研究万事万物的大意。

至大无外，谓之大一；至小无内，谓之小一。

从这里，开始分述惠施的学术观点，是惠施研究万事万物之后所得出的一些观点或结论。

顾实："此明大小一体之界说也。谓物之至大者曰大一，谓物之至小者曰小一，则是大小齐一而平等也。盖即惠施去尊说之第一原理也。下文言无厚与千里也，天地与山泽也，日与物也，皆大小齐一之举证也。《秋水篇》曰：'至精无形，至大不可围。'《则阳篇》曰：'精至于无伦，大至于不可围。'《中庸》曰：'语大，天下莫能载焉；语小，天下莫能破焉。'此道儒两家差别之观念，不必与惠施同也。故'大一''小一'两名词，明皆出于惠施之创立也。"顾实此说，我不能完全赞同，因为"至大无外"与"至小无内"主要是一个逻辑命题，与"去尊"原理的联系，似乎不够紧密。

钱基博："此即'圣有所生，王有所成，皆原于一'之意。《庄子·天地篇》记曰：'通于一而万事毕。''大一'，'小一'，非二'一'也。'小一'者，'大一'之分。'大一'者，'小一'之积。"然而，值得注意的是，"圣有所生，王有所成，皆原于一"乃庄子内圣外王之意，以之解释名家或惠子，似乎不够贴切。

高亨："《秋水篇》：'河伯曰：吾大天地而小豪末，可乎？北海若曰：又何以知豪末之足以定至细之倪？又何以知天地之足以穷至大之域？'此谓经验中之至大未必为至大，经验中之至小未必为至小。故名家论至大至小于经验之外，乃以'无外'为至大之定义，以'无内'为至小之定义，此定义甚合于逻辑矣。以'大一'为至大之假名，以'小一'为至小之假名，此假名足表其概念矣。此名家专决于名者也。"

马叙伦："惠施之意，以为'至大'即不可以'有外'，'有外'不可谓'至大'也。'至小'即不可以有'有内'，有内不可谓'至小'也。'至大无外，至小无内'，皆一矣。故云然也。"

相比之下，似以高说、马说为优。因此，这句话应当理解为："大一"就是"至大"，如果你要说"至大之外"，那在逻辑上是不能成立的；倘若"至大有外"，那么"至大"就不是"至大"。作为"小一"的"至小无内"，也是这个道理。这是一个典型的逻辑命题。

无厚，不可积也，其大千里。

梁启超："刀刃之芒，即无厚之一例。更析而折之至于不可积之极微点，然总是占有空间之一部分，与其大千里无以异。以广博无垠之空间视区区千里，不几于不可积之无厚乎？"此说似不妥。这恐怕不是一个空间大小的问题，而是一个面积与体积的关系问题。

钱基博："'其大千里'，即'不可积'之'无厚'，绳绳以积千里。《释文》引司马曰：'苟其可积，何待千里'：岂非所谓'至大无外'者乎？'无厚不可积也'：岂非所谓'至小无内'者乎？后二语，即承前二语而申其指也。"这种理解方式，把"无厚不可积"用来解释"至大无外"；把"其大千里"用来解释"至小无内"，可能有一些勉强。

顾实："此由小而大之一体，成今几何学上之所谓体也。无厚即小一也。《知北游篇》曰：'秋毫为小，待之成体。'此道家差别之观念，不必与惠施同也。《养生主篇》曰：'刀刃者无厚。'此无厚之解也。然刀刃，秋毫，类也。故《淮南子·说山篇》曰：'秋毫之末，沦于不测。'测者犹言测算也。故此言不可积，积亦犹言积算也。凡至微之物，沦于无形，则充虚相移易，一转移间而茫无畔岸，约举言之千里，故曰'其大千里'也。然而此实也，在名则不能如是言也。故实可能而名不可能也。"顾说可能也不妥。

冯友兰《中国哲学史》称："无厚不可有体积，然而可有面积，故其大千里也。"高亨就此评论道："冯说甚是。名家谓体曰厚。无厚不可积者，面也。面者在地地面，在海海面。地面非地，故地有厚而地面无厚。海非海面，故海有厚而海面无厚。"高说甚是。

所谓"无厚不可积"的意思是：没有厚度的事物，不可能有体积。体积是长度乘宽度、再乘高度的结果。如果"无厚"，就是高度为零，在这种情况下，长度乘宽度、再乘高度的结果还是零，这就是"不可积"，亦即没有体积。这个东西虽然没有体积，但它的面积可以有一千里。譬如，有一个东西，它的长度为五十里，宽度为二十里，这个东西的面积就是一千平方里，亦即"其大千里"。那么有没有这样的东西呢？长度是五十里，宽度是二十里，但高度或厚度是零。在真实世界里，在我们的经验世界里，这样的东西是没有的，但是，在逻辑层面上，在数学层面上，这个东西是可以存在的。我们可以想象这样的东西，尽管我们无法找到或创造出这样的东西。这就是惠施旨在表达的意思。

天与地卑，山与泽平。

梁启超："其论据如何？今无从考。疑其谓高下隆洼皆人类意想中之幻名，非天地山泽本体所有，或谓高下隆洼皆相对的名词，无绝对的意义。"梁的第二种猜想似乎较好。

谭戒甫："盖天尊而地卑，山高而泽平；因其去尊，故天与地同卑，山与泽同平矣。"

顾实："此由大而小之一体，成今几何学上之所谓面也"，"卑、比双声通用字，谓亲比也。天即大一也。至大无外而地与之比，山泽依类相从，皆以充虚相移易而可各得其平也。然而此实也。在恒言天尊地卑，山高水低，不能言比言平也。故实可能而名不可能也"。

钱基博："此亦证'天地一体'之义也。《释文》曰：'卑如字，又音婢。李云：以地比天，则地卑于天。若宇宙之高，则天地皆卑：天地皆卑，则山与泽平矣。'"按，"天与地卑，山与泽平"似乎不是为了论证"天地一体"的。

高亨引用孙诒让的解释："天与地相距本绝远，而云相接近，犹山与泽本不平而谓之平，皆名家合同异之论也"，并认为"孙说甚是"。按照孙、高之意，"天与地卑"似乎是前提，"山与泽平"似乎是结论，据此，这句话的意思是，如果你承认"天与地卑"，那么，"山与泽平"就是必然的。

那么，在什么情况下，能够让人理解、体会"天与地卑，山与泽平"？我的一个猜想是：只有改变观察者的视角。让我们设想，如果一个人站在与地心引力方向相互垂直的角度，或者更简而言之，他侧面躺下来观察，在他的视野中，原来竖着的东西都变成了横着的东西。在这种情况下，"山与泽平"以及"天与地卑"都是可能的。或者，让我们换成现代人的视角：让我们站在遥远的太空中，观看这棵蓝色星球上的山与泽，两者也可以在某一点上持平；站在遥远的太空看地球，地球的周围都是天，总有某一处"天"与某一处"地"是持平的，处于同一"高度"。

日方中方睨，物方生方死。

梁启超："此惠子之时间观念也。大意是主张有过去未来而无现在。睨，侧视也。故凡侧亦可称为睨。日方中方睨，言日方中天而同时已昃也。一刹那前，现在未至，一刹那后，现在已逝。故方中方睨方生方死也。"梁说甚精微。因为时间是不停息的。《论语·子罕》："逝者如斯夫，不舍昼夜。"这就是说，孔子所见的流水，都是"逝者"，都是过去了的。朱自清的名篇《匆匆》称："洗手的时候，日子从水盆里过去；吃饭的时候，日子从饭碗里过去；默默时，便从凝然的双眼前过去。我觉察他去得匆匆了，伸出手遮挽时，他又从遮挽着的手边过去，天黑时，我躺在床上，他便伶伶俐俐地从我身上跨过，从我脚边飞去了。"这就是说，时间没有停顿。

钱基博："此所以明道之'周行而不殆'，而'有''无''死''生'之为'一守'也。两语重后一词；'日方生方睨'，不过借以显'物方生方死'之亦有然。庄子书之所哼哼，一篇之中，三致意于斯者也。《庄子·齐物论》曰：'方生方死，方死方生。'何以知'物方生方死'可以'日方中方睨'显之？《庄子·田子方》曰：'日出东方而入于西极；万物莫不比方，有目有趾者待是而后成功；是出则存，是入则亡。万物亦然。有待也而死，有待也而生，吾一受其形而不化以待尽。效物而动，日夜无隙而不知其所终，薰然其成形知命不能规乎其前，丘以是日徂。'又曰：'消息盈虚，一晦一明，日改月化，日有所为而莫见其功。生有所乎萌，死有所乎归，始终相反乎无端而莫知其所穷。'此'日方中方睨，物方生方死'之说也。"

高亨："名家以为日自方中，既向睨线上去，即向睨线上去，此睨线以日方中为始点，以日既入为终点。自始点至终点皆睨之历程，睨之界说括方中既入以为言，故曰'日方中方睨'。物自方生，即在死路上行，此死路以物方生为始点，以物既死为终点，自始点至终点皆死之历程。死之界说，括方生既死以为言，故曰'物方生方死'。"

各家皆是。其实，"日方中方睨，物方生方死"就是指，太阳刚刚到达头顶，其实就已经开始打斜了；任何生命，刚刚生下来，就开始走向死亡了。这是一个自然的规律。惠施只是揭示了这样一个自然规律。鲁迅《野草·立论》："一家人家生了一个男孩，合家高兴透顶了。满月的时候，抱出来给客人看，——大概自然是想得一点好兆头。……一个说：'这孩子将来是要死的。'他于是得到一顿大家合力的痛打。"这个被痛打的人，可以算是惠施的知音，他讲出了惠施旨在表达的道理：这个男孩"方生方死"——他一旦出生，就已经在走向死亡的路上了。至于"日方中方睨"，遵循的也是这个道理，岂有他哉？

大同而与小同异，此之谓"小同异"；万物毕同毕异，此之谓"大同异"。

梁启超："凡物皆有自相有共相，就其共相言之则莫不同，就其自相言之则莫不异。例如动物与动物为大同，人与人兽与兽为小同；人与人为大同，中国人与中国人、印度人与印度人为小同。此之谓小同异。中国人、印度人同为人，人兽同为动物，动植物同为物，物有物的共相，故毕同。不特动物与植物异，人与兽异，中国人与印度人异，即在中国人中，终于有两人以上能同心同貌者，各有其自相，故毕异。此之谓大同异。"梁说甚是。

顾实："此明同异一体之界说也。同异而仍统以大小，则是始终以大小对举而一贯之也。大同而与小同异，则是于同中求异也。万物毕同毕异，则是又于同中求异也。两于同中求异，则是本同也。本同而自无差等可言，盖即惠施去尊说之第二原理也。下文之南方与连环两条，则同者异之；今日与我知两条，则是异者同之；皆同异一体之举证也。"

钱基博："此道家同异之论，庄周所以明'齐物'者也，当以《庄子》书明之。《庄子》书之论齐物者，自《齐物论》而外，莫如《知北游》之言辩而确。其辞曰：'物物者与物无际；而物有际者，所谓物际者也。不际之际，际之不际者也。'夫'与物无际'，斯'大同'矣；'而物有际'，则'小同'矣。'物物者与物无际而物有际'，则是'大同而与小同异，此之谓小同异'矣；则是同不可以终同也。故莫如'不际之际，际之不际'。'不际之际'，可以赅万物之毕同矣，'际之不际'，可以知万物之毕异矣。故《德充符》引仲尼曰：'自其异者视之，肝胆楚越也。自其同者视之，万物皆一也。'故曰：'万物毕同毕异，此之谓大同异。'"

试比较顾、钱二说。顾说以为，这里的"小同异"与"大同异"，乃是"去尊"理论之基础。这样的观点，恐怕还可以再讨论。这里的同异之辨，既讲同，也讲异。从同的方面来看，万物都是一样的，这就可以为"去尊"提供依据；但是，从异的方面来讲，那么差异就出来了。君主异于百官，百官异于庶众。这就是说，从异的方面来说，这里的"小同异"与"大同异"并不能为"去尊"理论提供依据，反而论证了"尊"的必要性。钱说认为，此道家同异之论。从《齐物论》与《知北游》来看，庄子有这样的同异之论。但是，这里讲的是惠子的理论，因此可以归属于名家同异之论。由此看来，道家、名家都有这样的理论。

参考以上诸说，这句话主要在于区别"小同异"与"大同异"这样两个概念。让我试着解释一下。

所谓"小同异"，就是大同与小同的不一样。一头猪与另一头猪，基本上是相同的，这就是大同。一个人与一头猪相比，相同之处较少，这就是小同。大同与小同又不一样，惠子为这种不一样取了一个名字，叫作"小同异"。因此，所谓"小同异"，就是指"小的同，小的异"。更直白言之，"小同异"之"小"，主要是指"相对"。

再说"大同异"，这是一种更绝对、更极端的视角，主要是指"万物毕同"与"万物毕异"的不一样。万物毕同，是指所有事物，都是一样的。举个例子，汪曾祺的《手把肉》一文称："草原上的草在我们看起来都是草，牧民却对每一种草都叫得出名字。"在"我们"看来，草原上的草全都是草，这就是"万草同一"；然而，牧民却叫得出每种草的名字，而且，严格说来，任何一片草叶，都是不一样的，这就是"万草不同"。推而广之，极端地看相同的方面，所有的物都是物，这就是万物毕同；极端地看相异的方面，所有的物都有差异，这就是万物毕异。"万物毕同"与"万物毕异"还是不一样，这样的不一样，叫"大同异"。因此，所谓"大同异"，就是指"大的同，大的异"。更直白言之，"大同异"之"大"主要是指"绝对"。

南方无穷而有穷。

谭戒甫："疑战国以前，南方阻隔人皆以为无穷；然名家似知地圆之理，故谓有穷也。"

高亨："南方不可尽，是南方无穷，经验中之无穷也。然南北相毗，自立标之处分界，标立而南北变。标移而南，则南方有变为北方者矣。标再移而南，则南方再有变为北方者矣。南方既可变为北方，则必可尽变为北方。是南方有穷，经验外之有穷也。故曰：'南方有穷而无穷'。推之北与东西，亦复如是。上专决于名者也。"

钱基博认为，有穷者，所见者小；无穷者，大宇之广。《庄子·

则阳》讲了一个关于视野逐渐扩大的故事：魏莹与田侯牟约，田侯牟背之。魏莹怒，将使人刺之。犀首公孙衍闻而耻之，曰："君为万乘之君也，而以匹夫从仇。衍请受甲二十万，为君攻之，虏其人民，系其牛马，使其君内热发于背，然后拔其国。忌也出走，然后抶其背，折其脊。"季子闻而耻之，曰："筑十仞之城，城者既十仞矣，则又坏之，此胥靡之所苦也。今兵不起七年矣，此王之基也。衍，乱人也，不可听也。"华子闻而丑之，曰："善言伐齐者，乱人也；善言勿伐者，亦乱人也；谓伐之与不伐乱人也者，又乱人也。"君曰："然则若何？"曰："君求其道而已矣。"惠之闻之，而见戴晋人。戴晋人曰："有所谓蜗者，君知之乎？"曰："然。""有国于蜗之左角者，曰触氏；有国于蜗之右角者，曰蛮氏。时相与争地而战，伏尸数万，逐北旬有五日而后反。"君曰："噫！其虚言与？"曰："臣请为君实之。君以意在四方上下有穷乎？"君曰："无穷。"曰："知游心于无穷，而反在通达之国，若存若亡乎？"君曰："然。"曰："通达之中有魏，于魏中有梁，于梁中有王，王与蛮氏有辩乎？"君曰："无辩。"客出而君惝然若有亡也。惠子见，君曰："客，大人也，圣人不足以当之。"

　　这段话的层次非常清晰：第一，魏惠王试图派人刺杀田侯。第二，公孙衍认为刺杀行为过于低级，他的主张是光明正大的派兵攻打齐国。第三，季子认为派兵攻打齐国过于低级，他的主张是坚持和平道路，放弃军事行动。第四，华子认为，战争与和平都过于低级，寻求大道才是正经事。第五，戴晋人出场了，他以蜗牛壳中的"触氏国"与"蛮氏国"影射齐国与魏国——从上下四方无穷的角度来看，从浩瀚的、无穷无尽的宇宙来看，可不就是这样吗？就这么一点儿事，太微不足道了。

　　钱基博："郭象注：'王与蛮氏，俱有限之物耳！有限，则不问大小，俱下得与无穷者计也。虽复天地，共在无穷之中，皆蔑如也。况魏中之梁，梁中之王而足争哉？'然而争，则是所见之有穷也！'南方无穷而有穷'，亦寻常咫尺之见耳，独言南方，举一隅，可以三隅反矣！"

　　钱说以"大小之辨"解释"南方无穷而有穷"，为惠子的这个命题赋予了更加丰富的内涵，让人体会到圣人的精神境界。然而，值得分辨的是，这样的境界，到底是惠子的境界还是庄子的境界？惠子所说的"南方无穷而有穷"，可能就是一个逻辑问题。

相比之下，高亨之说，可能更符合惠子的原意：在经验的世界里，一个人往南走，可以一直走下去。这就叫南方无穷。但从理论上说，南方是有尽头的。当时的人如果有南极或北极的观念，那么，南极就是南的尽头，这就叫做"南方有穷"；即使那个时代的人还没有南极的观念，但他们也可以想象南方的尽头。这种理论与经验的关系，就跟前面所说的"无厚不可积也，其大千里"，比较类似。

今日适越而昔来。

这句话所说的意思，还见于《齐物论》："夫随其成心而师之，谁独且无师乎？奚必知代而心自取者有之？愚者与有焉。未成乎心而有是非，是今日适越而昔至也。是以无有为无。无有为有，虽有神禹且不能知，吾独且奈何哉！"这句话是说，任何人都可以有自己的判断标准，这些判断标准是否有道理，那就不知道了。像"今日适越而昔至"这种奇怪的论断，是依据什么标准做出来的，也就不得而知了。《齐物论》中的这几句话表明，出于惠施的"今日适越而昔来"或"今日适越而昔至"，在庄子时代是一个颇为流行的论断，虽然很难理解。

梁启超："此亦时间的相对论。方言今，已成昔，故今适越亦可云昔来。"按照梁说，这里的今与昔，并非今日与昨日，而是两个片刻之间，这一秒是今，刚过了一秒，它就变成了昔。但是，把今与昔之间的间隔缩得这么短，这么小，似不符合今与昔的本意。当然，从逻辑上讲，也是可以的。

顾实："此举时日之异而同之也。今昔，异也。而皆于适越，同也。夫适越，远行也。不能一日而至，故今日适越，须统起程时之昔日而计之。"依顾说，这是一个实际问题、事情问题，实际上就是如此：越国较远，我今天到越国，但是，我昨天就开始起程来越了。这就叫作：昨天启程来越，今天抵达越地。

钱基博："此语亦见《庄子》。《庄子·齐物论》曰：'未成乎心而有是非，是今日适越而昔至也。'《释文》：昔至，崔云：'昔，夕也。'向云：'昔者，昨日之谓也。'今日适越，昨日何由至哉？思适越时，心已先到；犹之是非先成乎心也。南方之广漠，本无穷也；而曰'有穷'者，限于知也。旅人之适越，在今日也，而云'昔来'，心先驰也。一以证心量之狭，不足以尽大宇之广。一以见行程之迟，不足以称心驰之速。两者之为事不同，然要以'历物之意'，以见意之悬殊于物，而'知'之不可恃则一耳！"按照此说，有人今天去越国，但是，他的心昨天就到了越国。

高亨："自启行之时地言之，则称此日为今日，称此行为适越。自抵越之时地言之，则称此日为昔，称此行为来。名虽有今昔之异，而此日未尝有二也。辞虽有适来之殊，而此行未尝有二也。名家因而同之，故曰今日适越而昔来。"

似乎高说更优，更符合名家的旨趣。一个人在特定的某日由楚去越，特定的某日是今日。假如抵达越国的时间是特定的某日的次日。他抵达越国之后可以宣称："我是昨天启程来的。"简而言之，"今日适越而昔来"可以解释为：今日适越明日至，明日在越今变昔。

连环可解也。

梁启超："论据如何，不敢强推。"梁启超的意思是，这句话不知是什么逻辑，不知是什么道理。

顾实："此举一物之同者而异之也。连环始终如一，同也。而解之，是异也。然连环之解，名可能而实不可能也。"据此，所谓"连环可解"，只是一个逻辑上的命题，在事实上是不可能的。

马叙伦："《释文》曰：'司马云：夫物尽于形，形尽之外，则非物也。连环所贯，贯于无环。非贯于环也。若两环不相贯，则虽连环故可解也。疏云：夫环之相贯，贯于空处，不贯于环也。是以两环贯空，不相涉入，各自适转，故可解者也。'"根据马说，"解"的意思，就是指：连贯的环，可以自由活动，这就是"解"。这样的"解"，其实没有"解"，实为"不解"，或者说，是以"不解"为"解"。两个连着的环，并没有"解"开，还是套在一起，只是两个环都可以自由转动，这种自由转动，就是"解"。

当然也可以把连环直接拆散，直接打破连环，这样就把连环解开了。但是，这样的"解"法过于粗暴，这样的解释，可能不符合名家的旨趣。而且，这样求"解"，似乎也没有什么意思。

我知天之中央，燕之北、越之南是也。

这句话也有多种解释。

谭戒甫："据此，知名家已明于地圜之理也。"

顾实："此举天下之异者而同之也。燕之北，越之南，异域也。举异域而同之者，人类莫大之伟业也。然亦名可能而实不可能也。或以地球圆形，无适而非中者释之，然古人非有此知识也。况今日燕北、越南天下之中央，与燕南、越北为天下之中央，二者相较，相差悬殊，固不可以同论哉。"

高亨："中央者盖域也，非端也。盖面也，非点也。此中央之界说也。域可小之，亦可大之，小则所包者狭，大则所包者广，扩大中央之域，则燕之北越之南固可包于其中。"

马叙伦认同《释文》的解释："司马云：'燕之去越有数，而南北之远无穷。由无穷观有数，则燕越之间，未始有分也。天下无方，故所在为中。循环无端，故所行为始也'。"

以上四说各有所指。顾说之意，异域可以为一，但仅仅是名可而实不可。高、马二说相近，燕之北与越之南，都可以纳入"天之中央"范围之内。

比较而言，也许是"天下无方，故所在为中"一语，提供了更加贴切的解释：如果我在燕之北，那么，我所在的燕之北，就是天之中央；如果我在越之南，那么，我所在的越之南，也是天之中央。天之中央并不是一个凝固的地方，而是以"我"为中心，随着"我"的位置变化而不断变化的。

泛爱万物，天地一体也。

梁启超："惠施将时间、空间、物我、同异诸差别相皆拨弃之，以立天地一体之理论，故其作用自归属于泛爱万物。惠子盖墨学之支流，欲使兼爱说在哲学上能得一合理之基础也。《吕氏春秋·爱类篇》：'公之学，去尊……'然则惠子殆主张绝对的平等论也。"按照梁启超的这个说法，惠子是墨学的支流；按前引钱基博的说法，惠子是道家的旁门，亦即道家的支流。然而，"支流说"未必能够解释惠子之学。惠子之学与墨家之学、道家之学都有一些可以沟通的地方，这是正常的，但未必就一定是墨家或道家的支流。另外，惠子之学"去尊"，主要是他人的概括，未必符合惠子的本意。惠子长期担任梁国宰相，他也很看重这个尊贵的职位，他如果确有"去尊"之学说，则是一个巨大的反讽，可谓知行不一的典型。

顾实："此同心物之异，而为历物之意之结论也。《秋水篇》曰：'号物之数，谓之万，人处一焉。'是人固物也。《达生篇》曰：'凡有貌象声色者，皆物也。'《则阳篇》曰：'天地者，形之大者也。'是虽天地，犹且离于物者无几也。申大小同异一体之旨，故曰：'泛爱万物，天地一体也。'《齐物论篇》亦曰：'天地与我并生，而万物与我为一。'然而惠施与庄周不同者，则泛爱之过也。此不可不察也。"

钱基博："此为道家者言之究竟义，故惠施多方，'历物之意'，亦以此为结穴也。""苟明天地之一体，致泛爱于万物；则众生放乎逍遥，物论任其大齐矣！"

试比较钱、顾二说。

钱说着眼于庄、惠之同，认为惠子揭示了道家的"究竟义"。这里的"泛爱万物，天地一体"，既是惠子之意，更是庄子之意。譬如，《秋水》篇称："以道观之，物无贵贱"，"以道观之，何贵何贱，是谓反衍；无拘而志，与道大蹇。何少何多，是谓谢施；无一而行，与道参差。严乎若国之有君，其无私德；繇繇乎若祭之有社，其无私福；泛泛乎其若四方之无穷，其无所畛域。兼怀万物，其孰承翼？是谓无方。万物一齐，孰短孰长？"还有《田子方》篇："夫天下也者，万物之所一也。得其所一而同焉，则四支百体将为尘垢，而死生终始将为昼夜，而莫之能滑，而况得丧祸福之所介乎！"这些论述，强调了万物齐一、万物一体的观念。

顾说着眼于庄、惠之异。《德充符》篇："惠子谓庄子曰：'人故

无情乎？'庄子曰：'然。'惠子曰：'人而无情，何以谓之人？'庄子
曰：'道与之貌，天与之形，恶得不谓之人？'惠子曰：'既谓之人，
恶得无情？'庄子曰：'是非吾所谓情也。吾所谓无情者，言人之不
以好恶内伤其身，常因自然而不益生也。'惠子曰：'不益生，何以
有其身？'庄子曰：'道与之貌，天与之形，无以好恶内伤其身。今
子外乎子之神，劳乎子之精，倚树而吟，据槁梧而瞑。天选子之形，
子以坚白鸣。'"这段话表明，庄子主张一个人不要有过于强烈的好
恶，过于强烈的情感好恶会产生"伤其身"的消极后果。相比之下，
惠子持"人而有情观"。这样的观念，与他的"泛爱万物"是相互
联系的。

大致说来，庄、惠都有"天地一体"的观念。但是，"泛爱万
物"主要是惠子的观念。

惠施以此为大，观于天下而晓辩者，天下之辩者相与乐之。

钱基博："此即《庄子·德充符》，庄子谓惠子曰：'子以坚白
鸣'者也。'以此为大观于天下而晓辩者'，即'以坚白鸣'之意。
'天下之辩者'，即下文所称'桓团公孙龙辩者之徒'。'相与乐之'，
即乐惠施之所晓。而惠施为道者之旁门，故'桓团公孙龙辩者之
徒'，其言亦多宗惠施而出入于道家者言。"

马叙伦："'乐'读如《论语》'智者乐水'之'乐'。借为效
字。言天下辩者亦效其说也。"

钱、马两说甚是。这句话在断句方面，可能各有主张。譬如，
顾实："此者，指上文两段而言，第一段大小对举，第二段对举而仍
统以大小，合言之，则即为大观也。"这种断句方式，把"大"与
"观"连在一起，称为"大观"，似不妥。

简而言之，这句话可以解释为：惠子把前面讲到的这些命题、
观点、理论当作大写的真理，昭示于天下那些喜欢辩论的人，引起
了天下那些喜欢辩论的人的竞相仿效。

下面就是天下那些辩者喜欢辩论的题目。

卵有毛；鸡有三足；郢有天下；犬可以为羊；马有卵；丁子

有尾；火不热；山出口；轮不蹍地；目不见；指不至，至不绝。龟长于蛇；矩不方，规不可以为圆；凿不围枘；飞鸟之景未尝动也；镞矢之疾，而有不行、不止之时；狗非犬；黄马骊牛三；白狗黑；孤驹未尝有母；一尺之棰，日取其半，万世不竭。

这些就是当时的"辩者"经常讨论的一些命题。

梁启超："以下皆惠施之徒所乐道之诸问题，什九皆诡辩也。"

顾实："此二十一事者，皆天下辩者所为也。《荀子·不苟篇》曰：'钩有须，卵有毛，是说之难持者也。而惠施、邓析能之。'然《天下篇》言'桓团、公孙龙之徒'。则此在下之辩者，总包当时之辩者在内。……二十一事者，自'卵有毛'至'丁子有尾'六事，多属于合同异之类，皆诡辩也。自'火不热'至'一尺之棰'云云十五事，多属于离坚白之类，则不为诡辩而科学之精神寓焉。"

对于这些当时想必辩论得很热闹的命题，可以做一些简单的讨论。

"卵有毛"。梁启超："《释文》引司马云：'胎卵之生，必有毛羽。……毛气成毛，羽气成羽，虽胎卵未生，而毛羽之性已著矣。'案：此言鸡卵中含有鸡毛的原素，其理可通。"这就是说，既然是卵生之物，那么，卵中必然蕴含着毛羽的基因。毛羽的最初的原点在哪里呢？最终还是要追溯到卵中去。

"鸡有三足"。鸡足之名，是一；鸡足之实有二，加起来，是三。另一说是：鸡之两足，再加上一个指挥足行走的神志，加起来为三。梁启超："司马云：'鸡两足所以行，而非动也，故行由足发，动由神御。今鸡虽两足，须神而行，故曰三足也。'案：最有名之'臧三耳'，与此同一方式。"

"郢有天下"。一方面，大小是相对的。《齐物论》篇："天下莫大于秋毫之末，而太山为小。"另一方面，整体与部分具有某种同质性。郢是天下的一个部分，天下的一个部分，也是天下。就像长江中的水，虽然只是水的一部分，但也可以说，"长江有水"，当然，长江中的水仅仅是水的一部分，长江不可能有所有的水。梁启超："盖言郢为天下之一部分，则天下可谓之为郢所有。上经局称冒全称之诡辩也。"

"犬可以为羊"。命名是命名人的事情，从理论上讲，人可以任意命名。譬如，某科学家发现了某一棵星球，于是用这个科学家的名字命名这棵星球，但是，如果是其他科学家发现了这棵星球，这棵星球的名字可能就不同了。梁启超："司马云：'名以名物，而非物也。犬羊之名非犬羊也。非羊可以名为羊，则犬可以名为羊。'此种诡辩，荀子所谓不察乎所为有名，而惑于用名以乱名者也。"看来，梁启超不太认同这样的辩论。

"马有卵"。鸟兽为类，有相通之处。既然鸟有卵，那么，可以推导出：马亦有卵，虽然马的卵与鸟的卵可能不太一样。

"丁子有尾"。丁子即虾蟆，可能刚出生之时，像鱼一样，是有尾的，虽然后来没有尾，但曾经有尾。

"火不热"。梁启超："盖言热乃由人之感觉而得名，非火之固有属性。此理可通。"谭戒甫："火特形色而无实体故热非屯聚，乃俄然而有，人只感觉而已。"换言之，火自身并不知道热或不热，热是人的感受。有一些人，譬如"至人"，也许不能感受到热。《庄子·齐物论》有言："至人神矣，大泽焚而不能热。"

"山出口"。《齐物论》篇："大块噫气，其名为风。是唯无作，作则万窍怒呺。而独不闻之翏翏乎？山林之畏佳，大木百围之窍穴，似鼻，似口，似耳，似枅，似圈，似臼，似洼者，似污者。激者、謞者、叱者、吸者、叫者、譹者、宎者，咬者。前者唱于而随者唱喁，泠风则小和，飘风则大和，厉风济则众窍为虚。而独不见之调调之刁刁乎？"这样的山，也许就是像口一样的山，或者说是山长出了口。

"轮不蹍地"。只有不蹍地，才能转动，才能叫轮。另一种说法是：轮上只有某一个点着地，因此，轮作为整体，并未着地。

"目不见"。梁启超："盖言目必有所对待而后见，故徒目则不见。"这就是说，只有眼睛本身，不可能"见"；倘若要"见"，必须有另一个事物映在眼睛里，才能形成"见"。另一种说法是：眼睛只能看到表象，不能获得真知。

"指不至，至不绝"。从这里的"指不至"，直至后面的"凿不围柄"，梁启超说："此四事不得其说。"参照各家解释，这个命题的意思或许是：伸出手指指一指，它的长度可以是无穷的。另一种说法是：用手指所指之物，它并不会来，要通过其他事物，它才可能到来，且通过其他事物而至的东西是不绝如缕的。

"龟长于蛇"。龟的生命比蛇的生命更长。另一种说法是：成年的龟，它的长度超过幼年的蛇。

"矩不方，规不可以为圆"。谭戒甫："矩形本方；然矩有矩之形，方有方之形，矩形究非方形也。故曰矩不方。"这就是说，方形与矩形不是一回事。另一种说法是：矩、规作为一种仪器，自己不可能为方圆，需要人的作为，才可能成为方或圆。还有一种说法是：矩、规不能画出绝对的方或圆。

"凿不围柄"。"凿"自己不可能"围柄"，须待人的努力。另一种说法是：一凿只能围一柄，一凿不能围百柄。

"飞鸟之影，未尝动也"。梁启超："《列子·仲尼篇》作'影不移'。魏牟释之曰：'影之移，说在改也。'《墨子·经下篇》亦云：'景不徙，说在改为。'胡适云：'影处处改换，后影已非前影。前影虽看不见，其实已在原处。若用照相快镜一步一步地照下来，便知前影与后影都不曾动。'此说得之。"这就是说，在某一个短暂的时刻，在某一个足够短暂的刹那间，影子是不会动的。另一种说法是：影子自己不会动，只有鸟动，影子才动。

"镞矢之疾，而有不行不止之时"。梁启超："司马云：'形分止，势分形。形分明者行迟，势分明者行疾。目明无形，分无所止。则其疾无间，矢疾而有间者，中有止也'。矢发后须历若干时间乃达其鹄，可见矢之势虽不止，而矢之形实有不行之时也。"没有达到目标，是"不止"；在抵达目标的过程中，总有一个极其短暂的时刻，它是不动的。

"狗非犬"。名称不一样。

"黄马骊牛三"。黄马一，骊牛一，黄马骊牛一，加起来是三。

"白狗黑"。同样是一个命名的问题，犬可以为羊，白也可以为黑。另一种说法是：白狗，是指狗的毛是白的，但狗的眼睛可以是黑的，从眼睛这个角度来看，可以称之为黑狗。

"孤驹未尝有母"。既然是孤，当然无母。

"一尺之棰，日取其半，万世不竭"。任何东西，无论多少，无论长短，无论大小，总是还可以一分为二。梁启超："司马云：'若其可析，则当有两，若其不可析，其一常在。故曰万世不竭。'此条极含真理。"

以上各个辩题，估计在惠子的时代，就已经众说纷纭，存在着多种论证方式。时至今日，各家说法不一，任何一种说法都很难定于一尊。有些是逻辑问题，有些像是急转弯问题，有些是立场、视角的问题，不一而足。梁启超："以上二十一事中，鸟影、镞矢、尺棰三事确中名理。火热目见，义亦可通。余则恐皆诡辩而已。"

陈柱对这些论题有一个评论："各条虽所据之理不同，而专与常识反对，欲打倒常识，其旨则一而已。此等学说，最足以提起学者之研究心，而排除人类之惰怠性。其精神似亦受老子反义之影响，唯老子用反以应世，惠施之徒则用反以应物，是其异也。庄子之反世，亦与老子同，而老子由有对待而求至无对待，庄子以分析比较而见大小之无常，大不足为大，而小亦不足为小，故大小之见无。此庄子之学，与老子异者。而其起于分析比较则与惠子同。唯庄子则因分析而忘大小，本之而为忘言的人生观之哲学。惠子则不然，以分析而明常识之大不足为大，常识之小不足为小，专人反人胜人为事，而为好辩之名家。此庄、惠之所以异也。知乎此，庄、惠两人之相非可以明，而庄、惠之相知，亦可以见矣。"

按照陈柱之见，惠子以颠覆常识为事，有助于引起反思与质疑。这一点不仅与老、庄有一定的共性，而且与苏格拉底亦有一定的相似性。一般公众所持有的一些常识，经过苏格拉底的追问，经常都会成为站不住的谬误。惠子提出的命题也有一个相似的旨趣：常识的反面也是可以成立的。

惠子好辩，苏格拉底也好辩，为什么两者对人类文明的影响差距较大呢？有一个重要的原因不可不提：两者辩论的东西存在着形式与实质之间的差异。其中，惠子之辩，至少是在庄子看来，主要在于逗口舌之能、求雄辩之名。相比之下，苏格拉底的"申辩"包含了丰沛而饱满的实质内容，譬如：什么是善？什么是正义？一个人应当选择什么样的生活？等等，这就是两者的差异。老子、庄子也质疑常识，但老学可以应世，庄学的旨趣是内圣外王。惠子辩论的东西，正如梁启超所说，多数都只是"诡辩而已"。这可能就是惠子与苏格拉底之间的差异。

辩者以此与惠施相应，终身无穷。

这是一个概括性的评论。

钱基博认为："'此'即指'卵有毛'以下二十一事而言，辩者之所以与惠施相应。"

钱说中的"以下"，实为"以上"，钱称之为"以下"，是因为钱对这二十一事以及前文提到的若干事进行了分类概括。

第一类，"抱一"之事六：第一，泛爱万物，天地一体也；第二，至大无外，谓之大一；至小无内，谓之小一；第三，郢有天下；第四，一尺之棰，日取其半，万世不竭；第四，连环可解也；第五，日方中方睨，物方生方死。

第二类，"齐物"之事八：第一，大同而与小同异，此之谓小同异；万物毕同毕异，此之谓大同异——"此所以籀齐物之大例"；第二，天与地卑，山与泽平；第三，卵有毛；第四，马有卵；第五，丁子有尾；第六，矩不方，规不可以为圆；第七，凿不围枘；第八，狗非犬。

第三类，"无名"之事四：第一，指不至，至不绝；第二，犬可以为羊；第三，白狗黑；第四，孤驹未尝有母。

此外，还有"去知"之事四，"存神"之事二，"致虚"之事一，"守静"之事二，不再一一。

顾实："终身者，谓终惠施之身也。《徐无鬼》惠子曰：'儒、墨、杨、秉方且与我以辩，相拂以辞，相镇以声，而未始吾非也。'"

按照惠子的这个说法，辩者包括当时多个学派的人物，不仅仅是所谓的名家。这里的"秉"，应当是指公孙龙（详见后文）。

桓团、公孙龙辩者之徒，饰人之心，易人之意，能胜人之口，不能服人之心，辩者之囿也。

从字面上看，这句话较少歧义：桓团、公孙龙，他们这些辩者，他们能够蒙蔽人之心，能够改变人之意。他们能够让人哑口无言，让人无话可说，但是，他们不能让人从内心认同他们，人们对他们这些辩者，是口服而心不服，这就是他们这些辩者的局限。

在这里，庄子专门讲桓团、公孙龙。在《徐无鬼》篇中，惠子提到了儒、墨、杨、秉。但在这里，庄子仅仅提到了桓团与公孙龙。这是两个什么样的人呢？首先，桓团是谁？

钱基博："桓团言行不概见"，意思是，不知道这人是谁。

顾实："桓团，伪《列子》作韩檀，桓韩、围檀，皆同部通用字也。"

王先谦《庄子集解》称："成云：桓、公孙并赵人，辩士，客游平原君之门。而公孙龙著《守白论》，见行于世。"

钱穆《先秦诸子系年·邹衍与公孙龙辩于平原君家考》有言："《庄子·天下篇》称：'桓团、公孙龙辩者之徒。'桓团，《列子·仲尼篇》作韩檀，成玄英疏《庄子》，亦谓是赵人，客游平原君家，未详何据。当时平原君之门，名家之学盖亦盛矣。"

根据这样一些信息，可以发现：第一，桓团可能是赵国人。第二，桓团曾经作过平原君的门客。第三，桓团与公孙龙有较多的交往。第四，庄子把桓团置于公孙龙之前，一个可能的原因是：桓团的年辈比公孙龙的年辈更长，公孙龙有可能是后来居上，因而在后世的知名度比桓团更大一些。

较之于桓团，传世文献中关于公孙龙的记载，就比较丰富了。前面提到的可以与儒、墨、杨并称的"秉"，就是公孙龙的字。《史记·孟子荀卿列传》："而赵亦有公孙龙，为坚白同异之辩。"《史记·平原君虞卿列传》："平原君厚待公孙龙。公孙龙善为坚白之辩。及邹衍过赵，言至道，乃绌公孙龙。"

蒋伯潜的《诸子通考》称："公孙龙字子秉，赵人。尝游魏，及见魏公子牟与惠施。尝为赵平原君客，劝平原君弗受封地。又尝与赵惠文王论偃兵。邹衍过赵，尝绌公孙龙。又尝游燕，说燕昭王偃兵，殆中间曾一度离赵也。"

顾实："公孙龙、桓团之徒，尚得及惠施垂暮之年，相与竞辩。"

顾实还说："大抵道、儒两家皆不甚以辩察为重要。《寓言篇》孔子曰：'夫受才乎大本，复灵以生。鸣而当律，言而当法。利义陈乎前，而好恶是非，直服人之口而已矣。'是则难辩而当，犹不足以服之人心。与庄子此言'服人之口而不足以服人之心'，可互明也。"

关于公孙龙，《庄子·秋水》篇中有一个生动的故事：

公孙龙问于魏牟曰："龙少学先王之道，长而明仁义之行；合同异，离坚白；然不然，可不可；困百家之知，穷众口之辩，吾自以为至达已。今吾闻庄子之言，茫然异之，不知论之不及与？知之弗若与？今吾无所开吾喙，敢问其方。"公子牟隐机大息，仰天而笑曰："子独不闻夫埳井之蛙乎？谓东海之鳖曰：'吾乐与！出跳梁乎井干之上，入休乎缺甃之崖。赴水则接腋持颐，蹶泥则没足灭跗。还虷蟹与科斗，莫吾能若也。且夫擅一壑之水，而跨跱埳井之乐，此亦至矣。夫子奚不时来入观乎？'东海之鳖左足未入，而右膝已絷矣。于是逡巡而却，告之海曰：'夫千里之远，不足以举其大；千仞之高，不足以极其深。禹之时，十年九潦，而水弗为加益；汤之时，八年七旱，而崖不为加损。夫不为顷久推移，不以多少进退者，此亦东海之大乐也。'于是埳井之蛙闻之，适适然惊，规规然自失也。且夫知不知是非之竟，而犹欲观于庄子之言，是犹使蚊负山，商蚷驰河也，必不胜任矣。且夫知不知论极妙之言，而自适一时之利者，是非埳井之蛙与？且彼方跐黄泉而登大皇，无南无北，奭然四解，沦于不测；无东无西，始于玄冥，反于大通。子乃规规然而求之以察，索之以辩，是直用管窥天，用锥指地也，不亦小乎？子往矣！且子独不闻夫寿陵余子之学于邯郸与？未得国能，又失其故行矣，直匍匐而归耳。今子不去，将忘子之故，失子之业。"公孙龙口呿而不合，舌举而不下，乃逸而走。

针对这段话，钱基博认为："此魏公子牟言庄严之'始于玄冥，反于大通'；非公孙龙所得'规规而求之以察，索之以辩'也。公孙龙自诩'困百家之知，穷众口之辩'，即此篇所云'饰人之心，易人之意，能胜人之口'也。然而无所开喙于庄子，见太息于公子牟。"

这段讲"井底之蛙""邯郸学步"的故事很有名，也很精彩。这里的公子牟，就是魏牟，他阐述了庄子的道术，好像是庄子的代言人，又好像是庄子的化身。

惠施日以其知与之辩，特与天下之辩者为怪，此其柢也。

讲了桓团、公孙龙之后，回过头来还是讲惠施。

顾实："与人之辩者，谓参与人之辩论也。""此其柢也，犹云此其略也。"柢，就是大略、大概的意思。

钱基博："'此其柢也'之'此'，指惠施。盖'天下之辩者'，'饰人之心，易人之口'，特以惠施历物之意为柢也。"

谭戒甫："其知，犹云其所知者。与人之辩，犹云与人以辩。《徐无鬼篇》：'方且与我以辩。'之以字通。俞樾曰：'柢，与氐通。《史记·秦始皇纪》正义曰，氐，犹略也。此其柢也。犹云此其略也。'按历物各辞为惠子之知，卵有毛以下各辞为辩者之怪；此特其大略耳。"

综合各家观点，这句话是说，惠施每天运用他的知识、智慧，参与到辩论过程中，刻意与天下的名辩之士共同制造各种怪异的言论，这就是惠施方术的大概情况。

由这样的评论可以看出，庄子对惠施的方术并没有正面的评价，基本上是寄寓了某种贬斥之意。

然惠施之口谈，自以为最贤，曰：天地其壮乎！施存雄而无术。

顾实："此述惠施之自贤。曰者，引惠施之语也。施者，惠施自名，如《外物篇》，庄子自名周，是其例也。存，问也；察也。雄，盖谓辩者之雄也。""惠施自以为最贤，故提出'天地'一大问题，曰天地共壮盛乎？然施存问诸雄辩者而无术。盖诋诸雄之无能。而自诩其能也。"顾说以为，惠施之意在于夸耀自己，贬低其他名辩之士。这种可能性当然也是有的。不过，名辩之士也是一个共同体，他们内部有竞争，但是，他们的主要竞争者，可能还是儒、墨、道等其他各家，惠施如果想通过贬低别人的方式来抬高自己，似也应当着眼于贬低儒、墨、道等各家。当然，也不排除：他们这些人就是想在"名辩之士"这个圈子之内争夺"最佳辩手"的名声。

高亨："天地其壮乎，言惠施自谓与天地同其伟大也，存疑当作材，形近而误。施材雄而无术，庄子评惠施之才大而不知术也。"

马叙伦："余谓'曰'者，引施之说也。'天地其壮乎，施存雄而无术'者，施自谓天地虽大，我存则雄于辩者，无所用其术也。似与上下词义相衔。一说：'天地其壮乎'，是施语。施存雄而无术，是庄论惠语。施自谓其贤比天地，庄则谓施才（存字疑'才'之误）雄而无用也。"此说包括两义，似以第二义为是。

谭戒甫："盖惠施不能去健而存雄，乃历物而恃辩，故曰无术。"

以上诸家提供了多种指向各异的解释。相比之下，似以高说为优。因此，这句话的意思是：惠施这个人，他自以为他的口才是最高明的。他说："我的滔滔辩才，像天地那样雄壮。"然而，惠施虽有雄辩之才，但他并无道术。

南方有倚人焉，曰黄缭，问天地所以不坠不陷，风雨雷霆之故。惠施不辞而应，不虑而对，遍为万物说。说而不休，多而无已，犹以为寡，益之以怪，以反人为实，而欲以胜人为名，是以与众不适也。

上一句体现了庄子对惠子的总体性、一般性批评；相比之下，这个较长的句子，旨在以举例的方式，来说明惠子的不足。

顾实："南方者盖谓楚也。《释文》曰：'倚本或作畸。'郭庆藩曰：'倚当作奇，王逸注《九章》云，奇异也。字或作畸，《大师宗篇》，敢问畸人，李颐云，畸，奇异也。'郭说是也。徐廷槐曰：'《战国策》载魏王使惠子于楚，楚中善辩者如黄缭辈，争为诘难。'徐说存参，今检《战国策》无此语也。问天地所以不坠不陷，风雨雷霆之故者，屈原尝作《天问》，岂此固南方人之特长邪？以反人为实而欲以胜人为名者，邹衍云：'彼辩者有五胜三至而辞正为下。'则明为辩者之争胜，而反以正辞不取也。""与众不适者，《吕览·不屈篇》曰：'惠子易衣变冠，乘舆而走，几不出乎魏境。'是其验也。大抵自贤而好胜者，必与众不适者也。故惠施之得与辩者相应，以终其失败之身世，殆犹有天幸也。"

梁启超："《吕氏春秋·淫辞篇》：'孔穿公孙龙相与论于平原君所。深而辩，至于臧三耳。公孙龙言臧之三耳甚辩，孔穿不应，少选辞而出，明日孔穿朝，平原君谓孔穿曰：昔者公孙龙之言辩。孔穿曰：然。几能令臧三耳矣。虽然，难。愿得有问于君，谓臧三耳甚难而实非也，谓臧两耳甚易而实是也。不知君将从易而是者乎？将从难而非者乎？平原君不应。'此所谓以反人为实与众不适也。"这里的"臧"，是指奴婢。

参考顾、梁二说，这句话的意思大致是：南方有一个怪人，名叫黄缭，他提问的问题是：天为什么没有掉下来？地为什么没有陷下去？风雨雷霆是怎样形成的？针对这些问题，惠施不加推辞就回应，不加考虑就对答，把天下万物都说了个遍，说起来就不能停下，话多得没有穷尽，还认为自己说得少了，又加上若干奇谈怪论，别人无论说什么，他都反对；他把违反常情、常理、常识的东西当作事实，他希望通过在辩论中占上风来获取名声，所以跟大家都相处得不好。

这里提到的南方怪人黄缭，暂时没有找到这个人的相关信息，不知其底细，估计也是当时的名人。他提出的问题，与屈原在《天问》中提出的问题，有一定的相关性。他与屈原都是南方人。

在先秦时代，南方及南方之学，代表了一种不同于北方及北方之学的存在。以楚地及周边地区为代表的南方，林木葱郁，江湖浩荡，山水相连，云霞绚烂，在这样的自然环境中，容易催生出瑰丽的想象与飘逸的学思。相比之下，北方之学更富于庄严、正统的色彩。怪人黄缭出自南方，具有一定的必然性。

弱于德，强于物，其涂隩矣。由天地之道观惠施之能，其犹一蚊一虻之劳者也。其于物也何庸！

梁启超："何庸，言无用。即其言不中也。所谓'无益于天下者明之不如其已'。"

顾实："天下所以沈浊者由物也。天地之道者，犹言神明之德也。比惠施之能于一蚊一虻之劳，故曰其于物也何功。盖道家贵乘物以游心，不能乘物而物于物，则将为物所累，而亦夷于物矣。宜乎庄生比惠施于蚉虻哉？"

马叙伦："《释文》云：'李云：隩，深也；谓其道深。'案：《学文》：'隩，水隈厓也。隈，水曲也。厓，山边也。'然则隩，是边曲之义；德，是即体之相。物是境界。不悟体自具足，无量功德，而切切于境界，虽复遍说万物，而止局于一方。"

参考以上诸说，这里的"强于物"是指：惠子强于"历物"，即强于研究万事万物。因而，这句话是说：惠施忽视内在的大道，注重外在的事物，这是一条走偏了的歧途，甚至是一条歪门邪道。从天地之道看惠施的才能，就仿佛一只蚊子或一只牛虻，成天飞来飞去，虽然很辛苦，但对万事万物都没有任何实际用处。

夫充一尚可曰愈，贵道几矣！惠施不能以此自宁，散于万物而不厌，卒以善辩为名。

这句话，在断句、理解方面，都颇有分歧。梁启超甚至说："'夫充一尚可曰愈贵道几矣'，此句未明。"此句确实难获确解。因为，存在好几种不同的断句方式。

顾实："盖言充其一能之长，尚可为人悦服；若知贵道，则更近矣。几，近也。""惠施不能充一，又不知贵道以自宁，徒糜散精神于万物而不知厌倦，终于获得善辩之名。"顾实的说法似乎有一个小问题："几"是什么意思？如果"几"解为"近"，那就是近于道，顾说似不妥。

马叙伦："林希逸云：'充，足也。若但以一人之私见而自足，犹可。若以此为胜于贵道者，则殆矣。愈，胜也。几，殆也。'性通云：'言施之才施之天下，充一尚可。而曰愈贵于道，则危矣。'王敔云：'充其一端，尚可较胜，几殆矣。以语于道，则殆矣，'陆树芝云：'得道之一端而充之，即以自成一道，尚可曰：以一曲之足贵，愈知大道之可贵。似是而几矣。'""惠施既不能以此自宁止，乃更散而遍为万物说，说而不休，多而无已，如是则究竟得一善辩之名而已，于道无见也。此深惜之。"

谭戒甫："盖前云惠施历物，又曰遍为万物说，又曰强于物，则惠子之于物，可谓充其量而精其一矣。夫充一尚可曰最贤，曰存雄，曰胜人；若进而尊贵其道，则其所成亦庶几焉。……不能自安于道，散于万物，谓逐万物而无所归宿也。"

参考各家意见，这句话是说：惠子的学说，作为一家之言，大致还是可以的，不妨聊备一格。然而，如果要以之阐明珍贵的大道，那就太危险了。惠子不能聚焦于珍贵的大道，他把自己的精力分散于各种各样的事物而不知厌倦，最后总算获得了一个善辩者的名声。

两千多年以降的历史已经表明，庄子的这个评判可以代表中国主流思想的选择。惠子擅长的名辩之学，主要就是今天的逻辑学。这样的学说虽然曾经在惠子手上大放异彩，但在汉代以后的主流思想体系中，一直隐而不显，没有得到有效的创新发展。因而，庄子对惠子的评判，似乎确有先见之明，汉代以后的历代圣贤，确实在相当程度上抛弃了惠子之学。这涉及传统思维的精神与风格，牵涉面较广，这里不再过度支蔓。

惜乎！惠施之才，骀荡而不得，逐万物而不反，是穷响以声，形与影竞走也，悲夫！

这是关于惠施的最后一句，也是《天下篇》的最后一句。《天下篇》至此结束，《庄子》全书至此亦宣告终结。这句话，可以说是庄子关于惠子的最后评价，应当如何理解？先看各家评说。

高亨："《荀子·非十二子》：'不法先王，不是礼义，而好治怪说，玩琦辞，甚察而不惠，辩而无用，多事而寡功，不可为治纲纪。然而其持之有故，其言之成理，足以欺惑愚众，是惠施、邓析也。'《解蔽篇》：'惠子蔽于辞而不知实。'荀子所云'怪说琦辞'即本篇所举者也。"这主要是荀子对惠子的批评，但由此也可以看出，庄、荀二子对惠子的态度还是不同的。庄子对惠子有更多的"理解的同情"或"同情的理解"。荀子对惠子虽然多有批判，但荀子并不是专挑惠子一个人的毛病，荀子对"十二子"的批判都是严厉的，可谓"一个都不宽恕"。

顾实："庄子深惜惠子之才也。《大宗师篇》曰：'卜梁倚有圣人之才，而无圣人之道。'然则《天下篇》举百家之钜学，始赞墨子才士，终惜惠施之才，其皆以二子有圣人之才，而未得圣人之道欤？墨子启辩谈，说书，从事，三科之基，惠施则为辩谈之难。有为若是，犹且不足以得无为之道，而《天下篇》结束《庄子》全书之旨，愈可睹矣。""虽然，由今观之，惠施之逐物，乃甚近唯物主义。而庄子之论，偏（原文为'编'——引者注）倾于唯心主义，古今学术之升降何穷，庄子一人一时之倡说，岂遽能为千古之定论哉？"在此，顾实以唯物、唯心作为准据评论庄、惠二子，未必恰当，我不完全赞同。而且，按照前引荀子的说法，"惠子蔽于辞而不知实"，与其说惠子近于"唯物主义"，还不如给他贴上"唯辞主义"的标签。

钱基博："自庄生观之，则惠施内而不圣，外而不王。何以明其然"？因为庄子在上文已经说过："由天地之道观惠施之能，其犹一蚉一蝱之劳者也。其于物也何庸！"由这一句，"则是任知饰辩于外以失为'王'也"。根据最后这一句，"则是劳精疲神于内以不能'圣'也。惟内不'圣'，斯外不'王'"。这就是说，从庄子的角度来看，惠子在内圣与外王两个方面，都还没有登堂入室，殊为遗憾。惠子纠缠于各种各样的具体物象，于内圣，于外王，都落空了，两头都不挂搭。

梁启超："以上论惠施竟，不言'古之道术有见于是者'，并道术之一曲而不以许惠施也。然惠施实能见极名理，与公孙龙之诡辩殊科。因末流而诋及本师，则庄子之过也。"按照此说，则是庄子没有给予惠子应有的评价，庄子把惠子看低了。

以上诸说各有侧重。让我们根据庄子的原文，来看庄子如何评论他的好朋友：惠子这个人，太可惜了，那么好的才华，却随意挥洒，毫无所获；他专注于各种各样的具体事物，纠缠于各种各样的细枝末节，却不知道返回大道；他这样做，就像制造声音来制止回响，又像让身体与它的影子来竞争先后一样，真是徒劳而可悲啊！

庄子评说惠子的方式，在一千多年之后的北宋时期再次浮现：生于1011年的邵雍比程颢年长21岁，比程颐年长22岁，年长的邵雍偏好道教象数之学，喜欢以象数治《周易》，自以为可以通过象数易学预知未来。但是，程颐并不认同邵雍之学，他说："有理而后有象，有象而后有数。《易》因象以明理，由象而知数。得其义，则象数在其中矣。必欲穷象之隐微，尽数之毫忽，乃寻流逐末，术家之所尚，非儒者之所务也。管辂、郭璞之徒是也。"（《二程集》，王孝鱼点校，中华书局1981年版，第615页。）有一回，天上出现雷声，邵雍问程颐："子知雷起处乎？"程颐回答说："某知之，尧夫不知也。"邵雍惊问："何谓也？"程颐说："既知之，安用数推之，以其不知，故待推而后知。"邵雍问："子以为起于何处？"程颐说："起于起处。"（《二程集》，王孝鱼点校，中华书局1981年版，第269~270页。）这里的程颐，仿佛不屑于象数小道的庄子；这里的邵雍，一心"寻流逐末"，仿佛专注于细枝末节的惠子。

让我们回过头来再看"相嘲相得"的"惠与庄"。（《魏源集》，中华书局2009年版，第50页。）如此评说惠子的庄子，其实已经为他自己打造了一面镜子，由这面镜子映照出来的庄子其人，不屑于"寻流逐末"，而是凝心聚力于本源性的大道。这就是庄子的自我期待，也是庄子的自画像。

2020年2月，第一稿。
2022年9月，第二稿。
2023年8月，第三稿。

庄子天下篇原文

————⚖————

　　天下之治方术者多矣，皆以其有，为不可加矣。古之所谓道术者，果恶乎在？曰，无乎不在。曰，神何由降？明何由出？——圣有所生，王有所成，皆原于一。不离于宗，谓之天人。不离于精，谓之神人。不离于真，谓之至人。以天为宗，以德为本，以道为门，兆于变化，谓之圣人。以仁为恩，以义为理，以礼为行，以乐为和，熏然慈仁，谓之君子。以法为分，以名为表，以参为验，以稽为决，其数一二三四是也。百官以此相齿。以事为常，以衣食为主，蕃息畜藏，老弱孤寡为意，皆有以养；民之理也。古之人其备乎？配神明，醇天地，育万物，和天下，泽及百姓。明于本数，系于末度，六通四辟，小大精粗，其运无乎不在。其明而在数度者，旧法、世传之史，尚多有之。其在于《诗》《书》《礼》《乐》者，邹鲁之士，缙绅先生多能明之。《诗》以道志，《书》以道事，《礼》以道行，《乐》以道和，《易》以道阴阳，《春秋》以道名分。其数散于天下而设于中国者，百家之学，时或称而道之。天下大乱，贤圣不明，道德不一，天下多得一察焉以自好，譬如耳目鼻口，皆有所明，不能相通。犹百家众技也，皆有所长，时有所用。虽然，不该不遍，一曲之士也。判天地之美，析万物之理，察古人之全，寡能备于天地之美，称神明之容。是故内圣外王之道，暗而不明，郁而不发，天下之人各为其所欲焉以自为方。悲夫，百家往而不反，必不合矣。后世之学者，不幸不见天地之纯，古人之大体，道术将为天下裂。

　　不侈于后世，不靡于万物，不晖于数度，以绳墨自矫，而备世之急。古之道术，有在于是者。墨翟、禽滑厘闻其风而说之，为之大过，已之大顺。作为非乐，命之曰节用。生不歌，死无服。墨子泛爱兼利而非斗，其道不怒。又好学而博，不异，不与先王同，毁古之礼乐。黄帝有《咸池》，尧有《大章》，舜有《大韶》，禹有《大夏》，汤有《大濩》，文王有辟雍之乐，武王、周公作武。古之丧礼，贵贱有仪，上下有等。天子棺椁七重，诸侯五重，大夫三重，士再重。今墨子独生不歌，死不服，桐棺三寸而无椁，以为法式。以此教人，恐不爱人；以此自行，固不爱己；未败墨子之道。虽然，歌而非歌，哭而非哭，乐而非乐，是果类乎？其生也勤，其死也薄，其道大觳。使人忧，使人悲其行难为也，恐不可以为圣人之道。反天下之心，天下不堪。墨子虽独能任，奈天下何？离于天下，其去王也远矣！墨子称道曰："昔禹之湮洪水，决江河而通四夷也，名山三百，支川三千，小者无数。"禹亲操橐耜而九杂天下之川。腓无跋，胫无毛；沐甚雨，栉疾风；置万国。禹，大圣也，而形劳天下也如此。使后世之墨者，多以裘褐为衣，以跂蹻为服。日夜不休，以自苦为极。曰："不能如此，非禹之道也。不足谓墨。"相里勤之弟子五侯之徒，南方之墨者若获、已齿、邓陵子之属，俱诵《墨经》而倍谲不同。相谓别墨，以坚白同异之辩相訾，以奇偶不仵之辞相应。以巨子为圣人，皆愿为之尸，冀得为其后世，至今不决。墨翟、禽滑厘之意则是，其行则非也。将使后世之墨者，必自苦以腓无跋、胫无毛，相进而已矣。乱之上也，治之下也。虽然，墨子真天下之好也。将求之不得也，虽枯槁不舍也。才士也夫！

不累于俗，不饰于物，不苛于人，不忮于众。愿天下之安宁，以活民命。人我之养，毕足而止，以此白心。古之道术，有在于是者。宋钘、尹文闻其风而悦之，作为华山冠以自表，接万物以别宥为始。语心之容，命之曰心之行。以聏合欢，以调海内，请欲置之以为主。见侮不辱，救民之斗。禁攻寝兵，救世之战。以此周行天下，上说下教。虽天下不取，强聒而不舍者也。故曰上下见厌而强见也。虽然，其为人太多，其自为太少，曰："请欲固置五升之饭足矣。"先生恐不得饱，弟子虽饥，不忘天下。日夜不休。曰："我必得活哉？图傲乎救世之士哉！"曰："君子不为苛察，不以身假物。"以为"无益于天下者，明之不如已也。"以禁攻寝兵为外，以情欲寡浅为内。其小大精粗，其行适至是而止。

公而不党，易而无私。决然无主，趣物而不两。不顾于虑，不谋于知。于物无择，与之俱往。古之道术有在于是者。彭蒙、田骈、慎到闻其风而悦之，齐万物以为首。曰："天能覆之而不能载之，地能载之而不能覆之，大道能包之而不能辩之。知万物皆有所可，有所不可。故曰选则不遍，教则不至，道则无遗者矣。"是故慎到弃知去己，而缘不得已。泠汰于物，以为道理。曰："知不知，将薄知而后邻伤之者也。"謑髁无任，而笑天下之尚贤也。纵脱无行，而非天下之大圣。椎拍輐断，与物宛转。舍是与非，苟可以免。不师知虑，不知前后，魏然而已矣。推而后行，曳而后往。若飘风之还，若羽之旋，若磨石之隧。全而无动，静而无过，未尝有罪。是何故？夫无知之物，无建己之患，无用知之累，动静不离于理，是以终身无誉。故曰："至于若无知之物而已，无用贤圣。夫块不失道。"豪桀相与笑之曰："慎到之道，非生人之行，而至死人之理，适得怪焉。"田骈亦然，学于彭蒙，得不教焉。彭蒙之师曰："古之道人，至于莫之是，莫之非而已矣。其风窅然，恶可而言。"常反人不见观，而不免于魭断。其所谓道，非道。而所言之韪，不免于非。彭蒙、田骈、慎到不知道。虽然，概乎皆尝有闻者也。

以本为精，以物为粗，以有积为不足，澹然独与神明居。古之道术有在于是者。关尹、老聃闻其风而悦之，建之以常无有，主之以太一。以濡弱谦下为表，以空虚不毁万物为实。关尹曰："在己无居，形物自著。其动若水，其静若镜，其应若响。芴乎若亡，寂乎若清。同焉者和，得焉者失。未尝先人而常随人。"老聃曰："知其雄，守其雌，为天下溪。知其白，守其辱，为天下谷。"人皆取先，己独取后。曰："受天下之垢。"人皆取实，己独取虚。无藏也，故有余。岿然而有余。其行身也，徐而不费，无为也而笑巧。人皆求福，己独曲全。曰："苟免于咎。"以深为根，以约为纪。曰：

"坚则毁矣，锐则挫矣。"常宽容于物，不削于人，可谓至极。关尹、老聃乎！古之博大真人哉！

芴漠无形，变化无常。死与生与，天地并与，神明往与。芒乎何之，忽乎何适。万物毕罗，莫足以归。古之道术有在于是者。庄周闻其风而悦之，以谬悠之说，荒唐之言，无端崖之辞。时恣纵而不傥，不以觭见之也。以天下为沈浊，不可与庄语。以卮言为曼衍，以重言为真，以寓言为广。独与天地精神往来，而不敖倪于万物。不谴是非，以与世俗处。其书虽环玮而连犿无伤也，其辞虽参差而諔诡可观。彼其充实，不可以已。上与造物者游；而下与外死生，无终始者为友。其于本也，弘大而辟，深闳而肆。其于宗也。可谓稠适而上遂矣。虽然，其应于化而解于物也，其理不竭，其来不蜕。芒乎昧乎，未之尽者。

惠施多方，其书五车。其道舛驳，其言不中。历物之意曰："至大无外，谓之大一；至小无内，谓之小一。无厚不可积也，其大千里。天与地卑，山与泽平。日方中方睨，物方生方死。大同而与小同异，此之谓小同异；万物毕同毕异，此之谓大同异。南方无穷而有穷。今日适越而昔来。连环可解也。我知天之中央，燕之北、越之南也。氾爱万物，天地一体也。"惠施以此为大观于天下而晓辩者。天下之辩者相与乐之：卵有毛。鸡三足。郢有天下。犬可以为羊。马有卵。丁子有尾。火不热。山出口。轮不蹍地。目不见。指不至，物不绝，龟长于蛇。矩不方；规不可以为圆。凿不围枘。飞鸟之景，未尝动也。镞矢之疾，而有不行不止之时。狗非犬。黄马骊牛三。白狗黑。孤驹未尝有母。一尺之棰，日取其半，万世不竭。辩者以此与惠施相应，终身无穷。桓团、公孙龙之徒，饰人之心，易人之意。能胜人之口，不能服人之心。辩者之囿也。惠施日以其知，与人之辩，特与天下之辩者为怪。此其柢也。然惠施之口谈，自以为最贤，曰："天地其壮乎！施存雄而无术。"南方有倚人焉，曰黄缭，问天地所以不坠不陷，风雨雷霆之故？惠施不辞而应，不虑而对，遍为万物说。说而不休，多而无已，犹以为寡，益之以怪。

以反人为实，而欲以胜人为名，是以与众不适也。弱于德，强于物，其涂隩矣。由天地之道观惠施之能，其犹一蚊一虻之劳者也。其于物也何庸？夫充一，尚可曰愈，贵道几矣。惠施不能以此自宁，散于万物而不厌，卒以善辩为名。惜乎惠施之才，骀荡而不得，逐万物而不反，是穷响以声，形与影竞走也。悲夫！

此处附录的《天下篇》原文句读，
依据顾实：《庄子天下篇讲疏》，
知识产权出版社 2015 年。

主要参考文献

郭象注，成玄英疏：《庄子注疏》，曹础基、黄兰发整理，中华书局 2011 年版。

王夫之：《庄子解》，王孝鱼点校，中华书局 1964 年版。

郭庆藩撰：《庄子集释》，王孝鱼点校，中华书局 2013 年版。

章太炎：《庄子解诂·天下》，载上海人民出版社编：《章太炎全集·齐物论释、定本、庄子解诂、管子余义、广论语骈枝、体撰录、春秋左氏疑义答问》，沈延国点校，上海人民出版社 2014 年版。

梁启超：《〈庄子·天下篇〉释义》（1926 年，吴其昌笔记），载张品兴主编：《梁启超全集》，北京出版社 1999 年版。

顾实：《庄子天下篇讲疏》（1927 年），知识产权出版社 2015 年版。

马叙伦：《〈庄子·天下篇〉述义》（1956 年），载顾实等著，张丰乾编：《〈庄子·天下篇〉注疏四种》，华夏出版社 2016 年版。

熊十力：《读经示要》（1945 年），载萧萐父主编：《熊十力全集》第三卷，湖北教育出版社 2001 年版。

谭戒甫：《〈庄子·天下篇〉校释》（1932 年），载刘小枫、陈少明主编：《政治生活的限度与满足》，华夏出版社 2007 年版。

钱基博：《读〈庄子·天下篇〉疏记》（1934 年），载顾实等著，张丰乾编：《〈庄子·天下篇〉注疏四种》，华夏出版社 2016 年版。

陈柱：《诸子概论：外一种》（1930 年），毕明良校注，华东师范大学出版社 2015 年版。

蒋伯潜：《诸子通考》（1946 年），上海古籍出版社 2013 年版。

郭沫若：《十批判书》（1944 年），人民出版社 2012 年版。

钱穆：《先秦诸子系年》（1935 年），九州出版社 2011 年版。

方授楚：《墨学源流》（1936 年），商务印书馆 2015 年版。

高亨：《〈庄子·天下篇〉笺证》（1934 年），载顾实等著，张丰乾编：《〈庄子·天下篇〉注疏四种》，华夏出版社 2016 年版。

后　记

这是一部关于《庄子·天下篇》的读书笔记，因而题名为"今读"。在今天，为什么还要阅读这篇古旧的文献？为什么还要写下这部关于《天下篇》的读书笔记？对此，本书在序文中已有初步的交代：《天下篇》勾画了"古之道术"在早期中国从萌生、凝聚到破裂、分散的全过程，既清雅高致，又惊心动魄，殊为难得，简直就是人类智识演进史上的一个奇迹。进而言之，《天下篇》之所以迷人，还不仅仅因为它所承载的思想、它所展示的想象力以及精妙绝伦的表达方式；《天下篇》的魅力，还在于它描绘、塑造的那些人。

略观《天下篇》大意，或查阅本书目录，即可注意到《天下篇》是一篇以人物为中心编织起来的文献。贯穿《天下篇》全文的一根主要线索，是依次排开的人物群像，它们分别是：墨翟与禽滑厘，宋钘与尹文，彭蒙、田骈与慎到，关尹与老聃，庄周，还有惠施，共计十一人。如果化用荀子的《非十二子》，也可以把他们称为"十一子"。在由"十一子"组成的这个人物群像中，或三人一组，或两人一组，或一人自成一组。他们都是"古之道术"在某一个方面的承载者，亦即"古之道术"在某一个方面的化身或肉身。根据《天下篇》的叙述，在更加久远的过去，"古之道术"原本是一个整体，"古之道术"在庄子时代裂开、破碎之后，它就像"月映万川"一样，分别映照在"十一子"的心镜之上。把"十一子"分别承载的"古之道术"汇聚起来，重新抟成一个整体，庶几可以再现"古之道术"的全貌。

除了作为基本线索的"十一子",在《天下篇》这个文本的背后，其实还隐藏着、潜伏着更多的、可以进一步追寻的人物形象。譬如，啮缺与被衣，不太严格地说，他们两人具有师生关系，其中，啮缺是学生，被衣是老师。据《庄子·知北游》，啮缺曾经向被衣请教大道之要，被衣的回答是："若正汝形，一汝视，天和将至；摄汝知，一汝度，神将来舍。德将为汝美，道将为汝居。汝瞳焉如新生之犊，而无求其故！"被衣的这几句话可以理解为："如果你能保持形体端正，如果你能做到目不转睛，你就能养成冲和之气；摒弃你的智慧，一直聚精会神，你就可以达到神明的境界。由此，你将依于德，居于道。你就能像新生的牛犊那样懵然无知，也不会再动心思去寻根究底。"可是谁能料到，被衣的这番玄辞妙语还没有讲完，啮缺已经酣然入睡。被衣见状，居然大为欢喜，随即踏歌而去，歌曰："形若槁骸，心若死灰，真其实知，不以故自持。媒媒晦晦，无心而不可与谋。彼何人哉！"在这段故事里，作为老师的被衣，面对作为学生的啮缺，始之以正面教诲，终之以赞叹不已："彼何人哉！"噫！啮缺这个人，是何等高妙之人啊！

且让我们换一个标点符号，把感叹句变成疑问句："彼何人哉？"彼啮缺者，何许人也？原来，啮缺与被衣，并不是两个孤立的人，其人其事，早已深深地镶嵌在华夏文明初升之际的整体背景中。据《齐物论》，啮缺与王倪已经展开了一场正式的讨论。在《应帝王》篇中，还有啮缺、王倪与蒲衣子的故事——此处的蒲衣子就是被衣。那么，啮缺、王倪、被衣，他们三人之间又是什么关系呢？关于这个问题，《天地》篇已有正式的交待："尧之师曰许由，许由之师曰啮缺，啮缺之师曰王倪，王倪之师曰被衣。"原来，在被衣、王倪、啮缺、许由、唐尧之间，是一线单传的师生关系，这种一线单传的关系就像苏格拉底、柏拉图、亚里士多德、亚历山大的关系一样。因而，《知北游》篇中的啮缺向被衣问道，其实是越过了其师王倪，直接向王倪之师问道。

　　站在啮缺的角度往下看，啮缺也有自己的学生，他就是大名鼎鼎的许由。翻阅各类典籍，许由的"曝光率"比啮缺可要高得多。至于许由的学生，则是中国历史上众人仰望、名气更大的圣王唐尧。由此说来，唐尧其人，是许由的嫡传弟子，是啮缺的再传弟子，是王倪的三传弟子，是被衣的四传弟子。从许由回溯到啮缺，再从啮缺回溯到王倪，最后再回溯到被衣，都是唐尧的老师或重重叠叠的"太老师"。

　　说到这里，不妨再看《逍遥游》篇中的一个细节："尧治天下之民，平海内之政，往见四子藐姑射之山、汾水之阳，窅然丧其天下焉。"唐尧在治国理政方面获得了巨大的成功，天下大治，四海升平。唐尧既已成就了不世的伟业，于是前往汾水以北的藐姑射之山见"四子"。

　　且不说此番"往见"给唐尧带来的巨大震撼，我们只想弄清楚：唐尧"往见"的"四子"，到底是何人？什么样的"四人组合"，能够让一个最高级别的圣王前往拜见呢？原来，彼四子者，就是被衣、王倪、啮缺、许由。他们是唐尧的"太老师"或老师，他们都是唐尧仰慕的对象，他们的立身之处，远远高于唐尧的立身之处。按照《天下篇》的划分，人有七等，从高到底，分别是天人、神人、至人、圣人、君子、百官、万民。其中的圣人，恰好居于七个层级的中位。如果说，唐尧是圣人的典范，那么，彼"四子"的身份，就相当于圣人之上的天人、神人、至人——至少也是至人。这样一些"至人"，他们作为"人之至"，到底又是一些什么样的人呢？如果借用被衣的表达方式，那就是，"彼何人哉？"

　　从"十一子"到"四子"，再到其他的至人、神人、天人，正是这些人带给我的惊异，让我长时间沉溺、流连、徘徊于《天下篇》所描绘的心灵世界、精神世界、意义世界。我在那个世界中有缘遇见的那些人，他们的思想肖像，他们的一言一行所展示出来的风貌，都已经在本书的正文中予以描摹。但愿他们的言与行，能够对你有所触动，能够让你有所省思。据说，在当今之世，有一所知名大学的校训是："与柏拉图为友，与亚里士多德为友，更要与真理为友。"套用这句话，在中国历史文化的长河里，倘若回到庄子的时代，我们也许可以说：与庄子为友，与十一子为友，更要与四子为友。

　　赞曰：彼庄子者，彼四子者，彼何人斯！彼何人哉！

　　　　　　　　　　　　　　　　　　　　　喻中

　　　　　　　　　　　　　　　　　　　2023 年 9 月 3 日